가슴으로 읽어야 하는 책

703 병실

가슴으로 읽어야 하는 책

703 병실

초판 1쇄 인쇄 2012년 02월 01일
초판 1쇄 발행 2012년 02월 08일

지은이 | 서맹종
펴낸이 | 손형국
펴낸곳 | (주)에세이퍼블리싱
출판등록 | 2004. 12. 1(제2011-77호)
주소 | 153-786 서울시 금천구 가산동 371-28 우림라이온스밸리 C동 101호
홈페이지 | www.book.co.kr
전화번호 | (02)2026-5777
팩스 | (02)2026-5747

ISBN 978-89-6023-750-6 03810

가슴으로 읽어야 하는 책

703 병실

서 맹 종 지음

차 례

703호 병실

　나는 뇌출혈로 인한 수술 후 지금도 치료 중인 환자다. 그동안 나는 여러 병원을 거쳤다. 그 중에 어느 병원 703호실에서 경험한 내용을 여기에 쓰고자 한다.

　내 차는 오토다. 그러므로 오른손으로 차를 운전하여 어느 곳이나 갈 수 있다. 하지만 차로 현관까지 간다고 해도 걷지 못하기 때문에 하차를 할 수가 없고, 다른 사람의 도움 없이는 계단을 오르거나 현관문을 열지 못한다. 그래서 혼자서는 다니지 않는다.

　어느 날 병원 치료사가 내 상태에 대해 물었다. 그래서 나는 "두 발 두 손이 정상적인 사람에게 갑자기 한 쪽 발과 한 쪽 손을 사용하지 못하게 한다면, 도움 없이 생활이 가능하다고 생각합니까?" 하고 치료사에게 되물었다. 이것이 내 상태다. 나는 오른쪽 손발로는 무슨 일이든 할 수 있다. 그러나 대부분은 왼쪽이 필요한 생활이어서, 왼손과 왼발을 쓰지 않고 오른손이나 오른발만으로 생활할 수 있는 게 없다. 의사도 내 같은 환자들을 많이 보았을 것이다. 왼쪽 다리가 정상이 아니라서 믿지 못하는데, 오른쪽 다리로만 걸을 수 있다고 판단하는지, 또 왼쪽 팔이 정상이 아니라 믿지 못하는데, 오른쪽 팔만으로 생활할 수 있다고 판단하는지 궁금하다.

이 병원은 어느 빌딩 내의 일부 몇 개 층을 사용하고 있다. 주변 경관이 좋고 공원도 있다. 환자들은 자주 공원에 가서 운동을 하거나 바람을 쐰다. 나도 휠체어를 타고 종종 공원에 가서 운동을 하거나 야외공연을 관람한다. 또 때로는 호수를 보며 즐거운 시간을 보내기도 한다. 환자가 하는 운동이란 정상인이 산책하는 것과 같이 땀이 날 정도로 움직이는 것이 아니라, 부축을 받아 손이나 다리를 움직이는 정도이다. 야외공연을 보면 최선을 다하는 공연자들의 모습에서 열정이 느껴져 나 자신이 흥이 나기도 하지만, 한편으로 휠체어에 앉아서 흥을 즐기는 내가 아쉽기도 하다. 이렇게 되기 전까지만 해도 직접 나서서 즐길 수 있었는데, 이제는 앉아서 박수치는 게 고작이다. 공연자들이 이 공연을 위해 얼마나 많은 열정을 바쳤을까 생각해 보면, 물거품은 쉽게 생길지 몰라도 인생에서 쉽게 이루어지는 일은 없다는 생각이 든다.

환자들은 주로 휠체어를 타고 엘리베이터를 이용해 층간을 이동한다. 어느 건물이나 그렇지만, 엘리베이터를 타기 위해서는 늘 기다려야 하는데, 바쁜 시간에는 장시간 기다려야 할 때도 있다. 엘리베이터는 대기한 순서에 따라 타는 것이 아니라서 엘리베이터가 도착하면 서로 먼저 타려고 무질서해진다. 더구나 휠체어를 탄 환자들은 엘리베이터를 타는 일이 여간 어려운 게 아니다. 엘리베이터를 질서 있게 타게 할 방법이 없을까?

이 병실은 8인용 병실이다. 아래에 나오는 호칭들은 병실에서 부르기 좋게 사용하는 닉네임들이다.

1병상에는 65세가량의 교회 권사가 입원해 있다. 그는 부인의 간병에 의지하며 치료 중이다. 부인도 집사라서 서로 호흡이 맞아 잘 지낼 것 같지만, 꼭 그렇지만은 않다. 그 환자는 몸은 마음대로 움직이지 못하지만 정신은 정상이어서 간병하는 부인이 힘들어 한다. 환자의 생각대로 부인이 다 해줄 수도 없는 데다, 환자나 부인 고집이 대단한 편이기 때문이다. 그리고 아픈 지 5년이 넘으니 성장한 자녀들도 잘 방문하지 않고 말할 게 있으면 전화로 한다.

2병상에는 62세가량의 삼성 아저씨가 부인의 도움을 받고 있다. 환자의 자력이 가능하여 부인은 남편에게 크게 신경 쓰지 않아도 되는 것 같다. 그래서 다른 보호자들보다 자유스러운 편이어서 부인은 자녀들의 집도 쉽게 왕래하곤 한다. 그래도 될 수 있으면 병실에서 기거하려 한다. 좁은 병실일지라도 부인에게는 남편이 있는 이곳이 더 편한 모양이다.

3병상에는 52세 정도의 우성 아저씨가 있는데, 아픈 지 5년이 넘었지만 부인은 변함없이 남편을 간호하고 있다. 부인은 가장으로서 생활력이 강하며 손재주도 좋다. 애들도 공부를 잘해 부인은 남편을 간병하면서 보다 잘 견딜 수 있는 것 같다.

4병상은 송이 네로서 52세 정도의 아저씨가 부인의 도움을 받으며 치료 중이다. 부인은 남편 병에 큰 차도가 없어 걱정을 하곤 하지만, 점차 좋아지는 남편의 모습에 위안 받으며 기대를 갖고 남편 간병에 열심이다.

5병상에는 40세 정도의 진석이 혼자 입원하여 치료 중이다. 그는 자전거를 탈 수 있을 정도로, 외관상 재활 치료를 하지 않아도 될 것 같아 보인다. 하지만 정상인과 비교하면 움직임에 월등한 차이가 있어 치료를 하지 않으면 안 된다. 가끔 부인이 병실에 오면 환자는 좀 쑥스러워하는 기색이다.

6병상에는 65세가량의 전직 교장이 입원해 있다. 아픈 지 5년 정도 되는데 아직 정신이 혼미하다. 그래서인지 부인이 옆에 없다고 느껴지기만 하면 '줄리아'라고 불러대 전 병실이 시끄러워진다. 하지만 부인은 남편이 '줄리아'라고 부르면 이유없이 달려간다.

7병상에 입원해 있는 사람은 바로 내다. 703호실 환자들 중에서 아픈 정도로 말하자면 8명 중 4번째쯤으로서 중간이다. 어느 정도 말이 가능하지만, 휠체어로 움직일 수밖에 없어 항상 보호자가 옆을 떠나지 않고 간병한다.

8병상에는 30세 정도의 젊은 남자가 있다. '새댁'이라고 부르는 여자가 간병하고 있는데, 그는 혼자서도 생활이 가능하여 혼자 입원, 치료 중이다.

위에서 소개한 것처럼 703호 병실은 8명의 환자와 보호자가 치료를 위해 공동으로 생활하는 병실이다. 환자의 입·퇴원에 따라 병상이 바뀌기도 하나, 나는 이 책에서 환자들의 생활 과정 등을 소개하고 싶다.

치료실에 가면 여러 병실의 환자들이 모여들어 치료를 받는다. 대부분 장기 입원 환자들이라 낯익은 사람들이 많다. 얼마 전에 같이 치료받던 환자와 함께 오늘도 똑같이 치료를 받는다. 치료 방법은 여러 가지다. 집에서는 반복하지 않는 쉬운 운동을 하는데, 예를 들면 TV에서 간략하게 소개하는 운동을 하나, 둘, 셋, 넷…, 열까지 세며 반복한다. 아주 쉬운 일인데도 마음먹기에 따라 힘들 때도 있고 쉬울 때도 있다. 산에 다녀오면 돈을 주겠다는 약속을 받고 산에 오르면 힘들지만, 돈을 받겠다는 생각 없이 자진해서 산을 오르면 힘들지 않은 것과 같은 이치다.

공동생활을 위해서는 '눈치'에 익숙해야 한다. 힘든 일을 '몸으로 때우는 사람', '돈으로 때우는 사람', '몸으로도 돈으로도 때우지 않는 사람'이 있다. 그런데 마지막의 '몸으로도 돈으로도 때우지 않는 사람'은 눈치 없는 사람으로서 공동생활에 부적합하다. 눈치 있는 사람은 '몸이나 돈으로 때울 줄 아는 사람'이지만, 힘든 일을 극복하는 데는 '돈으로 때우는 사람'보다는 '몸으로 때우는 사람'이 더 바람직하다. 몸이 안 되면 돈이라도 부담하는 성의가 있어야 하는데, 이것이 눈치이다.

생(生)과 사(死)의 갈림길에서 '사'하지 않고 미래가 가능한 '생'이 된 것도 감사한데, '사'하면 아무 필요 없는 금은보화가 무슨 소용일까? 그런데 새로운 삶에 신경 써야 할 내가 잃어버린 금(金)에 신경 쓰는 이유가 무엇인지 나도 이해되지 않는다.

'돈'이면 무엇이든 해결할 수 있다는 사고에 대해 생각해 보자. 돈은 살아가는 수단이므로 돈이 없으면 삶이 어렵다. 그러므로 돈은 살고 있는 이상 반드시 필요하다. 그러나 돈은 살아가는 '수단'일 뿐 살아가는 '목적'이 아님을 알아야 한다. 살아갈 날이 많은 젊은이라면 삶의 수단인 돈의 가치를 높게, 또 인생의 전부인 것으로 생각하며 생활해야 하겠지만, 돈은 삶의 수단일 뿐 삶의 목적이 아님을 깨달은 나이가 많은 대부분의 사람들은 돈의 가치를 낮게 생각해야 할 것이다. 삶의 목적이 돈 모으는 데 있다고 생각하는 사람은 죽을 때까지 돈을 모으면서 살려 할 것이다. 하지만 나는 그것을 이해하기 어렵다. 돈을 삶의 수단으로 여기는 사람이나 나이 많고 살아갈 날이 적은 대부분의 사람은 자기에게 맞는 삶의 목적이 돈인지 아니면 그 밖의 무엇인지 정립하며 살아야 할 것이다.

오해가 있을 것 같아 다시 말한다. 생활에 있어서 돈은 삶의 수단으로 반드시 필요한 것이지만, 나이 많은 사람은 젊었을 때보다 통상 살아갈 날이 적으므로 돈의 필요성이 적어진다는 말이지, 돈이 전혀 필요치 않다는 말이 아니다. 다른 사람이나 자식을 위하는 것이 자기를 위하는 것이라고 생각할지도 모르지만, 사람은 누구나 먼저 자기를 위하게 되어 있다. 다른 사람이나 자식도 먼저 자기를 우선하는 것이 당연하다. 그러므로 자기를 위해 사는 것을 부모나 타인이 걱정할 일이 아니다. 먼저 나부터 살고 다음에 자식이므로, 자식에게 기대어 살 생각을 하지 말아야 한다. 입장이 뒤바뀌어도 마찬가지일 것이다.

돈이 따라오게 하는 방법은 아래와 같다. 이 말이 맞는지 안 맞는지는 각자 생각하기 나름이다.

1. 부자 옆에 줄을 서라. 산삼 밭에 가야 산삼을 캘 수 있다.
2. 부자처럼 생각하고 부자처럼 행동하라. 나도 모르는 사이에 부자가 되어 있다.
3. 항상 기뻐하라. 그래야 기뻐할 일들이 줄줄이 따라온다.
4. 남의 잘됨을 축복하라. 그 축복이 메아리처럼 나를 향해 돌아온다.
5. 써야 할 곳과 안 써도 좋을 곳을 분간하라. 판단이 흐리면 낭패가 따른다.
6. 자꾸 막히는 것은 우선멈춤 신호다. 멈춘 다음 정비하고 다시 출발하라.
7. 힘들어도 웃어라. 절대자도 웃는 사람을 좋아한다.
8. 들어온 복만 먹으려 하지 말라. 복이 없으면 나가서 복을 만들라.
9. 기도하고 행동하라. 기도와 행동은 앞바퀴와 뒷바퀴다.
10. 자신의 영혼을 위해 투자하라. 투자한 영혼은 천 년 앞을 내다본다.
11. 마음의 무게를 가볍게 하라. 마음이 무거우면 세상이 무겁다.
12. 돈은 거짓말을 하지 않는다. 돈 앞에서 진실하라.

13. 씨 돈은 쓰지 말고 아껴 둬라. 씨 돈은 새끼를 치는 종자돈이다.

14. 샘물은 퍼낼수록 맑은 물이 솟아난다. 아낌없이 베풀어라.

15. 헌 돈은 새 돈으로 바꿔 사용하라. 새 돈은 충성심을 보여준다.

16. 적극적인 언어를 사용하라. 부정적인 언어는 복 나가는 언어다.

17. 깨진 독에 물 붓지 말라. 새는 구멍을 막은 다음 물을 부어라.

18. 요행의 유혹에 넘어가지 말라. 요행은 불행의 안내자이다.

19. 검약에 앞장서라. 약 중에 제일 좋은 보약은 검약이다.

20. 자신감을 높여라. 기가 살아야 운이 산다.

21. 장사꾼이 되지 말라. 경영자가 되면 보는 것이 다르다.

22. 서두르지 말라. 급히 먹은 밥이 체하기 마련이다.

23. 세상에 우연은 없다. 한번 맺은 인연을 소중히 하라.

24. 돈 많은 사람을 부러워 말라. 그가 사는 법을 배우도록 하라.

25. 본전 생각을 하지 말라. 손해가 이익을 끌고 온다.

26. 돈을 내 맘대로 쓰지 말라. 돈에게 물어 보고 사용하라.

27. 느낌을 소중히 하라. 느낌은 신의 목소리이다.

28. 돈을 애인처럼 사랑하라. 사랑은 기적을 보여준다.

29. 기회는 눈 깜박하는 사이에 지나간다. 순발력을 키워라.

30. 말이 씨앗이다. 좋은 종자를 골라서 심어라.

31. 작은 것 탐내다가 큰 것을 잃는다. 무엇이 큰 것인가를 판단하라.

32. 돌다리만 두드리지 말라. 그 사이에 남들은 결승점에 가 있다.

33. 돈의 노예로 살지 말라. 돈의 주인으로 기쁘게 살아가라.

34. 절망 속에서도 희망을 잃지 말라. 희망만이 희망을 싹 틔운다.

35. 기쁨 넘치는 노래를 불러라. 그 소리를 듣고 사방팔방에서 몰려든다.

36. 지갑은 돈이 사는 아파트다. 나의 돈을 좋은 아파트에 입주시켜라.

37. 불경기에도 돈은 살아서 숨 쉰다. 돈의 숨소리에 귀를 기울여라.

38. 값진 곳에 돈을 써라. 돈도 신이 나면 떼 지어 몰려온다.

39. 돈 벌려고 애쓰지 말라. 돈을 사랑하기 위해 애를 써라.

40. 인색하지 말라. 인색한 사람에게는 돈도 야박하게 대한다.

41. 더운밥 찬밥 가리지 말라. 뱃속에 들어가면 찬밥도 더운밥 된다.

42. 좋은 만남이 좋은 운을 만든다. 좋은 인연을 소중히 하라.

43. 효도하고 또 효도하라. 그래야 하늘과 조상이 협조한다.

44. 돈을 편하게 하라. 아무 데나 구겨 넣으면 돈도 비명을 지른다.

45. 느낌을 소중히 하라. 느낌은 하늘의 목소리다.

46. 한 발만 앞서라. 모든 승부는 한 발자국 차이다.

47. 돈은 보물이다. 조심조심 다루어라.

48. 있을 때는 겸손하라. 그러나 없을 때는 당당하라.

49. 부지런하라. 부지런함은 절반의 복을 보장한다.

50. 돈은 돈을 좋아한다. 생기는 즉시 은행에 입금시켜라.

51. 돈은 잠자는 사이에도 쉬지 않고 새끼 친다. 기뻐하라.

52. 티끌 모아 태산이 된다. 작은 돈에도 감사하라.

53. 돈을 값진 곳에 써라. 돈도 자신의 명예를 소중히 안다.

54. 돈에 낙서하지 말라. 당신의 얼굴에 문신하면 어떻겠는가 생각하라.

55. 찢어진 돈은 때워서 사용하라. 돈도 치료해 준 사람에게 감사한다.

56. 여자와 개와 돈은 같다. 쫓아가면 도망가고, 기다리면 쫓아온다.

57. 돈과 대화를 나눠라. 돈의 말에 귀를 기울여라.

58. 안달하지 말라. 돈은 안달하는 사람을 증오한다.

59. 마음이 가난하면 가난을 못 벗는다. 마음에 풍요를 심어라.

60. 돈이 가는 길이 따로 있다. 그 길목을 지키며 미소를 지어라.

나보다 나이 많은 어느 환자가 나보고 부러운 나이라고 말하던 게 생각난다. 당시에는 내 나이도 많은데 부럽다는 말이 이해되지 않았다. 하지만 지나고 나니 한 살이라도 젊을 때가 좋다는 걸 느끼게 되었다. 내게 주어진 당시를 즐겁고 고맙게 살아야 할 텐데도 생을 불만으로 사는 사람들은 생을 불만하느라 시간을 허비한다. 생을 낭비하지 말라. 당시가 좋은 때인 줄 알고 당시를 놓치지 않는 생을 살아야 할 것이다.

공동생활과 관련해서 '요령'이라는 말을 생각해 볼 수 있다. 예를 들어 군대 생활은 공동생활이기에 '요령'이 필요하다. 자신의 특기를 살려 실속(?) 있는 부서에서 근무하며 군대 생활을 편하게 지내는 것도 좋지만, 더 중요한 것은 요령을 터득하고 그 터득한 요령이 무엇인지 아는 것이다. 요령은 어려울 때 더 많이 생각하게 되는 단어로서 편하면 요령을 생각할 필요가 없어진다. 군에 입대하여 신참과 고참이 구보를 하면, 누가 더 잘할지 판단할 수 있다. 통상 구보에 대한 '요령'을 아는 고참이 신참을 이긴다. 체력은 신참보다 약할 수도 있지만, 고참은 자기도 모르게 구보 요령을 터득했기 때문에 쉽고, 신참은 아직 구보 요령을 모르기 때문에 힘들다.

'요령'이란 단어가 거부감을 느끼게 하는 말 같지만, 요령이라는 말에는 사실을 잘 알고 하라는 뜻이 내포되어 있다. 잘 모르면서 요령껏 하는 것은 타인에게 피해를 줄 수 있으며 공동생활에 부적합하다. 군 생활을 무의미하게 보내지 말고 잘 알고 하라는 뜻의 '요령'을 터득하여, 무엇이든 잘 알고 '요령껏' 할 줄 알아야 할 것이다. 그를 알고 나를 알면 백 번 싸워도 백 번 이긴다는 뜻의 '지피지기백전불태'(知彼知己百戰不殆)라는 말도 있지 않은가.

나는 MRI 촬영 결과 뇌출혈로 확인되어 수술한 후 아직 치료 중이다. 수술 전에 뇌의 혹만 제거하면 된다는 의사의 설명에 수술을 하게 되었는데, 이렇게 장기간 치료하며 지내게 될 줄은 몰랐다.

그럴 줄 알았다면 수술하지 않았을 텐데 하고 수술한 것을 후회하곤 한다. 하지만 수술한 것이 전화위복(轉禍爲福)의 계기가 되길 바란다. 나는 약하고 긴 인생보다는 굵고 짧은 인생을 더 좋아한다. 세상에서 제일 힘든 일은 무거운 물건을 옮기는 일보다 아무것도 하지 않고 지내는 일이다. 한 번 살다 가는 인생에서 아무것도 하지 않고 수양하듯 길게 살기보다는, 어려움을 견디기 힘들더라도 후회

없이 짧게 사는 것이 더 좋다.

어릴 때 나는 시골 마을에서 살았다. 당시엔 유치원도 없었다. 초등학교 옆에 살던 나는 유치원 대신에 옆 초등학교를 다녔다. 지금 기억으로는 초등학교 1학년을 3년 동안 다닌 것 같다. 즉 2년간은 공부하러 간 게 아니라 학교에 놀러 갔다가 또 집에 와서 놀면서 혼자 마음대로였던 것 같다. 어느 날 초등생도 아닌 어린 내가 학교에 가고 있었는데, 어떤 중학생(당시 내가 보기에 그는 큰 어른이었다)이 오늘 일요일인데 왜 학교 가느냐고 물었다. 그 말에 집으로 돌아와서 왜 학교 가게 했느냐고 투정 부린 기억이 난다. 초등학교 1학년이 엊그제 같은데 벌써 노인이 되었으니, 당시 왜 학교 가느냐고 묻던 그 어른(?)이나 군 생활 때 조교였던 사람은 지금쯤 어떻게 되었을까? 낮이나 밤이나 전화만 오면 우렁차게 전화 받으라고 소리치던, 백색전화를 소지하고 있던 자산 많은 아저씨, 당시 고교 야구나 레슬링·복싱 선수였던 사람들은 어떻게 되었을까? 나도 노인이 되었는데 당시 나보다 나이 많았던 그분들은 어떨까 안부가 궁금하다.

아래 글은 어느 사람이 쓴 '중년의 삶'이라는 글이다.

"오늘 저녁이 좋다. 친구여!! 나이가 들면, 설치지 말고 미운 소리 우는 소리 헐뜯는 소리 그리고 군소리 불평일랑 하지를 마소. 알고도 모르는 척, 모르면서도 적당히 아는 척, 어수룩하소. 그렇게 사는 것이 평안하다오.

친구여!! 상대방을 꼭 이기려고 하지 마소. 적당히 져 주구려. 한걸음 물러서서 양보하는 것이 지혜롭게 살아가는 비결이라오.

친구여!! 돈 욕심을 버리시구려. 아무리 많은 돈을 가졌다 해도 죽으면 가져갈 수 없는 것. 많은 돈 남겨 자식들 싸우게 만들지 말고, 살아 있는 동안 많이 뿌려서 산더미 같은 덕을 쌓으시구려.

친구여!! 그렇지만 그것은 겉 이야기. 돈은 놓치지 말고 죽을 때까지 꼭 잡아야 하오. 옛 친구를 만나거든 술 한 잔 사주고, 불쌍한 사람 보면 베풀어 주고, 손주 보면 용돈 한 푼 줄 돈 있어야 늘그막에 내 몸 돌봐 주고 모두가 받들어 준다오.

옛날 일들일랑 모두 다 잊고 잘난 체 자랑일랑 하지 마오. 우리들의 시대는 지나가고 있으니, 아무리 버티려고 애써 봐도 가는 세월은 잡을 수가 없으니, 그대는 뜨는 해 나는 지는 해, 그런 마음으로 지내시구려. 나의 자녀, 나의 손자, 그리고 이웃 누구에게든지 마음씨 좋게 뵈는 좋은 이로 살으시구려. 멍청하고 아프면 괄시한다오. 아무쪼록 오래 오래 사시구려."

과거가 있기 때문에 오늘이 있고, 오늘이 있기 때문에 내일이 있다. 비록 내가 내일 어디에 있게 될지 알 수 없지만, 오늘도 내일을 위해 나는 준비해야 한다. 원하지도 않은 낯선 이곳에 내가 올 줄은 꿈에도 생각지 않았지만, 어쨌든 내가 흘러온 곳은 지금 이곳이다. 과거를 발판으로 본인이 원하든 말든 흘러가는 게 인생이다. 우리는 지금에 만족하며 미래를 준비하는 인생을 살아야 한다.

나는 산 정상에서도 짜장면을 시켜 먹을 수 있다는 말을 실감한다. 산길일지라도 오토바이만 다닐 수 있으면 짜장면 배달이 가능하듯, 걷지 못하는 나는 차만 다니면 산 정상에 깃발을 꽂을 수 있다.

한 번은 2병상 부부와 강원도에 가서 1박 하고 온 적이 있다. 저녁에는 소주도 한 잔 하고, 다음날 아침에는 해장국도 먹고 약수도 마시면서 강원도의 시원한 정취를 느꼈다. 하지만 그 모든 것보다도 내가 병원에서 벗어나 강원도에서 바람을 쐬었다는 일탈이 좋았다.

어느 날 저녁에 '화재이니 대피하기 바란다.'면서 병원에 사이렌이 울렸다. 나는 사이렌 소리가 오작동이기를 바라면서, 병원에 기거하는 사람들이 일시에 대피할 수 없다는 생각에 대피하지 않았다. 하지만 많은 환자와 보호자들은 대피하려고 했다. 차후 사이렌 소리는 내 바람대로 오작동이었음이 확인되었다. 나는 대피할 것을 아예 포기하여 대피하려던 사람들의 모습을 보지 못했다. 하지만 대피하려다 대피하지 않은 환자 보호자들의 말에 의하면, 어느 노부부는 외출 준비를 한 채였고, 또 어떤 환자는 보자기를 안고 휠체어에 타고, 환자의 보호자는 보자기를 든 모습이었단다. 또 그런가 하면 대부분의 환자와 보호자들이 실내복 차림이 아닌 외출복 차림이어서 멋쩍고 우스꽝스러운 모습을 하고 있었다고 한다. 나이 많은 환자일지라도 사람들은 삶에 애착을 가지며 삶 자체를 좋아한다.

우리는 어떠한 경우일지라도 삶의 의미를 과소평가하여 삶을 포기함으로써 나를 아끼는 사람들을 실망케 해서는 안 된다. 또 결과는 같다는 상상이 나를 지배하고 이기게 해서도 안 된다. 내 삶의 의미가 무엇인지 생각하면서, 내 삶의 목표가 아주 작고 소박하여 벌써 그것을 성취한 것이 아니라면, 그것이 이루어질 때까지 내 삶은 내가 지켜야 한다. 인생의 마지막 순간을 앞둔 사람들이 가장 많이 하는 후회는 무엇일까?

1. 자신의 몸을 소중히 하지 않았던 것.

   죽음을 앞둔 환자들의 한결같은 마음이다. '평소 내 몸을 좀 더 소중히 여겼으면 지금 아프지 않을 텐데…'라고 생각하는 사람들이 많다. 병이 생긴 뒤 돈을 들이기보다, 병에 걸리기 전에 검사하는 데 돈을 쓰는 편이 현명하다.

2. 유산을 어떻게 할까 결정하지 않았던 것.

   병원 침대에 누워 유산 상속 문제로 골머리를 앓는다. 환자가 죽고 나서 재산 문제로 가족 관계가 나빠지는 경우도 많다. 건강할 때 이 부분을 정리하는 것이 좋다.

3. 꿈을 실현할 수 없었던 것.

   많은 환자들은 꿈을 실현하기 위해 전력을 다하지 않았던 것을 후회한다. 연주자를 꿈꾼 한 말기 암환자는 병동에서 불철주야 연습해 처음이자 마지막인 연주회를 열었다.

4. 맛있는 것을 먹지 않았던 것.

   죽음을 앞둔 환자들은 식욕이 떨어지거나 최악의 경우 미각이 없어지기도 한다. 어느 말기 암환자는 유명한 스시 집에 가서 마지막 만찬을 먹었으나 전혀 맛을 느끼지 못했다. 건강을 잃기 전에 맛있는 것을 많이 먹어야 한다.

5. 마음에 남는 연애를 하지 않았던 것.

   마음에 남는 연애는 죽음을 앞둔 사람에게 큰 버팀목으로 작용한다. 기억에 남는 연애를 했던 환자들의 얼굴은 온화하다.

6. 결혼을 하지 않았던 것.

   독신인 채 일생을 끝내는 환자들은 반려자를 만나지 못한 것에 대해 크게 후회한다.

7. 아이를 낳아 기르지 않았던 것.

   대부분의 여성 환자들의 후회 중 하나다. 꿋꿋이 투병생활을 하던 한 80대 노파는 손자가 휠체어를 밀어 주는 다른 환자의 모습을 보고 불쑥 "선생님, 저도 아이를 하나 낳을 걸 그랬어요." 하고 중얼거린다.

8. 악행에 손댄 일.
    나쁜 일을 저질러 병을 얻었다고 생각하는 사람들이 의외로 많다. 이들은 밤새 악몽에 시달리며 남은 생을 힘들게 보낸다.

9. 감정에 좌지우지되어 일생을 보내 버린 것.
    죽음이라는 큰 산 앞에 놓이게 되면 지금껏 해왔던 고민이 아주 사소한 일이 돼버린다. 때문에 많은 환자들이 감정적인 문제로 수없이 말다툼을 했다는 사실을 후회한다.

10. 자신을 제일이라고 믿고 살아온 것.
    회사 경영자 등 높은 사회적 지위에 오른 사람들이 갖는 후회 중 하나다. 주위 의견을 전혀 듣지 않고 유아독존 식으로 살아온 사람들은 자신의 힘으로 어쩔 수 없는 '죽음' 앞에 놓여 과거의 오만했던 일들을 후회한다.

11. 생애 마지막에 의지를 보이지 않았던 것.
    영화나 드라마에서처럼 죽기 직전 "지금까지 고마웠다."라고 말할 수 있는 경우는 드물다. 대부분의 환자들이 의식을 잃거나 말할 틈도 없이 눈을 감는다. 건강할 때 가족이나 친구 등에게 하고 싶은 말을 해두는 것이 현명하다.

12. 사랑하는 사람에게 '고마워요.' 라고 말하지 않았던 것.
13. 가고 싶은 장소를 여행하지 않았던 것.
14. 고향을 찾아가지 않았던 것.
15. 취미에 시간을 할애하지 않았던 것.
16. 만나고 싶은 사람을 만나지 않았던 것.
17. 하고 싶은 것을 하지 않았던 것.
18. 사람에게 불친절하게 대했던 것.
19. 아이를 결혼시키지 않았던 것.
20. 죽음을 불행하다고 생각한 것.
21. 남겨진 시간을 소중히 보내지 않았던 것.
22. 자신이 산 증거를 남기지 않았던 것.
23. 종교를 몰랐던 것.

24. 자신의 장례식을 준비하지 않았던 것.
25. 담배를 끊지 않았던 것.

　걸어온 길이 훤히 다 보이는 돈대산에 오르며 내 인생길도 이랬을 것이라고 뒤돌아본다. 인생의 마지막 순간일지라도 우리는 살아온 길을 후회하지 않는 인생이 되도록 해야 할 것이다.

병실에서의 생활

703호실은 남편(남자)이 환자이고 주로 부인(여자)이 간병하는 병실이다. 장기적인 병원 생활을 위해 입원 시에 집에서 사용하던 가구를 병실로 옮겨 병원 생활을 편리하게 해야 하지만, 한정된 병실에 사용하던 가구를 전부 옮겨오는 것은 불가능하다. 그러므로 보호자는 기본적으로 생활에 필요한 용품인 세면도구(세숫대야, 치약, 비누, 타월 등)와 주방용품(칼, 도마, 그릇, 음식 재료 등) 및 의복 외에는 병실로 옮겨오지 않는다. 좁은 병상에서 이러한 물품을 보관하는 것도 무리여서 일부 물품은 타인의 병상에 보관하기도 한다.

집에서는 가족 여러 명이 편리하게 사용할 수 있을 정도로 여유가 있는 큰 냉장고를 사용한다. 하지만 병실에서 공동으로 사용하는 냉장고는 한 개로서, 여러 명의 환자가 음식 재료를 한 냉장고에 넣어 두고 사용하기엔 부족하다. 냉장고를 개인 냉장고처럼 편리하게 사용할 수 없게 되는 것이다. 그러나 간혹 냉장고 속 내용물을 꺼내 보면 먹지도 못할 음식 재료가 나오는 경우가 많다. 필요한 재료도 다 들어가지 못하는 비좁은 냉장고에 쓸데없는 것이 왜 자리를 차지하게 됐을까? 병원 냉장고를 사용하는 사람은 이 냉장고가 공동으로 사용하는 냉장고라는 생각으로 타인이 불편하지 않도록 해야 할 것이다.

공동으로 사용하는 세탁기도 마찬가지다. 어떤 경우에는 세탁기가 작동되지 않기도 한다. 집에서 사용하는 세탁기였다면 이렇게 작동되지 않아도 방치했을까? 병원에 빨래 말리는 곳이 부족하여 일부는 병실 내의 또는 병실 외부의 금지된 공간에 빨래를 널어 말리기도 한다. 병실 내에서 빨래를 널어 말리면 환자의 위생이 어떨까? 그리고 병실 외부일지라도 금지된 공간에 빨래를 널어 말리면 타인에게 피해가 되지 않을까? 병원 예절을 지키기 어려운 형편이면 불편을 감수할 수밖에 없겠지만, 병원에서 기거하는 환자나 보호자 모두가 예절을 지키도록 노력해야 할 것이다.

나는 공공장소에 있으면서 감시자가 없는 물품은 주인 없는 물품으로 본다. 예를 들면 어떤 보호자가 본인이 습득한 물건을 감시하지 않고 병원에 방치해 두어 타인이 사용할 경우, 이것은 절도에 해당되지 않는다고 본다. 더구나 음식물이라면 위(胃)에서 소화된 음식물을 차후 주인(?)이 알았다고 하여 변할 게 없다. 주인은 공공장소에 물품을 방치하지 말아야 한다. 먼저 본 사람이 물품 임자가 되는 일이 없도록 해야 하는 것이다.

병실은 식사 시간에 맞춰 식사한다. 다른 시간에는 치료를 위해 각자가 시간 맞춰 생활하기 때문에, 취침 시간 외에는 이때가 바로 병실에 기거하는 전원이 모이게 되는 시간이다.

환자들 대부분은 언어 장애가 있어 간단한 말조차 하지 않는다. 그래서 식사 시간에 병실은 조용하다. 나도 말이 불완전하지만 내 언어 치료를 위해서, 또 환자들의 언어 치료를 위해서 나는 식사 시간에 "날이 춥죠?"라고 묻는 등, 옆 환자에게 말을 시킨다. 그러면 옆 환자는 '예, 아니오'로 답할 게 예상된다. 결국 옆 환자는 자기가 생각한 것을 말하게 된다. 언어 치료 시간이 따로 정해진 것이 아니라, 이런 게 바로 언어 치료이다.

어느 날 3병상 환자가 "밥 줘."라고 말한 것을 듣고 병실 전체가 환호한 적이 있다. 말을 못 하던 환자가 말한 것은 대단한 변화였기 때문이다. 어린애가 누워 있다가 엎칠 때 이를 지켜본 부모의 마음도 이와 같을 것이다. 두 마디 말에 병실 전체가 환호할 정도이다. 이는 마치 환자가 어린애같이 어려운 일을 한 것이다.

어린애를 돌보는 것이 얼마나 힘든지 알 것이다. 나는 젊었을 때 어린애를 자주 돌보곤 했다. 당시에는 몰랐지만 지금 생각해 보면, 말도 못 하는 어린애의 뜻을 몰라 당황하곤 했는데, 그게 어려웠던 것 같다. 말로 아이의 의사(意思)를 알 수 있으면 어린애가 원하는 대로 해줄 텐데, 아이의 뜻을 몰라 당황만 했던 것이 아쉽다. 환자는 자신의 의사를 말로 표현하여 보호자에게 자신의 의사가 바르게 전달될 수 있도록 노력해야 한다.

나는 노래방에 가지 않는다. 노래하면서 어려움을 잊고 기쁜 마음으로 타인과 소통하며 삶을 즐겁게 지내고 싶지만, 수술 후 언어도 불투명한데 노래가 잘될 리 없다. 노래방에서 노래를 흥겹게 불러 본 게 엊그제 같다. 빨리 나아서 노래도 부르며 삶을 즐겁게 살아야지.

환자의 건강한 식사를 위해 보호자가 의사나 간호사의 눈을 피해 찬(餐)을 준비하는 경우가 많다. 그런데 준비하는 것을 보면 일반 가정집에서 사용하는 주방 용품을 사용하지 않기 때문에 우습다. 작은 칼이며 도마, 그릇 같은 게 마치 어릴 때 동네 친구들과 주사놀이며 소꿉놀이하던 일을 연상케 한다. 이런 작은 주방 용품은 식사에 방해되지 않으며, 오히려 병실에 어울린다.

병원 식사 시 찬을 보면, 하루 세 끼로 끼니때마다 각기 다른 찬이 준비되지 않는다. 그래서 5병상의 경우 배달되는 음식을 자주 시켜 나누어 먹곤 한다. 하지만 음식점에서 준비된 음식이라 좋다곤 할 수 없어도, 그래도 별미라는 생각에서 보면 좋은 식사가 된다.

비록 병원에서 생활할지라도 다 먹고 살자고 하는 것인데, 할 수 없이 끼니를 때우는 정도의 식사로는 삶에 만족할 수 없다. 병원 식사도 삶의 일부이다. 그러므로 병원은 환자 및 보호자 모두가 즐거운 식사가 되도록 해야 한다.

5병상 환자 부인이 가끔 돼지(豚) 요리를 준비해 오는 경우가 있다. 물론 한 번 준비하면 병실 내 환자 8명과 보호자 7명, 총 15명 이상이 간단히 먹을 수 있는 양을 가져온다. 다른 데 갈 필요 없이 바로 침상에서 취침하면 되기 때문에, 어떤 때는 의사나 간호사의 눈을 피해 막걸리 한 잔을 곁들여 회포를 풀기도 한다. 또 어느 날은 5병상 환자가 병실 내 보호자들과 같이 노래방에 가서 보호자들로 하여금 환자를 돌보느라 쌓인 피로를 풀게 하기도 했다.

식사는 생활의 기초인 에너지를 제공하는 힘의 원천이다. 그런데 부족하면 빈혈 등으로, 과하면 비만 등으로 고생하는 경우가 많다.

나는 이런 경우는 아니지만, 비만이 될까봐 근심하는 사람들을 보고 생각나는 게 있다.

위(胃)는 식사량이 많으면 커지고, 식사량이 적으면 작아지는 등 크기를 자동적으로 조절한다고 한다. 그래서 계속 많은 양의 식사를 하면 위는 커지고, 적은 양의 식사를 하면 위는 작아지게 된다.

식사량이 적을 때와 많을 때의 위 크기 차이가 10배 정도라는 것은 상상키 어렵다. 사위가 처갓집에 가서 음식을 먹으면 위가 커진다는 말이 이해된다. 비만이 될까봐 걱정인 사람은 위 크기가 작아지게 음식을 적게 섭취하면 될 것이지만, 위(胃) 크기를 작게 하기 위해 맛있는 음식을 먹지 못하는 것도 어려운 일이다.

요즘 나는 단단한 음식을 먹으면 치아가 아파서 씹지 않아도 되는 무른 음식을 좋아한다. 아무 거나 잘 먹던 내가 맛있는 음식을 놓고 못 먹게 된 것이 애석하다. 치아가 괜찮은 젊을 때 먹을 걸, 그때는 아끼느라 못 먹고, 이제는 아끼지 않아도 되는데 치아가 좋지 않아 못 먹고…. 돈이 없어 놀러 가지 못하고 집에서 할 일 없이 빈둥거리던 사람이, 돈이 생기니 놀 시간이 없어 놀러 가지 못하는 꼴이다. 나이 많아 치아를 못 쓰게 될 때보다는 치아를 사용하는 지금이 더 좋은 때이다.

과거에 무얼 먹겠느냐고 묻는 질문에 '아무 거나 먹지.' 하고 답하는 사람들을 보았다. 이는 자신의 주관이 없는 답이라 나는 싫어한다. 다른 사람이 하자는 대로 한 후 차후에 불평하는 것보다는, 타인이 의사를 묻기 전에 자신의 의사를 밝혀 타인이 자신의 의사에 따르도록 유도하는 게 더 현명하다.

우리 병원 근처에 치과와 이비인후과 병원이 있어 나는 종종 갔다. 굳이 근처에 병원이 있어서라기보다는 그동안 사용한 치아나 귀가 염려되어 종종 가서 살펴보고 보호한 것이다. 눈도 보호해야 하나 눈은 똑히 처리할 방법이 없지만, 귀는 귓속을 청결하게 하고 치아는 스켈링이라도 할 수 있기 때문이다. 특히 나이 많은 사람들은 항상 눈 귀 치아 건강에 관심을 가져 추후 젊은 사람들에게 피해를 끼치는 일이 없도록 해야 할 것이다.

환자 대부분은 평상시 건강을 소홀히 관리해서 환자가 되었다. 모든 책임은 자기에게 있는 것(自業自得)이다. 환자의 체질이나 나이 등의 여건을 탓하는 것은 잘못이다. 만약 여건 탓을 한다면, 체질상 부실한 사람이나 나이 많은 사람은 입원하여 치료받는 환자가 되어 있어야 한다. 그럼에도 우리만 치료받고 있지 않은가. 전부가 아닌 극소수 사람이 환자라는 것은 결국 여건이 아니라, 자기 자신이 건강관리를 소홀히 했다는 증거이다.

우리는 보험 가입도 제한되는 중증 환자이다. 왜 보험 가입이 제한되는지 생각해 보아야 한다. 그 이유는 우리는 보험사 이익에 도움이 되지 못하는 사람들이기 때문이다. 즉 정상인에게는 사소한 병이라도, 우리는 그 병에 걸리지 않게 건강을 관리해야 한다. 사소한 병일지라도 그것을 원인으로 하여 우리는 사망할 수도 있는 중증 환자이므로, 병에 걸리지 않게 건강을 관리하면서 아무 일 하지 않고 소극적으로 오래 살기보다는 삶의 의미를 새기며 적극적으로 살자.

정상인이 약을 먹어도 견디기 어려운데, 환자 대부분이 약을 먹으며 산다. 따라서 환자는 생활에 어려움이 많다. 그렇지만 환자는 정상인과 같은 수준이 되도록 식사를 잘하고 운동도 수시로 하는 등, 마른 장작의 화력이 세다는 말처럼 건강한 체력이 되도록 노력하여 약을 이기며 생활할 수 있는 사람이 되도록 해야 한다.

나는 환자가 보호자와 함께 목욕탕에 가는 게 부러웠다. 지금도 못 가지만, 건강했을 때 나는 목욕탕에서 온갖 생각을 잠시나마 잊을 수 있었던 게 좋았다. 지금도 그렇게 할 수 있다면 좋겠다.

나는 일찍 취침하고, 일찍 잠에서 깬다. 보통 나이 많은 사람들은 일찍 일어나게 된다. 쓸데없는 생각을 하느라 깨어나면 다시 잠들지 못하여 결국 일찍 일어나게 되는 것이다. 살아오는 동안 겪은 일과 느낀 점이 많으니 쓸데없는 생각도 많을 수밖에 없다. 목욕탕에 가서 온갖 생각을 잠시나마 잊게 될 날이 언제일지 기대된다.

나는 좋은 감정을 느끼는 일이 얼마나 많았는지 하는 것으로 행복을 평하지, 얼마나 장수(長壽)했는지 하는 것으로 행복을 평하지 않는다. 집시나 거지 같은 생활을 했을지라도 좋은 감정을 많이 느끼며 살았다면 그는 행복한 사람이다. 그러나 돈 많은 왕후정성(王后政聲)이라 할지라도 좋은 감정을 많이 느끼지 못하고 살았다면 불행한 사람이다. 재활 치료 중인 우리는 움직임이 불편하여 지금은 좋은 감정을 느끼기 어렵지만, 좋은 감정을 느낄 것을 기대하며 치료를 계속하고 있다.

우리 병실에 있는 환자들은 대부분 뇌 이상으로 손발의 움직임이 불편하여 재활 치료 중인 사람들이다. 2병상과 5병상은 치료 후 뇌 상태가 어떤지 궁금하여 MRI 촬영을 해보고 싶어 했다. 나는 그들에게 뇌 MRI 촬영에 소요되는 비용으로 과자나 사먹으라고 권했다. 왜냐하면 MRI 촬영 결과 치료되었다는 것이 확인되면 계속 치료를 하게 되고, 또 치료되지 않았다고 해도 다시 뇌수술을 원하는 환자는 없기 때문에 계속 치료할 수밖에 없게 되기 때문이다. 이는 결국 다른 방법 없이 본인의 궁금증을 해소하기 위해 비용을 낭비하면서까지 기분 나빠질지도 모르는 상황을 자초할 우려가 있는 일이다. 결국 환자들은 뇌 MRI 촬영을 포기했다. 좋은 감정을 느끼는 게 행복이지, 장수하기 위해 수년간 좋은 감정을 포기하는 것은 행복이 아니다. 아픈 줄 알고 고민하며 지내는 것보다는, 아픈 줄 모르고 지내는 것이 더 행복하다.

취침 시간에는 각 병상마다 커튼을 치고 환자는 환자용 침대에서, 보호자는 간이 침상에서 불편한 상태로 취침한다. 커튼을 치면 각 병상의 모습들은 가려지지만, 좁은 병실이라 소리는 들린다. 코고는 소리도 들리고 부스럭거리는 소리, 낮은 말소리도 전부 들린다. 그래서 어떤 환자 보호자는 환자의 코고는 소리가 취침에 방해될까봐 양해를 구하기도 한다. 그러나 정작 코고는 환자 보호자는 양해를 바라는 말도 없다. 공동으로 생활하는 병실에서는 예의를 지켜야 한다. 본인도 환자이고 옆도 환자이므로 환자 본인이 좋다고 옆 환자가 좋을 것으로 생각해서는 안 된다. 더구나 취침 시간에는 옆 환자가 취침할 수 있도록 병실 예의를 더욱 지켜야 한다.

병실 생활의 단조로움을 덜기 위해 병원 측은 병실 내에서도 TV를 시청할 수 있도록 배려한다. 그런데 TV 시청이 환자 치료에 도움이 되는 것인지, 아니면 보호자에게만 도움이 되는 것인지의 여부는 애매하다. 물론 낮 시간에는 TV 시청이 환자나 보호자에게 유익할 수 있지만, 취침 시간에는 보호자도 보호자이지만 환자에게 전혀 유익할 수 없다. 취침 시간에 병실에서 TV를 시청하는 것은 병실 예의에 어긋난다. 취침 시간이란 병실 내 환자가 취침하는 시간을 말하는 것이지, TV를 시청하는 환자나 보호자가 취침하는 시간이 아님을 알아야 한다. 병원은 병실 예의가 지켜지도록 해야 한다.

커튼을 치면 커튼 안쪽이 방이 된다. 그렇기 때문에 조금이라도 자신의 방을 크게 하기 위해 커튼이 타인 병상을 침범하곤 한다. 그래서 옆 병상(옆 집)과 다투기도 하지만 결국 서로 이해하고 양보하게 된다. 나는 보통 일찍 취침하는 편이라 커튼을 일찍 친다. 그러면 실내 공기가 순환되지 않는다고 불평하는 보호자도 있는데, 결국 환자인 내가 일찍 취침할 수밖에 없다는 것을 차후 보호자들이 이해하고 양보하게 된다. 나는 초저녁에 잠이 오면 눈꺼풀이 무거워 몸을 가누지 못하게 되고, 또 잠 올 때(초저녁) 잠들지 않으면 그날은 아예 잠들지 못하고 만다. 졸음운전이 사고의 원인이 된다는 것을 모르는 운전자는 없다. 졸음이 오면 눈꺼풀이 무겁다는 것을 운전자들은 다 알 것이다. 눈꺼풀이 왜 그렇게 무거운지?

1평 남짓한 병상에서 나는 다리 밑의 거지가 부럽지 않다. 오히려 거지가 병상을 더 선호할 것 같다는 생각에 나는 쓴 미소를 짓는다. 아무것도 몰라 편할 수밖에 없는 환자가 어렵게 생활하는 거지보다 좋다? 아파서 아무것(어려움)도 모르는 환자보다는 어려움을 아는 집시 같은 거지가 더 나을 텐데….

사람이 생활하는 데 기본이 되는 옷과 음식과 집을 통틀어 우리는 의·식·주(衣食住)라고 일컫는다. 병원에서의 의·식·주는 어떨까? 외출도 못 하고 환자복만 입고 있으니 환자에게는 의(依)가 문제될 것 없이 해결된다. 병원 침대에서 취침하니 환자는 주(住)가 문제없이 해결된다. 또 병원에서 준비한 음식을 섭취하니 식(食)도 해결된다. 즉 병원에서는 의·식·주 전부가 다 해결된다.

그러나 한편으로 해결은 행복과는 다르다는 생각이 든다. 삶의 질로 따지자면 병원에서 준비한 의·주에 환자가 만족할 리 없다. 식도 마찬가지이다. 병원에서 준비된 것만 섭취하면 생을 즐겁게 사는 것으로 여기지 않기 때문에 보호자가 찬을 준비하게 되는데, 이것은 병원 생활을 하는 환자에게 하나의 즐거움이라고 할 수 있어, 환자는 보호자가 준비한 찬을 기다리게 된다. 나이 든 사람 대부분은 의·식·주 중에서 '식'에 더 연연하므로, 나이 많은 사람과 생활하는 사람들은 식을 정성껏 준비하는 것도 나이 많은 사람을 기분 좋게 하는 방법 중의 하나라고 생각해야 할 것이다.

등 따시고 배부르면 더 바랄 게 없다는 옛 말이 생각난다. 병상에 누워서 아무 생각 없이 병실 천장이나 올려다보며 취침할 수 있다는 것은 행복이다. 그런데 사람들은 무얼 더 바라서 욕심을 내는 것인지 이해가 되지 않는다.

어느 날 우리 병실의 대부분 보호자들이 그릇을 가져왔다. 병원 옆에 대형 마트가 있어서 마트에서 당장 필요치 않은 그릇을 구입한 것이겠거니 생각했다. 그러나 우리 병원 아래 있는 그릇 판매점이 폐업하려 하는데, 거기서 팔리지 않고 재고로 남은 그릇을 공짜로 가져왔다는 것이었다. 공짜면 양잿물도 먹는다는데, 그릇 판매점 폐업으로 공짜 그릇이 생겼으니 좋은 일일 것이다. 그런데 공짜 그릇이 생겼음에도 나는 기분이 그다지 좋지 않다. 장사가 잘못되면 폐업하는 가게가 많다. 장사하던 사람에게는 얼마나 가슴 아픈 일인가. 개업한 사람 전부가 장사를 잘할 수는 없어서 폐업하는 사람이 있기 마련인데, 그 사람들에게는 얼마나 안타까운 일인가.

또 더 가슴 아픈 일은, 폐업하는 것도 서러운데 폐업하는 데 비용도 만만치 않게 소비된다는 점이다. 가게 폐업도 그런데, 큰 기업체는 얼마나 많은 비용이 소비될까. 옛날 IMF 때 큰 기업체가 법정 관리를 위해 소비한 비용은 얼마나 될까. 그 덕에 이익 본 사람은 얼마나 많을까. 한쪽이 안 좋으면 다른 쪽은 좋다는 게 이를 두고 하는 말일 것이다. 양쪽 다 좋아지기 바란다면 무리한 일일까.

　나는 수술 후에 여러 곳에서 의사로부터 검사를 받았는데, 그 중 생각나는 것은 '여기가 어딘지? 월일은? 계절은?' 등 의사의 질문에 답하는 일이었다. 지금 생각하면 아주 기본적인 질문인데도 그 당시엔 상황에 따라서 답이 틀렸다. 의사복을 입은 의사가 여기가 어디냐고 물으면, 당연히 병원임에도 병원이라고 답하지 않는 환자가 많았다. 나도 겨울인데도 실내가 더우면 여름이라고 답했다. 지금 생각하면 참 한심한 답이다. 의식 없는 환자의 사고(思考)는 본능적인 것 외에는 생각하면서 행하는 것이 없는 동물의 사고와 같은 것 같다. 내가 그랬듯이 동물들도 살고 있다는 것을 의식하지 못한 채 본능적으로 살아가고 있을 것이라고 추측된다.

　병원에서 의식이 가물거리고 있었을 것으로 추측되는 어느 때, 나 자신이 외부에서 즐겁게 담소하며 식사하는 모습이 눈에 선했다. 너무 선한 기억이라 지금도 사실이 아닌가 하고 의심되지만, 사실일 리가 없다. 그러던 나는 신체의 모든 기억을 지워야 했다. 어느 치료사가 "잘 걷는 환자가 걸어 다니는 건 좋지만, 잘못 걷는 환자가 걸어 다니는 건 좋지 않다."라고 한 말을 되새겼기 때문이다. 즉 습관에 대한 것으로서 잘못된 걸음 습관을 익히지 말라는 뜻이었기 때문이다. 환자는 무조건 걷는 것이 목적일 수 있지만, 의사는 환자가 걷는 것과 동시에 바르게 잘 걷게 해야 한다. 결혼하는 것보다는 결혼을 잘하는 게 더 중요하다는 말과 같은 이치일 것이다. 걷는 것보다는, 바르게 잘 걷는 것이 더 중요한 일이다. 무조건 걷는 게 목적이었던 내 걸음은 바른 걸음이 아니었다. 그러므로 바르지 못한 걸음 습관을 지우고 그것을 기억하지 않게 되니 지금처럼 혼자서 걸을 수 없게 되었다. 하지만 이것은 또 내가 바른 걸음 습관을 익히게 된 계기가 되기도 했다.

우리가 적게 해야 할 세 가지가 있다. "입 안에 말이 적고, 마음에 일이 적고, 뱃속에 밥이 적어야 한다."는 것이다. 아래에 그 뜻을 적어 본다.

'입 안에는 말이 적고'는 하지 말았어야 할 말들, 해도 그만 안 해도 그만인 말들, 하고 나서 곧장 후회되는 말들, 혹은 할 때는 몰랐지만 시간이 흐른 뒤 허물을 느끼는 말들, 숱한 말들이 시간이 흐른 뒤에는 늘 그렇듯 공허함과 후회가 뒤따른다는 말이다. 내 안에 있는 것들을 마구 끄집어내면 후련해야 하는데, 아무리 끄집어내어 보아도 남는 것은 허한 마음뿐이다. 그러다 보니 말로 인해 후회되는 일이 참 많다. 후회하지만 사람 앞에 서면 또 한없이 늘어놓게 된다. 그러고는 또 한 번 '아차!' 하는 마음이 들지만, 그때는 이미 늦었다. 말에는 많은 허물이 따른다. 그저 그런 말, 해도 그만 안 해도 그만인 말들은 별일 아니라고 생각할 수도 있겠지만, 침묵하지 않고 내뱉는 그것만으로도 작은 허물일 것이다. 침묵하는 자는 복의 밭을 가꾸는 자이다. 내뱉어 허물을 짓기보다 아름다운 침묵이 내 삶의 잔잔한 속 뜰이 될 수 있다.

'마음에 일이 적고'는 어느 한 순간이라도 일 없었던 적이 없는 그간의 삶은 온통 정신없던 일뿐이었던 듯싶다는 말이다. 한 고개 넘어섰다 싶으면 의례히 또 다른 일이 생긴다. 아니, 생겼다기보다는 만들어 낸 것이 많았다. 우리네 살아가는 모습이 이런 것같이 느껴진다. 온통 일을 껴안고 살아가는 것 말이다. 일 없는 것이야 세상 사람 누구나 바라는 바이다. 누군 일이 있고 싶어 있겠느냐 싶겠지만, 사실 '일 있음'보다 더 어려운 것이 '일 없음'에 머무르는 것이다. 조용히 아무것도 안 하고 머물 시간이 주어지면, 사람들은 가만히 머물러 있지 않고 무언가를 하려고 든다. 우린 '일 없음'에 익숙지 않다. 일 없는 날에도 마음에서는 한가득 일을 품고 있다. 쉬는 날에도 온전히 쉬질 못하고 복잡한 일을 잔뜩 마음에 품어 마음에서 일하며 여가를 보낸다. 그러니 영혼이 진실로 쉴 수 있는 날이 드물다. 우리의 영혼은 '일 없음'을 필요로 한다. 단순하고 조금 느리게 살면 우리의 마음엔 무한 에너지가 공급된다. 모든 일을 다 하면서도 '일 없이' 할 수 있게 된다. 인생이라는 이 긴 기간 가운데 일 없는 날을 만들자면 얼마든지 만들 수 있을 것이다. 그렇지만 그런 날을 사람들은 좋아하지 않는다. 자꾸 일을 만들어 내고 산다. 그러면서 스스로 만든 일을 가지고 괴롭다고 한다. 사람들은 일이 없어야 좋겠다고 하지만, 사실 모든 일은 스스로 만들어낸 것이다. 우리의 일상에 본래 일이란 있지도 않다. '작위(作爲)'와 '의도(意圖)'로 일을 만들지 않으면 자연히 일은 사라지게 된다. 단순하고 조금 느리게 살아야 하는 것도 필요하리라 본다.

'뱃속에 밥이 적어야 한다.'는 말을 되새기며 나의 먹는 일상을 되돌아보았다. 허겁지겁 게걸스레 먹고 또 먹고…. 그러고 보니 생활의 반은 먹는 마음으로 산다. 뱃속 채우는 이 가장 원초적인 일에 참 많이도 마음을 쓰며 살아간다. '최소한의 필요'를 채우는 음식 외에 더 바랄 것이 없어야 한다. 그런 정도는 접어 두고라도, 하루 세끼 밥 때를 다 챙겨 먹고도 모자라 빵도 먹고 음료수도 먹고 군것질을 하고…. '먹고 싶은' 마음에 먹는 것이 참 많다. '먹고 싶은 마음'

에 먹기보다는 '먹어야 하는 마음'에 먹고 살아야 한다. 몸뚱이 이끌고 갈 만큼만 먹고 살면 되는데, 생각해 보면 먹는 문제 하나 제대로 다스리지 못했다.

행복한 삶

　주제넘지만, 여기서 내가 생각하는 '행복'이란 본인 뜻대로 다하면서 그에 만족하는 것을 말한다. 그러나 그렇게 할 수 있는 사람은 없다. 왜냐하면 사람은 공동생활을 하기 때문에 여건에 맞는 생활을 할 수밖에 없기 때문이다. 그래서 살면서 얼마만큼 만족하고 지냈는지가 행복의 척도이다. 나는 큰 집에 기거하였더라도 만족 못하고 불만이 많았다면, 일에 만족하고 지낸 집시나 거지가 차라리 더 행복했다고 본다. 행복은 여건에 맞게 생활하는 것을 말하는 것이지, 본인의 만족을 위해 타인의 만족을 무시하는 것을 말하지 않는다. 즉 타인도 만족하고 본인도 만족하는 것이 진정한 행복이다. 타인은 불만인데 본인만 만족스러운 것은 행복이 아니다.

　또 '운명'이란 생각하기에 따라 다르다. 즉 체념하는 것도 운명이고, 체념을 극복하는 것도 운명이다. 아픈 것도 운명이고, 아픔을 극복하는 것도 운명이다. 그렇다면 아픈 것을 극복하는 긍정적 운명이 더 나을 것 같다.

　나는 수술한 지 1년 정도 지나 어느 정도 체력과 정신이 회복되었을 때 먼저 차 운전을 시도했다. 수술 전에는 운전이 쉬웠으나 수술후에는 순발력이나 판단력이 부족해서 운전에 어려움이 많았다. 그래도 꾸준히 연습한 결과 지금은 운전이 가능하다. 차를 운전하니 차로 음식점에 가는 등 외출을 자주한다. 나 혼자 외출은 불가능하므로 항상 보호자 손을 잡고 외출한다. 외출 시 나의 모습은 보호자 손을 잡고 지팡이를 짚은, 머리카락이 흰 나이 많은 노인(?)이다. 그래서 내가 한 번 간 곳은 어느 곳이든지 다음에 가면 나를 잊지 않고 기억할 수밖에 없다. 식당일 경우 단골 아닌 단골손님이 된다. 사람은 특별한 방법으로 자기를 타인이 기억하도록 하는 것이 사회생활에 좋다. 나는 노력하지 않고도 타인이 자동으로 나를 기억하게 하는 축복(?)받은 사람인 것 같다.

삶은 더불어 같이 살아가는 것이다. 아프고 행복하지 못했다고 해서 생을 덤으로 더 누리게 하지는 않는다. 그러므로 며칠을 살든 몇 년을 살든 사는 기간에 상관없이, 사는 날 동안에는 삶을 즐기면서 행복하려는 노력을 계속해야 한다. 삶은 소비하면서 행복하게 사는 것이며, 소비하지 않으면 행복을 느끼기 어렵다. 그래서 미래의 소비를 위해 오늘은 저축하며, 미래의 행복한 삶을 위해 오늘의 소비를 참고 지낸다. 항상 미래를 준비하며 오늘의 행복을 참는 뜻있는 삶이 되게 노력해야 한다.

학교 다닐 때 하라는 공부는 하지 않고 놀다가 학교를 졸업한 후 공부하는 사람이 있다. 그런 사람을 일컬어 '뒤비쪼우는' 사람이라고 한다. 우리는 '뒤비쪼우는' 사람이 되지 말고, 현재에 맞는 생활을 하면서 미래의 행복을 위해 노력하는 사람이 되어야 한다.

행복이란 본인이 생각하여 만드는 것이다. 옆에서 행복을 만들어주거나 여건이 스스로 바뀌는 것이 아니다. 본인이 행복하다면 그것이 행복이다.

'명심보감'을 보면 이렇게 적혀 있다.

1. 남을 무시하지 마라.
   "자기가 잘났다고 생각하여 남을 업신여겨서는 안 되고, 자기가 크다고 생
   각해서 작은 사람을 무시해서는 안 되고, 용기를 믿고 적을 가볍게 대해서
   는 안 된다."

2. 의심받을 일은 하지 마라.
   "참외 밭에서는 신을 고쳐 신지 말고, 오얏나무 밑에서는 갓끈을 바로잡지
   말라."

3. 힘으로 남을 이기려 하지 마라.
   "힘으로 남을 이기면 겉으로는 복종하는 체하지만 진심으로 복종하는 것
   이 아니며, 덕으로 남을 이기면 진심으로 복종하게 된다."

4. 아무리 화가 나도 참아야 한다.
   "한때의 분노를 참으면 백 일 동안의 근심을 면할 수 있다."

5. 남을 해치고자 하면 자신이 먼저 당한다.
   "남을 판단하고자 하면 먼저 자기부터 헤아려 봐라. 남을 해치는 말은 도리
   어 자신을 해치게 되니, 피를 머금었다가 남에게 뿜으면 먼저 자신의 입부
   터 더러워진다."

6. 나를 칭찬하는 사람을 조심해라.
   "나를 나쁘게 말하는 사람은 나의 스승이요, 나를 칭찬만 하는 사람은 나
   를 해치는 적이다."

7. 누구에게나 배울 점이 있다.
   "세 사람이 길을 가면 반드시 내 스승이 있게 마련이다. 착한 사람한테서
   는 그 선함을 배우고, 악한 사람한테서는 그를 보고 자신의 잘못을 반성
   할 수 있다."

8. 원수를 만들지 말라.
   "남과 원수를 맺는 것은 재앙을 심는 것이고, 선을 버려두고 하지 않는 것
   은 스스로 해치는 것이다."

9. 너무 까다롭게 따지지 말라.
   "쓸데없는 말과 지나칠 정도로 까다롭게 살피는 것은 하지 말라."

10. 한 쪽 말만 믿어서는 안 된다
   "한 쪽 말만 들으면 서로 헤어지게 된다."

11. 남을 욕하는 건 하늘에 침 뱉는 격이다.
   "악한 사람이 착한 사람을 욕하거든 모른 체해야 한다. 모른 체하고 대답하
   지 않으면 마음이 편하고 욕하는 사람의 입만 아플 뿐이다. 이는 마치 누
   워서 침 뱉으면 자기에게로 떨어지는 것과 같다."

12. 함부로 남의 말을 하지 말라.
   "남이 알아서 안 될 일은 처음부터 하지 않는 것이 제일 좋고, 남이 이러
   쿵저러쿵 말하지 않게 하려면 처음부터 말을 안 하는 것이 제일 좋다."

13. 남의 말을 쉽게 믿지 말라.
   "여러 사람이 그를 미워하더라도 반드시 살펴보고, 여러 사람이 그를 좋아
   하더라도 반드시 살펴보아야 한다."

14. 말 한 마디로 천 냥 빚을 갚는다.
   "말 한 마디를 잘하는 것이 천금을 가진 것보다 도움이 될 수 있고, 한 번
   행동을 잘못하면 독사에게 물린 것보다 더 지독할 수 있다."

15. 지나치게 욕심을 부리면 걱정이 많다.
   "만족할 줄을 알면 즐겁고, 지나치게 욕심을 부리면 걱정이 많다."

16. 스스로 자랑하지 말라.
   "스스로 옳다고 여기는 사람은 분명하게 판단하지 못하고, 스스로 만족해
   하는 사람은 드러나지 않으며, 스스로 뽐내는 사람은 공로가 없어지고, 스
   스로 자랑하는 사람은 오래 가지 못한다."

17. 뿌린 대로 거둔다.
  "오이를 심으면 오이가 나고 콩을 심으면 콩이 난다. 하늘의 그물은 넓어서 엉성한 듯하지만, 잘못에 대해서는 빠뜨리지 않고 벌을 내린다."

18. 기회를 놓치지 말라.
  "닥쳐오는 재앙은 요행으로 피할 수가 없고, 복을 놓치면 다시 구해도 구할 수 없다."

19. 친구를 가려 사귀면 후회가 없다.
  "말을 적게 하고 친구를 가려 사귀면 후회가 없고 근심과 모욕이 따르지 않는다."

20. 지혜는 경험에서 얻어진다.
  "한 가지 일을 겪지 않으면 한 가지 지혜가 자라지 못한다."

21. 자신을 낮출 줄 아는 사람이 되라.
  "자신을 낮출 줄 아는 사람은 중요한 자리에 오를 수 있고, 남 이기기를 좋아하는 사람은 반드시 적을 만나게 된다."

22. 너그러운 사람에게 복이 온다.
  "모든 일에 관대하면 많은 복을 받는다."

23. 지나친 생각은 정신 건강을 해친다.
  "지나친 생각은 한갓 정신을 상하게 할 뿐이요, 아무 분별없이 하는 막된 행동은 지신에게 도리어 화를 입힌다."

알고 있겠지만, 성공할 수 있는 '인간관계 18가지'를 아래에 적어 본다.

1. 꺼진 불도 다시 보자.
  지금 힘없는 사람이라고 우습게보지 마라. 나중에 큰코다칠 수 있다.

2. 평소에 잘해라.
  평소에 쌓아 둔 공덕은 위기 때 빛을 발한다.

3. 네 밥값은 네가 내고, 남의 밥값도 네가 내라.
   기본적으로 자기 밥값은 자기가 내는 것이다. 남이 내주는 것을 당연하게 생각하지 마라.

4. 고마우면 고맙다고, 미안하면 미안하다고 큰 소리로 말해라.
   입은 말하라고 있는 것이다. 마음으로 고맙다고 생각하는 것은 인사가 아니다. 남이 네 마음속까지 읽을 만큼 한가하지 않다.

5. 남을 도와줄 때는 화끈하게 도와줘라.
   처음에 도와주다가 나중에 흐지부지하거나 조건을 달지 마라. 괜히 품만 팔고 욕먹는다.

6. 남의 험담을 하지 마라.
   그럴 시간 있으면 팔굽혀펴기나 해라.

7. 회사 바깥사람들도 많이 사귀어라.
   자기 회사 사람들하고만 놀면 우물 안 개구리 된다. 그리고 회사가 널 버리면 고아가 된다.

8. 불필요한 논쟁을 하지 마라.
   회사는 학교가 아니다.

9. 회사 돈이라고 함부로 쓰지 마라.
   사실은 모두가 다 보고 있다. 네가 잘나갈 때는 그냥 두지만, 결정적인 순간에는 그 이유로 잘린다.

10. 남의 기획을 비판하지 마라.
    네가 쓴 기획서를 떠올려 봐라.

11. 가능한 한 옷을 잘 입어라.
    외모는 생각보다 훨씬 중요하다. 할인점 가서 열 벌 살 돈으로 좋은 옷 한 벌 사 입어라.

12. 조의금은 많이 내라.
부모를 잃은 사람은 이 세상에서 가장 가엾은 사람이다. 사람이 슬프면 작은 일에도 예민해진다. 2, 3만 원 아끼지 마라. 나중에 다 돌아온다.

13. 수입의 1% 이상은 기부해라.
맘이 넉넉해지고 얼굴이 핀다.

14. 수위 아저씨, 청소부 아줌마에게 잘해라.
정보의 발신지이자 소문의 근원일 뿐더러, 네 부모의 다른 모습이다.

15. 옛 친구들을 챙겨라.
새로운 네트워크를 만드느라 지금 가지고 있는 최고의 재산을 소홀히 하지 마라. 정말 힘들 때 누구에게 가서 울겠느냐?

16. 너 자신을 발견해라.
다른 사람들 생각하느라 널 잃지 마라. 일주일에 한 시간씩 혼자서 조용히 생각하는 시간을 가져라.

17. 지금 이 순간을 즐겨라.
지금 살고 있는 이 순간은 네 인생의 가장 좋은 추억이다. 나중에 후회하지 않으려면 마음껏 즐겨라.

18. 아내를 사랑해라.
너를 참고 견디니 얼마나 좋은 사람이냐?

다음에 '인생을 역전시킬 수 있는 방법 7가지'를 적어 본다.

1. 자신의 능력을 체크하라.
과거엔 힘센 것이 약한 것을, 큰 것이 작은 것을 이겼다. 그러나 지금은 빠른 것이 느린 것을, 부드러운 것이 강한 것을 삼키는 시대이다. 사람은 누구나, 어떤 분야에서든 자기만의 노하우가 있다. 그것을 발견해 내는 것이 자신감의 시작이다.

2. 경험을 반드시 기록하라.

기록은 발전의 첫걸음이다. 기록을 토대로 아이디어가 생긴다. 자신의 기억을 과신하고 기록하지 않으면 도로 아미타불이 될 수 있다.

3. 사람을 많이 만나라.

사람은 정보이다. 만나서 교류하다 보면 시대의 흐름을 감지할 수 있다. 시대에 맞춰 흐르지 않고 고여 있으면 썩는다. 사람은 날마다 시시각각 변해야 한다.

4. 줄 수 있는 것은 아낌없이 베풀어라.

사람은 누구나 주기 싫어하고 받고 싶어 한다. 그러나 줘라. 사랑, 관심, 이해, 공감, 친절, 미소, 시간 등 남과 공유하는 것이 많을수록 그와 가까워지는 지름길이다.

5. 분명한 목표를 가져라.

골인 지점이 있는 선수와 골인 지점이 없는 선수는 드리블 자세부터 다르다. 분명한 목표가 있으면 눈빛부터 다른 것도 그런 까닭이다.

6. 끊임없는 열정을 가져라.

열정은 모든 것의 시발점이다. 나를 솟아오르게도 하고 나를 추락하게도 하는 마술의 에너지이다.

7. 주기적으로 자기를 점검하라.

오늘도 어제처럼, 내일도 오늘처럼 살지 말자. 끊임없이 자기를 주목하고 상황에 맞게 채찍과 당근을 주어야 한다.

빈자(貧者)들의 습관을 보면 대충 아래와 같다. 우리는 빈자가 되지 않도록 주의해야 한다.

1. 책임을 타인에게 넘긴다.

세상 모든 바보들은 남 탓만 한다.

재테크 실패자도 마찬가지로 자신의 잘못이나 부족함을 인정하는 대신에 남의 탓으로 돌린다.

"그놈의 증권사 직원 때문에 손해 봤어."

"그놈의 부동산 중개업자의 꼬임에 빠져서 손해 봤어."

"투기꾼 때문에 집값이 올라."라고 남 탓한다.

이런 사람은 중요한 자신의 판단력을 개선하려는 노력보다는 남 탓으로만 돌리기 급급하므로 향후에도 똑같은 실패를 반복할 가능성이 높다.

2. 말만 한다.

새벽에 양재천이나 대모산에 올라가면 기업의 CEO나 부자들, 즉 나름대로 성공의 길을 걷는 사람들을 만날 수 있다. 그들이 그렇게 부지런을 떠는 것은 우연이 아니다.

- 구슬이 서 말이라도 꿰어야 보배다.
- 100가지 아이디어보다 1가지 제대로 실천하는 게 중요하다.
- 대개 재테크 실패자들은 머리로만 알고 실천하지 않는다.
- 말로는 부자 되겠다고 하지만, 주말에 부동산을 보러 다니거나 경매를 실제 해보거나 하지는 않는다.
- 늦게 일어나고 게으르면서 입으로만 부자 될 것이라고 한다.

  입만 동동거려서 부자 될 것 같으면 이 세상에 부자 되지 못할 사람이 어디 있겠는가? 부자 되려면 지금부터 당장 실천하자!

3. 정확한 목표가 없다.

- 재테크 실패자는 부자가 되고 싶다고 말만 한다.
- 몇 년 안에 얼마를 벌겠다든가 금년에 얼마를 벌겠다는 구체적인 목표가 없고, 어떠한 노력을 한다는 장단기적인 실천 계획도 없다.
- 그냥 인생의 강물에 떠다니며 흘러가도록 물결에 내맡긴 채 부자가 되기를 바랄 뿐이다.
- 목표가 없는 사람은 초점이 없기에 아무것도 이룰 수 없다.

  초점 없는 레이저 빔이 장애물을 관통할 수 있나? 안 된다. 성공하는 사람은 자신의 재능과 열정을 집중할 줄 아는 사람이다. 부자가 되려면 구체적인 장단기 목표를 세워야 한다!

4. 쉬운 길, 편안한 길만 찾는다.

당신이 남보다 특별한 재능이 있는가, 머리가 좋은가? 평범한 당신이 부자 되려면 남보다 부지런하고 절약해야 하는 게 기본이다. 어려움 없이 성취되는 것은 하나도 없다. 남들처럼 입을 것 다 입고 먹을 것 다 먹고 놀 것 다 놀면서, 평범한 당신이 부자가 되겠다고 생각한다면 대단한 착각이다.

5. 협력자가 없다.
다른 사람들과 협조하며 길을 간다면 쉽고도 빠르게 갈 수 있다.
- 정보는 인간관계를 통해서 전달된다.
- 당신에게 좋은 정보가 없다는 것은 당신의 인간관계에 문제가 있는 것이다.
- 당신을 부자로 만들어 주는 것은 바로 사람이다.
  사람에 투자하라! 최고의 수익률은 주식도 부동산도 아니고 바로 사람(협력자)이다.

6. 작은 돈을 소홀히 한다.
푼돈 아껴서 뭐해? 이렇게 말하는 사람은 부자 되기 틀렸다. 거대한 배가 침몰하는 것도 작은 구멍 때문이다.
- 자투리 돈을 관리하지 못하는 사람은 큰돈도 관리하지 못한다. 작은 돈을 잘 관리하지 못하는 사람이 어떻게 큰돈을 잘 운용할 수 있단 말인가?

7. 너무 빨리 단념한다.
미국의 한 통계에 따르면 투자의 처음 10년간은 돈을 벌지 못한다는 보고서가 있다. 투자도 연습하고 연마해야 잘하는 것이다. 처음부터 잘한다면 그게 이상한 것 아닌가? 처음엔 10단위 투자해서 한 단위를 얻고, 나중에는 1단위 투자해서 10단위를 얻을 수 있다. 절대 포기하지 마라. 그동안 투자로 날린 돈은 헛된 돈이 아니다. 수업료 내고 배운 것이다. 성공하는 비결은 어떠한 어려운 상황에서도 절망하지 않는 데 있다.

108배가 무엇을 의미하는지 알아보자.

01. 나는 어디서 와서 어디로 가는가를 생각하며 첫 번째 절을 올린다.
02. 이 세상에 태어나게 해주신 부모님께 감사하며 두 번째 절을 올린다.
03. 나는 누구인가를 생각하며 세 번째 절을 올린다.
04. 나의 진정한 얼을 찾기 위해 네 번째 절을 올린다.
05. 나의 몸과 영혼의 귀중함을 생각하며 다섯 번째 절을 올린다.
06. 나의 영혼과 육체의 건강함을 위해서 여섯 번째 절을 올린다.

07. 내가 원하는 진정한 삶은 무엇인가를 생각하며 일곱 번째 절을 올린다.
08. 나부터 찾고 나부터 다스릴 줄 아는 지혜를 터득하기 위해 여덟 번째 절을 올린다.
09. 오늘 여기 살아 있는 목숨이 귀중함을 생각하며 아홉 번째 절을 올린다.
10. 나의 생존의 경이로움에 대하여 열 번째 절을 올린다.
11. 내가 나를 얼마나 사랑하고 있는지를 생각하며 열한 번째 절을 올린다.
12. 가족 간에 항상 서로 사랑할 수 있도록 열두 번째 절을 올린다.
13. 사랑 속의 강함과 기쁨의 성장을 체험하기 위해 열세 번째 절을 올린다.
14. 오로지 사랑 속에서만 기쁨을 찾기 위해 열네 번째 절을 올린다.
15. 하나의 사랑이 우주 전체에 흐르고 있음을 알기 위해 열다섯 번째 절을 올린다.
16. 길을 잃어 헤매는 나에게 환한 빛으로 길을 열어 준 스승님에게 열여섯 번째 절을 올린다.
17. 내가 사랑하는 것은 바로 내 안에 살아 있음을 느끼며 열일곱 번째 절을 올린다.
18. 나의 스승이 내 안에 살아 계심을 생각하며 열여덟 번째 절을 올린다.
19. 내 생명의 생물과 우주 뭇 생명의 기원이 내 안에 살아 있음에 열아홉 번째 절을 올린다.
20. 항상 모든 조상과 모든 신령이 지금 여기 내 안에 살아 계심을 알고 믿으며 나를 향하여 스무 번째 절을 올린다.
21. 나로 인해 상처 받은 사람에게 용서를 빌며 스물한 번째 절을 올린다.
22. 진실로 자신을 생각하여 나쁜 짓을 하지 않기 위해 스물두 번째 절을 올린다.
23. 유리하다고 교만하지 않으며 스물세 번째 절을 올린다.
24. 불리하다고 비굴하지 않으며 스물네 번째 절을 올린다.
25. 남의 착한 일은 드러내고 허물은 숨기며 스물다섯 번째 절을 올린다.
26. 중요한 이야기는 남에게 발설하지 않으며 스물여섯 번째 절을 올린다.
27. 남에게 원한을 품지 않으며 스물일곱 번째 절을 올린다.
28. 남에게 성내는 마음을 두지 않으며 스물여덟 번째 절을 올린다.
29. 듣지 않은 것을 들었다 하지 않으며 스물아홉 번째 절을 올린다.
30. 보지 않은 것을 보았다고 하지 않으며 서른 번째 절을 올린다.
31. 일을 준비하되 쉽게 되기를 바라지 않으며 서른한 번째 절을 올린다.
32. 남이 내 뜻대로 순종하기를 바라지 않으며 서른두 번째 절을 올린다.
33. 세상살이에 곤란함이 없기를 바라지 않으며 서른세 번째 절을 올린다.
34. 매 순간이 최선의 시간이 되도록 하기 위해 서른네 번째 절을 올린다.

35. 세상을 정의롭게 살기 위해 서른다섯 번째 절을 올린다.
36. 작은 은혜라도 반드시 갚을 것을 다짐하며 서른여섯 번째 절을 올린다.
37. 이기심을 채우고자 정의를 등지지 아니하며 서른일곱 번째 절을 올린다.
38. 남에게 지나치게 인색하지 않으며 서른여덟 번째 절을 올린다.
39. 이익을 위해 남을 모함하지 않으며 서른아홉 번째 절을 올린다.
40. 조그만 것을 투기하여 더욱 큰 것을 얻으려는 사행심에 마흔 번째 절을 올린다.
41. 모든 탐욕에서 절제할 수 있는 힘을 기르며 마흔한 번째 절을 올린다.
42. 생존의 가치가 물질의 노예로 떨어지지 않기를 빌며 마흔두 번째 절을 올린다.
43. 내 것이라고 집착하는 것이 괴로움의 근본임을 알며 마흔세 번째 절을 올린다.
44. 내가 파놓은 구덩이에 내가 빠져 허우적거리는 우매함에 마흔네 번째 절을 올린다.
45. 나약하고 비겁하지 않은 지혜의 힘을 기르며 마흔다섯 번째 절을 올린다.
46. 참는 마음과 분한 마음을 이겨 선행할 수 있게 하며 마흔여섯 번째 절을 올린다.
47. 강한 자와 결탁하여 약한 자를 업신여기지 않으며 마흔일곱 번째 절을 올린다.
48. 아첨하지 않고 정직을 근본으로 삼으며 마흔여덟 번째 절을 올린다.
49. 누구보다 내 자신에게 떳떳하고 정직한 사람이 되기 위해 마흔아홉 번째 절을 올린다.
50. 행복, 불행, 탐욕이 내 마음속에 있음을 알며 쉰 번째 절을 올린다.
51. 행복은 누가 주는 것이 아니라 자기가 만드는 것임을 알며 쉰한 번째 절을 올린다.
52. 평범한 것이 소중한 것임을 깨달으며 쉰두 번째 절을 올린다.
53. 지나간 일에 집착하지 않고 미래를 근심하지 않으며 쉰세 번째 절을 올린다.
54. 소유하되 일체의 소유에서 벗어나기 위해 쉰네 번째 절을 올린다.
55. 인내는 자신을 평화롭게 하는 것임을 알며 쉰다섯 번째 절을 올린다.
56. 참회하는 마음이 으뜸이 됨을 알며 쉰여섯 번째 절을 올린다.
57. 지혜를 통해 자유를 얻을 수 있기 위해 쉰일곱 번째 절을 올린다.
58. 마음을 좇지 말고 마음의 주인이 되기 위해 쉰여덟 번째 절을 올린다.
59. 자신을 닦는 데 게을리 하지 않으며 쉰아홉 번째 절을 올린다.
60. 나를 강하게 하는 시련들에 대하여 감사하며 예순 번째 절을 올린다.
61. 시간이 흘러도 처음의 순수한 마음을 간직하며 예순한 번째 절을 올린다.
62. 모든 것에 감사하는 충만한 마음속의 기도를 위해 예순두 번째 절을 올린다.

63. 침묵 속에서 나를 발견할 수 있음에 감사하며 예순세 번째 절을 올린다.
64. 자신의 삶에 충실할 수 있는 고귀한 순수를 모시며 예순네 번째 절을 올린다.
65. 열악한 노동조건 속에서 일하는 근로자들을 모시며 예순다섯 번째 절을 올린다.
66. 가난으로 굶주리고 힘겨운 생활을 하는 빈민을 모시며 예순여섯 번째 절을 올린다.
67. 우리의 건강한 먹거리를 위해 땀 흘리는 농민을 모시며 예순일곱 번째 절을 올린다.
68. 많이 가졌든 적게 가졌든 남을 위해 나누는 마음을 모시며 예순여덟 번째 절을 올린다.
69. 내 몸을 밀어 귀한 생명으로 태어난 자식을 모시며 예순아홉 번째 절을 올린다.
70. 나와 더불어 사랑으로 하나 된 배우자를 모시며 일흔 번째 절을 올린다.
71. 맑고 순수한 영혼을 가진 장애우들을 모시며 일흔한 번째 절을 올린다.
72. 함께 웃고 함께 울며 함께 길을 가는 친구를 모시며 일흔두 번째 절을 올린다.
73. 누릴 수 있으나 절제하는 자발적 가난을 모시며 일흔세 번째 절을 올린다.
74. 자신을 낮추어 낮은 곳으로 자리하는 겸손을 모시며 일흔네 번째 절을 올린다.
75. 항상 나보다는 남을 배려할 수 있는 양보심을 모시며 일흔다섯 번째 절을 올린다.
76. 지구, 자연이 병들어 감을 생각하며 일흔여섯 번째 절을 올린다.
77. 사람의 생명과 지구, 자연의 모든 생명은 공동체임을 자각하며 일흔일곱 번째 절을 올린다.
78. 인간의 욕심에 파괴되어 고통 받고 신음하는 생명들을 위해 일흔여덟 번째 절을 올린다.
79. 병들어 가는 생태계의 회복을 위해 일흔아홉 번째 절을 올린다.
80. 천지에 충만한 생명의 소리에 귀 기울이며 여든 번째 절을 올린다.
81. 생명은 영혼의 율동임을 깨달으며 여든한 번째 절을 올린다.
82. 생명은 사랑과 그리움의 대상임을 알고 느끼며 여든두 번째 절을 올린다.
83. 맑은 시냇물 소리에 정신이 맑아짐을 느끼며 여든세 번째 절을 올린다.
84. 맑고 고운 새소리를 들을 수 있음에 감사하며 여든네 번째 절을 올린다.
85. 시원한 바람소리에 내 몸을 맡기며 여든다섯 번째 절을 올린다.
86. 맑은 공기를 마실 수 있음에 감사하며 여든여섯 번째 절을 올린다.

87. 항상 제자리에서 아름다움을 느끼게 하는 들꽃에 여든일곱 번째 절을 올린다.

88. 좌우를 품고 침묵하며 바람과 눈으로 일러 주는 산과 들에 여든여덟 번째 절을 올린다.

89. 모든 식생을 살리고 언제나 생명들을 살리는 대지에 여든아홉 번째 절을 올린다.

90. 모든 생명들을 키워 주는 하늘에 감사하며 아흔 번째 절을 올린다.

91. 나 자신의 평화를 기원하며 아흔한 번째 절을 올린다.

92. 뭇 생명들과 함께하는 평화를 기원하며 아흔두 번째 절을 올린다.

93. 나와 더불어 사는 이웃들의 평화를 위해 아흔세 번째 절을 올린다.

94. 의미 없이 나뉜 지역과 지역 간의 평화를 위해 아흔네 번째 절을 올린다.

95. 정치적 이해로 다투는 국가와 국가 간의 평화를 위해 아흔다섯 번째 절을 올린다.

96. 이 세상의 모든 종교와 종교 간의 평화를 위해 아흔여섯 번째 절을 올린다.

97. 산 것과 죽은 것의 평화를 위해 아흔일곱 번째 절을 올린다.

98. 사람과 자연의 평화를 위해 아흔여덟 번째 절을 올린다.

99. 깨달음으로 충만한 마음의 평화를 위해 아흔아홉 번째 절을 올린다.

100. 가진 자와 못 가진 자와의 손잡음을 위해 백 번째 절을 올린다.

101. 건강한 자와 병든 자의 손잡음을 위해 백한 번째 절을 올린다.

102. 배운 자와 못 배운 자의 손잡음을 위해 백두 번째 절을 올린다.

103. 어두운 그림자에 사로잡혀 본래의 모습을 잃은 삶을 위해 백세 번째 절을 올린다.

104. 나로 인해 어지러워진 모든 인과를 겸허하게 받아들이며 백네 번째 절을 올린다.

105. 나를 사랑하고 돌보아 주는 사람들에 감사하며 백다섯 번째 절을 올린다.

106. 내가 누리는 모든 선과 아름다운 것들에 대해 감사하며 백여섯 번째 절을 올린다.

107. 나의 생존의 경이로움과 지금 여기 끊임없이 생성하는 생존에 대해 감사하며 백일곱 번째 절을 올린다.

108. 이 모든 것을 품고 하나의 우주인 귀하고 귀한 생명인 나를 위해 백여덟 번째 절을 올린다.

사람은 태어나서 죽을 때까지 계속 말을 하는데, 어떤 학자의 연구에 따르면 한 사람이 평생 5백만 마디의 말을 한다고 한다. 원석도 갈고 다듬으면 보석이 되듯, 말도 갈고 닦고 다듬으면 보석처럼 빛나는 예술이 된다.

01. 같은 말이라도 때와 장소를 가려서 해라. 그곳에서는 히트곡이 여기서는 소음이 된다.

02. 이왕이면 다홍치마다. 말에도 온도가 있으니 썰렁한 말 대신 화끈한 말을 써라.

03. 내가 하고 싶은 말에 열 올리지 말고, 그가 듣고 싶어 하는 말을 하라.

04. 입에서 나오는 대로 말하지 말라. 체로 거르듯 곱게 말해도 불량률은 생기게 마련이다.

05. 상대방을 보며 말하라. 눈이 맞아야 마음도 맞게 된다.

06. 풍부한 예를 들어 가며 말하라. 예는 말의 맛을 내게 하는 훌륭한 천연 조미료이다.

07. 한 번 한 말을 두 번 다시 하지 말라. 듣는 사람을 지겹게 하려면 그렇게 하라.

08. 일관성 있게 말하라. 믿음을 잃으면 진실도 거짓이 되어 버린다.

09. 말을 독점 말고 상대방에게도 기회를 주어라. 대화는 일방통행이 아니라 쌍방 교류다.

10. 상대방의 말을 끝까지 들어 줘라. 말을 자꾸 가로채면 돈 빼앗긴 것보다 더 기분 나쁘다.

11. 내 생각만 옳다고 생각하면 큰 오산이다. 상대방의 의견도 옳다고 받아들여라.

12. 죽는 소리를 하지 말라. 죽는 소리를 하면 천하장사도 살아남지 못한다.

13. 상대방이 말할 때는 열심히 경청하라. 지방 방송은 자신의 무식함을 나타내는 신호다.

14. 불평불만을 입에서 꺼내지 말라. 불평불만은 불운의 동업자다.

15. 재판관이 아니라면 시시비비를 가리려 말라. 옳고 그름은 시간이 판결한다.

16. 눈은 입보다 더 많은 말을 한다. 입으로만 말하지 말고 표정으로도 말을 하라.

17. 조리 있게 말하라. 전개가 잘못되면 동쪽이 서쪽 된다.

18. 결코 남을 비판하지 말라. 남을 감싸 주는 것이 덕망 있는 사람의 태도다.

19. 편집하며 말하라. 분위기에 맞게 넣고 빼면 차원 높은 예술이 된다.

20. 미운 사람에게는 각별히 대하라. 각별하게 대해 주면 적군도 아군 된다.

21. 남을 비판하지 말라. 남을 향해 쏘아올린 화살이 자신의 가슴에 명중된다.

22. 재미있게 말하라. 사람들이 돈 내고 극장가는 것도 재미가 있기 때문이다.

23. 누구에게나 선한 말로 기분 좋게 해주라. 그래야 좋은 기의 파장이 주위를 둘러싼다.

24. 상대방이 싫어하는 말을 하지 말라. 듣고 싶어 하는 얘기만 하기에도 바쁜 세상이다.
25. 말에도 맛이 있다. 입맛 떨어지는 말을 하지 말고 감칠맛 나는 말을 하라.
26. 또박또박 알아듣도록 말하라. 속으로 웅얼거리면 염불하는지 욕하는지 남들은 모른다.
27. 뒤에서 험담하는 사람과는 가까이 말라. 모진 놈 옆에 있다가 벼락 맞는다.
28. 올바른 생각을 많이 하라. 올바른 생각을 많이 하면 올바른 말이 나오게 된다.
29. 부정적인 말은 하지도 듣지도 전하지도 말라. 부정적인 말은 부정 타는 말이다.
30. 모르면 이해될 때까지 열 번이라도 물어라. 묻는 것은 결례가 아니다 .
31. 밝은 음색을 만들어 말하라. 듣기 좋은 소리는 음악처럼 아름답게 느껴진다.
32. 상대방을 높여서 말하라. 말의 예절은 몸으로 하는 예절보다 윗자리에 있다.
33. 칭찬·감사·사랑의 말을 많이 사용하라. 그렇게 하면 사람이 따른다.
34. 공통 화제를 선택하라. 화제가 잘못되면 남의 다리를 긁는 셈이 된다.
35. 입에서 나오는 대로 말하는 사람은 경솔한 사람이다. 가슴에서 우러나오는 말을 하라.
36. 대상에 맞는 말을 하라. 사람마다 좋아하는 음식이 다르듯 좋아하는 말도 다르게 마련이다.
37. 말로 입은 상처는 평생 간다. 말에는 지우개가 없으니 조심해서 말하라.
39. 품위 있는 말을 사용하라. 자신이 하는 말은 자신의 인격을 나타낸다.
40. 자만·교만·거만은 적을 만드는 언어다. 자신을 낮춰 겸손하게 말하라.
41. 기어들어가는 소리로 말하지 말라. 그것은 임종할 때 쓰는 말이다.
42. 표정을 지으며 온몸으로 말하라. 드라마 이상의 효과가 나타난다.
43. 활기 있게 말하라. 생동감은 상대방을 감동시키는 원동력이다.
44. 솔직하게 말하고 진실하게 행하라. 그것이 승리자의 길이다.
45. 말에는 언제나 책임이 따른다. 책임질 수 없는 말은 하지 말라.
46. 실언이 나쁜 것이 아니라 변명이 나쁘다. 실언을 했을 때는 곧바로 사과하라.
47. 말에는 메아리의 효과가 있다. 자신이 한 말이 자신에게 가장 큰 영향을 미친다.
48. 말이 씨가 된다. 어떤 씨앗을 뿌리고 있는가를 먼저 생각하라.
49. 말하는 방법을 전문가에게 배워라. 스스로는 잘하는지 못하는지 판단하지 못한다.

진정한 사랑은 상대편으로부터 아무것도 기대하지 않았던 영혼의 순수함에서 시작된다. 하나를 가지면 다른 하나를 더 가지고 싶고, 그 하나를 더 가지면 또 다른 하나를 더 가지고 싶은 사람의 헛된 욕망. 가진 것이 많은 사람일수록 오히려 주는 것에 더 인색하다. 우리 시대를 못 믿게 될수록, 인간이 일그러지고 메말랐다는 생각이 들수록 나는 '그러한 비극을 극복하는 데 그만큼 더 사랑의 마력을 믿는다.'는 헤르만 헤세의 말을 믿는다. 고장 난 세상을 치료할 수 있는 유일한 길은 사랑뿐이다. 세상에는 아직 사랑이 살아 숨 쉬고 있기에 그래도 살아볼 만한 곳이다.

사람이 산다는 것은 배를 타고 바다를 항해하는 것과 같다. 바람이 불고 비가 오는 날은 집채 같은 파도가 앞을 막기도 하여 금방이라도 배를 삼킬듯하다. 하지만 그래도 이 고비만 넘기면 되겠지 하는 작은 소망이 있어 우리는 산다. 우리네 사는 모습은 이렇게 비오듯 슬픈 날도 있고, 바람 불듯 불안한 날도 있으며, 파도치듯 어려운 날도 있다. 그래서 금방이라도 죽을 것 같은 생각이 들곤 하지만, 그래도 세상에는 견디지 못할 일도 참지 못할 일도 없다. 다른 집은 다들 괜찮아 보이는데 나만 사는 게 이렇게 어려운가 생각하기도 한다. 하지만 조금만 속내를 들여다보면 집집마다 가슴 아픈 사연 없는 집이 없고 가정마다 아픈 눈물 없는 집이 없다. 그렇지만 웃으며 사는 것은 서로서로 힘이 되어 주기 때문이다. 그것을 알아야 한다.

행복을 부르는 사소한 습관들이 있다.
하나, 불행의 책임을 남에게 돌려서는 안 된다. 자신에게 닥친 어려움이나 불행에 대해 자신의 책임을 인정하지 않는 사람들은 궁지에서 벗어나 마음이 편해지기 위해 즉각 다른 사람에게 비난의 화살을 돌린다. 스스로 책임을 진다는 것은 자기 잘못을 직면해야 하므로 결코 쉬운 일이 아니다. 그러나 한 번 남의 탓으로 돌리기 시작하면 책임을 떠넘기는 것이 좀처럼 떨쳐 버릴 수 없는 습관으로 굳어지고 만다.

둘, 진심만을 말해야 한다. 상대의 환심을 사면서 진심으로 다른 사람을 칭찬하면, 상대는 늘 기분 좋게 느끼고 자신에 대해서 좋은 감정을 갖게 된다. 어떤 사람들은 칭찬은 아부와 다름없는 것이라고, 또한 상대를 마음대로 하려는 얄팍한 술책이거나 무언가를 얻어 내려는 아첨이라고 말한다. 그러나 칭찬과 아부에는 엄청난 차이가 있다. 칭찬은 진심이 뒷받침된 것이다. 따라서 칭찬할 때, 칭찬 그 자체 외에 다른 의미가 없다면 상대를 기분 좋게 만들 것이다

셋, 똑똑한 척하지 말아야 한다. 똑똑한 척하는 것은 두 가지 이유에서 바람직하지 않으며 운에 좋은 영향을 끼치지도 않는다. 우선 똑똑한 척 행동하면 자신을 도와줄 수 있는 사람들로부터 고립된다. 그리고 혼자서도 충분히 잘해낼 수 있는 것처럼 보이면 사람들은 그를 도와줄 필요가 없다고 생각하게 된다. 다시 말해 지나치게 똑똑하면 이로울 게 없다.

넷, 당신이 가지고 있는 것에 대해 감사해야 한다. 당신 스스로 행운을 만들기로 마음먹었다면, 먼저 지금껏 당신이 이룬 것들을 열심히 생각해 보고 그것에 감사해야 한다. 건강, 가정, 가족의 사랑, 자신의 재능과 기술에 고마워한다면, 불행에 괴로워하거나 일이 뜻대로 되지 않는다고 포기하거나 하지 않을 것이다. 오히려 자신에게 찾아오는 행운의 분명한 유형을 알게 되어, 더 많은 행운을 만드는

데 주력하게 될 것이다.

다섯, 단정하게 차려 입어야 한다. 단정하고 화려하게 차려 입는 것은 당신이 얼마나 유행을 잘 따르는지, 얼마나 돈이 많은지를 보여주는 것이 아니다. 당신을 보는 사람들을 기분 좋게 만드는 일이다. 단정하게 잘 어울리는 옷차림은 사람들을 심리적으로 기분 좋게 만들어 주는 효과가 있다. 당신이 단정하게 매력적으로 차려 입으면, 보는 사람들이 당신에 대해 호감을 갖게 된다.

여섯, 인내심을 가져야 한다. 운 좋은 사람들은 항상 자신을 발전시키기 위해 노력하고 마감 시간을 중요하게 여긴다. 또 어느 순간에 페달을 밟지 않고 미끄러져 내려가야 할지도 잘 알고 있다.

일곱, 질투심을 버려야 한다. 질투심은 가장 자기 파괴적인 감정이다. 질투를 하면 스스로 고통스러울 뿐 아니라, 적극적인 에너지를 쓸데없이 소모해서 실수하게 되고, 결국엔 자신의 운과 기회를 망치게 된다. 질투심이 많아 보이면 당신은 결코 운 좋은 사람으로 생각되지 않는다. 운 나쁜 사람만이 다른 사람의 행운에 배 아파하고 인색하게 구는 것이다.

여덟, 마음을 편히 가져야 한다. 내일은 내일의 태양이 뜬다. 삶이 뜻한 대로 풀리지 않을 때는, 어쩌다 힘든 날이 왔을 뿐이라고 생각하고 계속해서 앞으로 나아가야 한다. 그렇지 않으면 아마 미쳐 버릴지도 모른다. 오늘 너무너무 힘들다면, 내일은 더 밝은 날이 기다릴 것이다. 당장 해결할 수 없는 문제도 한숨 자고 난 뒤 한 발짝 물러나서 보면 쉽게 풀리기도 한다. 행운은 스스로 운이 좋다고 믿을 때 찾아온다.

다음에는 '결혼'에 대해 말하겠지만, 보통 결혼식장에서 주례를 하는 사람은 나이가 많은 노인들이다. 나이 많은 사람이 주례사를 하게 되는 이유는 여러 가지가 있는데 그 중 하나는, 나이 많은 사람은 젊은 사람보다 인생을 많이 경험했으므로 삶의 지혜를 많이 알고 있어서 주례 시 그 지혜로 신랑 신부와 결혼식에 참석한 모든 사람들을 감동시킬 수 있기 때문이다.

결혼이란

    결혼은 행복하기 위해서 하는 것이다. 그런데 만약 가족이 반대하면 본인이 편하지 않아 행복하지 못하게 된다. 그러므로 가족은 특별한 이유 없이 결혼을 반대하지 않는 게 좋다. 결혼은 서로 살아온 방식이 다른 사람끼리의 만남이기 때문에 쌍방의 생각이 각기 다를 수 있다. 그러므로 장래에 대한 자신의 행복을 신중히 생각해야 한다고 나는 어느 젊은 치료사에게 조언한 적이 있다.

    여기서 결혼관의 일부 중 요즘 '여자들이 오빠를 좋아하는 이유'를 소개하니 참고하기 바란다.

    인간의 가장 기본적인 욕구는 자기 보존 욕구이다. 하지만 남자와 여자는 이 욕구 충족 방식이 다르다. 예를 들어 수렵 시대를 생각해 보면, 그때 남자들은 산과 들을 다니면서 사냥으로 식량을 구했고, 여자들은 아이를 키우면서 남편이 돌아오기를 기다렸다. 사실 당시 남자는 지금처럼 잘생기고 머리 좋은 사람이 아니라, 싸움 잘하고 사냥 잘하는 사람이 제일 멋진 사람이었다. 여자들은 남자에게 보호받고 싶은 욕구가 강해서 항상 관심과 애정을 확인 받고 싶어 한다. 결혼 정보회사 보고서에 의하면, 대부분 여자들은 자기보다 조금 더 배우고 조금 더 잘사는 남자를 원한다고 한다. 어렵고 힘들 때 항상 내 편이 되어 주어 의지할 수 있기 때문에 여자들은 오빠를 좋아한다. 갈수록 연하남을 선호하는 여자들이 많은데, 그 이유 중 하나가 여자들이 사회 진출을 많이 해서 그만큼 경제적으로 많은 이윤을 얻게 되었기 때문이다. 불과 몇 십 년 전만 해도 여성의 사회 진출이 드물어 경제적으로 남자에게 의존해야 했지만, 요즘은 여자들도 억대 연봉을 받는 사람들이 많아서 굳이 남자를 의지하려는 마음이 생기지 않는다. 그러다 보니 여자는 사회적 또는 문화적 관습으로부터 자유로워지고, 남자도 입맛대로 고를 수 있는 세상이 된 것이다. 한 마디로 능력 있는 여자들의 생각에 결혼은 필수가 아니라 선택에 불과한 것으로 변해 버린 것이다.

그러나 인생에서 뭐든 해보고 느끼는 것이 중요하다고 생각한다면, 능력 있는 여자라고 하더라도 결혼을 선택으로 생각해서 결혼하지 않는 것보다는, 결혼하여 결혼 생활이 무엇인지 느끼며 사는 것이 옳다고 본다. 결혼하지 않은 사람보다 결혼한 사람이 한 가지를 더 느끼게 될 것이다. 뿐만 아니라 이것이 인간의 의무이며, 죽을 때 후회하지 않게 될 것이다.

또 요즘 남자(남편)와 여자(부인)의 입장이 많이 변했다고들 말한다. 하지만 이것은 변한 것이 아니라 정상적인 생활을 하게 되었다는 의미이기도 하다. 남편과 부인의 관계는 원래 서로 보완하면서 생활해 온 관계이다. 또 그렇게 해야 한다는 것은 유치원 다니는 아이들도 알 만큼 기본적인 일이다. 그러면 요즘 남편과 부인과의 관계가 변했는가? 아니다. 그동안 기본을 행동으로 옮기지 못했던 것을 이제 행동으로 옮길 뿐이지, 변한 것이 아니다.

우리는 살면서 기본적으로 진실(솔직)해야 한다. 뒤에서도 말하겠지만, 머리보다는 가슴으로 말해야 한다. 예를 들면, 어린애가 있는 부모에게 똑같은 것을 물으면, 어린애의 말과 부모의 말이 다를 수 있다. 즉 "오늘 뭐했지?" 하는 물음에 부모는 "집에 있었다."고 말하고, 우리는 내숭 없이 기본을 행동으로 옮겨 살면서 잘못인 줄 알면서도 잘못을 저지르는 일이 없도록 해야 한다.

내게 주례사를 할 기회가 있다면, 다른 사람들과 마찬가지로 '서로 사랑하라.'고 주문할 것이다. 그러나 이 말은 '사랑'이 뭔지에 대한 구체적인 표현이 들어가 있지 않다. 사랑을 구체적으로 표현하면, 사랑이란 '믿음'과 '존경'이다. 설사 잘못된 일일지라도 사랑한다면 이를 믿고 존중하여 따르는 것이 사랑이다. 이것을 오해하는 사람이 많아 말하지만, 결혼에서의 사랑은 남자와 여자가 다 같이 사랑하는 것이지, 남자 또는 여자 일방이 사랑하는 것이 아니다. 즉 사랑하는 남녀는 서로 상대를 믿고 존중해야 하는 것이지, 어느 일방에게 믿고 존중할 것을 강요하는 것은 잘못된 것이라는 말이다. 결혼 생활에서 타인의 어려움도 모른 채, 본인도 하지 못하는 일을 타인에게 하라고 요구하는 것이 타인을 믿고 존중하는 것인지 생각해볼 일이다.

'집 사고 보면 죽을 나이가 다 된다.'라는 말이 있다. 능력 있는 조건을 만들기 위해 결혼을 늦게 하는 젊은이들에게, 믿고 존경하며 어려움을 함께하면서 성취감을 함께 갖는 것이 결혼 생활이라고 말하고 싶다. 혼자서 능력 있는 조건을 만들어 결혼하는 것은 부부가 함께할 성취감을 박탈하는 것이라고 충고하고 싶은 것이다. 능력 있는 조건보다는 사랑하면서 함께 어려움을 극복하는 것이 중요하다. 함께 성취하려는 노력이 중요하다는 말이다. 우리는 할 일 없이 바쁜 뒷방 늙은이 신세가 되지 말고, 목표를 갖고 뛰는 젊은이가 되자.

새롭게 다지는 의미에서 길다면 길고 짧다면 짧은 주례사를 아래에 소개한다.

"오늘 두 분이 좋은 마음으로 이렇게 결혼을 합니다. 그런데 이렇게 좋은 서로 사랑하는 마음으로 결혼을 하는데, 이 마음이 십 년, 이십 년, 삼십 년 가면 얼마나 좋겠습니까. 여기 앉아 계신 분들 결혼식장에서 약속한 것 다 지키고 살고 계십니까? 이렇게 지금 이 자리에서는 검은 머리가 하얀 파뿌리가 될 때까지, 아무리 어려운 일이 있거나 어떤 고난이 있더라도 서로 아끼고 사랑하며 서로 돕고 살겠는가 물으면, "예." 하고 약속을 하지요. 그래 놓고는 3일을 못 넘기고, 3개월, 3년을 못 넘기고 남편 때문에 못 살겠다, 아내 때문에 못 살겠다 하며 마음으로 갈등을 일으키고 다투기 십상입니다. 그렇게 결혼하기를 서로 원해 놓고는, 살면서 "아이고, 괜히 결혼했다, 이럴 줄 알았으면 안 하는 게 나았을 걸." 하고 후회를 하곤 합니다.

그럼 안 살면 되는데, 이렇게 많은 사람들 앞에서 약속해 놓고 안 살 수도 없고…. 이래저래 어영부영하다가 아이가 생기니까 또 아이 때문에 안 살지 못하지요. 그렇게 하면서 나중에는 서로 원수가 되어 가지고, 아내가 남편을 보고 "아이고, 웬수야!" 합니다. 이렇게 남편 때문에, 아내 때문에 고생 고생하다가 나이 들면서 겨우 포기하고 살 만하다 싶은데, 이제 또 자식이 애를 먹입니다. 자식이 사춘기 지나면서 어긋나고 온갖 애를 먹여 가지고, 죽을 때까지 자식 때문에 고생하며 삽니다.

이것이 인생사입니다. 그래서 이렇게 결혼할 때는 다 부러운데, 한참 인생을 살다 보면 "○○이 부러워, 아이고 저 ○○ 팔자도 좋다." 이렇게 됩니다. 이것은 거꾸로 된 것 아닙니까? ○○이 되는 것이 좋으면 처음부터 되지, 왜 결혼해 살면서 ○○을 부러워합니까?

이렇게 인생이 괴로움 속에 돌고 도는 이유가 있습니다. 오늘 제가 그 이유를 말할 테니, 두 분은 여기 앉아 있는 사람들처럼 살지 마시기 바랍니다. 서로 이렇게 좋아서 결혼하는데, 결혼할 때 마음이 어떠냐? 선도 많이 보고 사귀기도 하면서 남자는 여자를, 여자는 남자를 이것저것 따져 보지요. 그 따져 보는 근본 심보는 덕 보려는 것입니다. 저 사람이 돈은 얼마나 있나, 학벌은 어떤가, 지위는 어떤가, 성질은 어떤가, 건강은 어떤가, 이렇게 다 따져 가지고 이리저리 고르는데, 그 이유는 덕 좀 볼까 하는 마음이라는 것입니다.

손해 볼 마음이 눈곱만큼도 없습니다. 그래서 덕 볼 수 있는 것을 고르고 고릅니다. 이렇게 골랐다는 것은 덕을 보겠다는 뜻입니다. 아내는 남편에게 덕을 보려 하고, 남편은 아내에게 덕을 보겠다고 하니, 이 마음이 바로 살다 보면 다툼의 원인이 되는 것입니다. 아내는 30% 주고 70% 덕 보려고 하고, 남편도 자기가 한 30% 주고 70% 덕 보려고 하니, 둘이 같이 살면서 70%를 받으려고 하는데 실제로는 30%밖에 못 받는 거지요. 그러니까 살다 보면 결혼을 괜히 했나, 속았나? 하는 생각을 십중팔구는 하게 됩니다. 손해 봤다는 생각이 드니까 속은 것은 아닌가? 괜히 했나? 이런 생각이 듭니다.

그런데 이 덕 보려는 마음이 없으면 어떨까요? 좀 적으면 어떨까요? "아이고, 내가 저분을 좀 도와줘야지, 저분 건강이 안 좋으니까 내가 평생 보살펴 줘야겠다. 저분 경제가 어려우니 내가 뒷바라지 해 줘야겠다. 아이고, 저분 성격이 저렇게 괄괄하니까 내가 껴안아서 편안하게 해줘야겠다." 이렇게 베풀어 줘야겠다는 마음으로 결혼을 하면, 길 가는 사람 아무하고 결혼해도 별 문제가 없습니다. 그런데 덕 보겠다는 생각으로 고르면, 백 명 중에 고르고 또 골라도 막상 고르고 보면 제일 엉뚱한 걸 고른 것이 됩니다.

옛날 조선 시대에는 얼굴도 안 보고 결혼해도 잘살았습니다. 시집가면 죽었다 생각하거든요. 죽었다 생각하고 시집을 가보니, 그래도 살 만하니까 웃고 사는데, 요새는 시집가고 장가가면 좋은 일이 생길까 기대하고 가고, 또 가봐도 별 볼 일이 없으니까 괜히 결혼했나? 하고 후회가 됩니다. 결혼식하고 며칠 안 돼서부터 후회하기 시작합니다. 어떤 사람은 결혼하기 전부터 후회하는 사람도 있습니다. 왜냐? 신랑신부 혼수 구하러 다니다가 의견 차이가 생겨서 벌써 다투는 것입니다. 그래서 결혼식 안 했으면 하지만, 날짜 잡아 놔서 그냥 하는 사람들도 제가 많이 봅니다.

오늘 이 자리의 두 사람이 여기에서 만나서 이 주례사도 듣고 했으니까, 제일 중요한 것은 오늘 이 순간부터 덕 보겠다는 생각을 버려야 한다는 것입니다. 내가 아내에게, 내가 남편에게 무얼 해줄 수 있을까? 내가 그래도 저분하고 살면서, 저분이 나하고 살면서 그래도 좀 덕 봤다는 생각이 들도록 해줘야 않을까? 이렇게만 생각을 하면 사는 데 아무 지장이 없습니다. 그런데 심보를 잘못 가져 놓고 자꾸 사주팔자를 보려고 합니다. 궁합 본다고 바뀌는 게 아닙니다. 바깥 궁합 속궁합 다 보고 삼 년을 동거하고 살아 봐도, 이 심보가 안 바뀌면 사흘 살고 못 삽니다.

그러니 이 하객들은 다 실패한 사람들이니까, 괜히 둘이 잘살면 심술을 부립니다. 남편에게 "왜 괜히 바보같이 마누라에게 쥐어 사나, 이렇게 할 것 뭐 있나?" 하고, 아내에게는 "니가 왜 그렇게 남편에게 죽어 사나, 니가 얼굴이 못났나 왜 그렇게 죽어 사노?" 이렇게 옆에서 살살 부추길 것입니다. 결혼할 땐 박수를 치지만 내일부터는 싸움을 붙인다 말입니다. 하지만 그런 말은 절대 들으면 안 됩니다. 그것은 실패한 사람들이 괜히 심술을 놓는 것입니다.

남이 뭐라고 해도 나는 남편에게 덕 되는 일 좀 해야 되겠다. 남이 뭐라 그러든, 어머니가 뭐라 그러든, 또는 아버지가 뭐라 그러든, 누가 뭐라 그러든 나는 아내에게 도움이 되는 남편이 되어야겠다, 이렇게 지금 이 순간 마음을 딱 굳혀야 합니다. 괜히 애까지 낳아 놓고 나중에 이혼한다고 소란 피우지 말고, 지금 생각을 딱 굳혀야 합니다. 그렇게 하시겠어요? 덕 봐야 돼요, 손해 봐야 돼요? "손해보는 것이 이익이다." 이 생각을 확실하게 가져야 합니다.

오늘 두 분 결혼식에 참석한 사람들은 반성 좀 해야 합니다. 이렇게 두 분의 마음이 딱 합해지면 어떻게 되느냐? 아내의 오장육부가 편안해집니다. 이 오장육부가 편해지면 어떻게 되느냐? 임신해서 아이를 갖게 되는데, 영아들도 죽을 때 초조, 불안하게 죽은 귀신도 있고, 편안하게 도 닦다 죽은 사람도 있습니다. 편안한 데는 편안한 게 인연을 맺어 오고, 초조 불안하면 초조 불안한 것이 딱 들어옵니다. 그래서 이것을 잉태라고 합니다.

태교가 아니라 잉태할 때, 여자가 마음이 편안한 상태에서 잉태를 하면 선신을 잉태하고, 심보가 안 좋을 때 잉태를 하면 악신을 잉태

합니다. 처음에 씨를 잘 받아야 합니다. 그런데 대부분 결혼해서 덕 보려고 했는데 손해를 보니까, 심사가 뒤틀려져 있는 상태에서 같이 자고 애가 생깁니다. 기도하고 정성 다해서 애가 생기는 것이 아니라, 그냥 둘이 좋아 가지고 더부덕덥덥 하다 보니까 애가 생겨 버립니다. 그러니 이게 처음부터 태교가 잘못된 거지요. 이렇게 잉태해 가지고 성인 낳기는 틀린 것입니다. 그리고 여러분들이 짜증내고 신경질 내면, 나중에 위를 해부했을 때 소화가 안 되고 그냥 있습니다. 이 자궁이라는 것은 어머니의 오장육부하고 연결이 되어 있어요. 이것이 신경을 곤두세우고 짜증을 내면 오장육부가 긴장이 되어 있습니다. 안에 있는 아이가 늘 긴장 속에서 살아가야 합니다. 그래서 선천적으로 신장 질환이 생기든지, 아이가 불안한 마음을 갖든지 하게 됩니다. 엄마가 편안한 마음을 갖고 있고 원기가 늘 따뜻하게 돌면, 아이가 그 안에 있을 때 그렇게 편안할 수가 없겠죠. 그러니까 이 아이는 나중에 태어나도 선천적으로 도인처럼 편안한 사람이 됩니다.

그러니까 남편이 어떻든, 세상이 어떻든 애를 가진 이는 편안해야 합니다. 편안하려면 수행을 해야 합니다. 그런데 아내가 편안한 것은 누구의 영향을 받느냐? 바로 남편의 영향을 받습니다. 남편이 좋은 애를 낳고 싶어 하면서도 아내를 걱정시키면, 좋은 아이를 낳을 수가 없습니다. 그러니까 아내가 애를 가졌다고 하면 집에 일찍 들어오고, 나쁜 것은 안 보여 주고, 늘 아껴 주고 사랑해 주고 거들어 줘야 합니다. 시어머니들도 손자는 좋은 녀석을 보고 싶은데, 며느리를 볶으면 손자가 나쁜 애가 나옵니다. 그러니까 며느리가 편안하도록 해줘야 합니다.

제일 중요한 것은 누가 뭐라고 해도 본인이 편안한 것이 제일 좋고, 주위에서도 그렇게 해줘야 합니다. 첫째는 정신이 중요하고, 두 번째는 음식을 가려 먹어야 합니다. 육식을 조금 하고 채식을 많이 하고, 술 담배를 멀리해야 됩니다. 그리고 세 번째, 아이를 낳은 후에 아무것도 모른다고 둘이서 서로 싸우면 안 됩니다. 한국에서 태어나면 한국말 배우고, 미국에서 태어나면 미국말 배우고, 일본에서 자라면 일본말 배우고, 원숭이 무리에서 자라면 원숭이 되는 것이 사람입니다. 그러니까 어릴 때 부모가 하는 것을 그대로 본받아서 아이의 심성이 된다는 말입니다. 그래서 옛날부터 세살 버릇 여든까지 간다는 말이 있습니다. 그런데 아기가 조그맣다고 애를 옆에 두고 둘이서 짜증내고 다투면, 사진 찍듯이 그대로 아기 심성이 결정납니다. 아버지가 술주정하면, 아이는 나는 커서 절대로 그렇게 안 할 거야 하지만, 그 아이도 크면 술주정합니다. 다투는 집에서 태어나면, 자기는 크면 절대로 다투지 않겠다고 하지만, 크면 다투게 되어 있습니다. 왜냐하면 그대로 모방해서 하기 때문입니다.

　　그러니 아이를 낳으려면 직장을 다니지 말아요. 아니면 3년은 직장을 쉬거나, 그게 안 되면 아이를 업고 직장에 나가든지 하세요. 그렇게 해서 아이를 우선되게 해야 합니다. 아이를 우선적으로 하려면 아이를 낳고, 안 그러려면 안 낳아야 합니다. 그렇게 하지 않으면 아이가 복 덩어리가 되는 것이 아니라, 인생을 망치는 고생 덩어리가 됩니다. 애 때문에 평생 고생하고 살게 됩니다. 3년까지만 그렇게 잘하면 과외 안 시켜도 괜찮고 아무 문제가 없습니다. 그렇게 안 하려면 낳지를 말고, 낳으려면 반드시 그렇게 하십시오. 그래야 나도 좋고 자식도 좋은 세상이 됩니다. 잘못 애 낳아서 키워 놓으면 세상이 시끄럽습니다. 반드시 이것을 첫째 명심하십시오. 가정에서 이것이 첫째입니다.

두 번째, 제가 젊은 분들 많이 만나 보면, 애 때문에 시골 살면서 남편 떼어 놓고 애 데리고 서울로 이사 가는 사람, 애 데리고 미국에 가는 사람이 있는데, 이것은 절대 안 됩니다. 두 부부는 아이가 세 살 때까지만 애를 우선적으로 하고, 그 이후에는 어떤 일이 있더라도 남편은 아내, 아내는 남편을 우선으로 해야 합니다. 아이는 늘 이차적으로 생각하십시오. 대학에 떨어지든지 뭘 하든지 신경 쓰지 마십시오. 누가 제일 중요하냐? 아내요 남편이 첫째입니다. 남편이 다른 곳으로 전근 가면 무조건 따라가십시오. 돈도 필요 없습니다. 학교 몇 번 옮겨도 됩니다. 이렇게 남편은 아내를, 아내는 남편을 중심으로 놓고 세상을 살면, 아이들은 전학을 열 번 가도 아무 문제 없이 잘삽니다. 그런데 애를 중심으로 놓고 오냐오냐 하면서 자꾸 부부가 헤어지고 갈라지면, 애는 아무리 잘해 줘도 망칩니다. 여기도 그렇게 사는 사람 있을 것입니다. 오늘부터 정신 차리십시오. 제 얘기를 선물로 받아 가십시오. 그렇게 해야 가정에 중심이 서고 화목해집니다.

이렇게 먼저 내가 좋고 가정이 화목하면서, 세상에도 기여해야 합니다. 우리만 잘산다고 되는 것이 아닙니다. 그러니까 늘 내 자식만 귀엽게 생각 말고 이웃집 아이도 귀엽게 생각하고, 내 부모만 좋게 생각하지 말고 이웃집 노인도 좋게 생각하는, 그런 마음을 갖고 사십시오. 그런 마음으로 살면 어떠냐? 내가 성인이 되고 자식이 좋은 것을 본받게 됩니다. 그리고 부모에게 불효하고 자식에게 정성을 쏟으면, 반드시 자식이 어긋나고 불효합니다. 그런데 늘 자식보다는 부모를, 그리고 첫째가 남편과 아내고 부모는 두 번째가 돼야 자식 교육이 똑바로 됩니다. 애를 매를 들고 가르칠 필요 없이 내가 늘 부모를 먼저 생각하면 자식이 저절로 됩니다. 그러니까 애를 키우다 나중에 저게 누굴 닮아 그러나 하면 안 됩니다. 누굴 닮겠습니까? 둘을 닮습니다.

다시 한 번 말씀드립니다. 나쁜 인연을 지어서 나쁜 과보를 받아 나중에 후회하지 말고 반드시 인연을 잘 지으십시오. 그리하여 처음에 조금만 노력하면 나중에 평생 편안하게 살 수 있습니다. 두 부부는 서로 도움이 되는 사람이 되려고 해야 합니다.

자식을 낳으려면 잉태할 때와 뱃속에 있을 때, 세 살 때까지가 중요하니, 마음이 편안해야 하고 부부가 화합해야 합니다. 주로 결혼해서 틈이 생길 때 애가 생기고, 저 사람과 못 살겠다 할 때 아이를 키우기 때문에, 아이들이 사춘기가 되면 부모에게 저항하게 되는 것입니다. 애가 중학교까지 잘 다니다가 고등학교 가더니 그렇다, 친구 잘못 사귀어서 그렇다고 하지만, 그렇지 않습니다. 콩 심은 데 콩 나고 팥 심은 데 팥 납니다. 그러니 이미 아이가 그렇게 되었거든 지금 엎드려서 참회해야 고쳐집니다. 지금 이 부부는 안 낳았으니까 반드시 그렇게 낳아야 합니다.

세 번째, 남편은 아내를, 아내는 남편을 서로 우선시하고 자식을 우선시하지 말아야 합니다. 첫째가 남편이나 아내를 우선시하고 둘째가 부모를 우선시하지, 남편이나 아내보다도 부모를 우선시하면 안 됩니다. 그것은 옛날 이야기입니다. 먼저 아내와 남편을 우선시할 것, 두 번째로 부모를 우선시할 것, 세 번째로 자식을 우선시할 것, 이렇게 우선순위를 두어야 집안이 편안해집니다. 그리고 나서 사회의 여러 가지도 함께 기여를 하셔야 합니다. 이러면 돈이 없어도 재미가 있고, 비가 새는 집에 살아도 재미가 있고, 나물 먹고 물마셔도 인생이 즐거워집니다. 즐겁자고 사는 거지 괴롭자고 사는 것이 아니니까, 두 부부는 이것을 중심에 놓고 살아야 합니다. 그래야 남편이 밖에 가서 사업을 해도 사업이 잘되고, 뭐든지 잘되지요. 그런데 돈에 눈이 어두워 가지고, 또 권력에 눈이 어두워 가지고, 자기 개인의 이익에 눈이 어두워 가지고 자기 생각 고집해서 살면, 결혼 안 하느니보다 못합니다. 그러니 지금 좋은 이 마음 죽을 때까지, 내생에까지 가려면 반드시 이것을 지켜야 합니다. 이렇게 살면 따로 머리 깎고 스님이 되어 살지 않아도 해탈하고 열반할 수 있습니다. 제가 부주 대신 이렇게 말로 부주하니까 두 분은 꼭 명심하시기 바랍니다.

사랑이 오래 지속되게 하기 위해서는 아래의 말을 보물처럼 받들며 생활해야 한다.

01. 계산하지 말 것. 02. 후회하지 말 것.
03. 되돌려 받으려 하지 말 것. 04. 조건을 달지 말 것.
05. 다짐하지 말 것. 06. 기대하지 말 것.
07. 의심하지 말 것. 08. 비교하지 말 것.
09. 확인하지 말 것. 10. 운명에 맡길 것.

이제 당신이 있어 아름다운 시 향기 가득 뿜어내듯, 당신도 나로 인해 아름다운 삶의 향기 마음껏 느끼게 하고 싶다. 나는 살아오면서 아팠던 모든 순간순간들을 바람과 함께 허공에 날려 버리고, 아픈 기억일랑 강물처럼 흐르는 세월 속에, 영원히 돌아오지 못하는 곳으로 멀리멀리 흘려보낸다. 우리는 힘겨웠던 날들이 결코 헛되지 않은 아름다운 인연으로 앞으로도 살아가고 싶다. 그 어떤 일도 지금의 마음처럼 변하지 않는 사랑의 밑바탕이 되어, 미움이 싹트려 할 때 더욱 용서하는 마음으로, 아프지 않은 행복한 날들이 되도록 끝까지 지켜 주는 사람이고 싶다. 우리는 같이한 세월이 많아지면 많아질수록 눈빛만 보아도 서로의 마음을 읽을 수 있는 사랑의 향기 가득한 연인으로 살자. 진정한 사랑이란 흐르는 눈물을 닦아 주는 것이 아니라, 서로의 눈에서 눈물이 흐르지 않게 하는 것임을 항상 잊지 말자. 이 세상에 사랑하는 모든 이들의 마음을 적셔 주고, 따뜻하고 훈훈하며 아름다운 참사랑이 무엇인지 일깨워 줄 수 있는 사랑이 되자.

'약속'의 의미를 되새겨 본다. 만약 내가 어떤 일이 있어도 이 자리에 있을 것이라고 약속했는데, 지진으로 위치가 바뀌었다고 가정해 보자. 그럴 때 그 약속이 지켜졌는지 알 수가 없다. 사람은 본의 아니게 변하며, 상황에 따라 변할 것을 가지고 약속한 것이지, 어떤 상황에도 변하지 않을 것을 약속한 것이 아니다. 어떤 상황에도 변하지 않는 것은 사람이 아닌 돌 등, 의식이 없는 식물에게나 가능한 일이다. 결혼도 마찬가지다. 서로 결혼을 약속해서 결혼한 것이다. 이는 상황에 따라 변할 수 있다는 약속을 하고 결혼한 것이라는 역설적 해석이 가능하다. 그러므로 우리는 변화될 상황을 만들지 않도록 서로 노력해야 한다. 변화될 상황을 만든 뒤에 약속 위반 등의 말은 부적절하다. 가까운 사이일수록 잘해야 한다는 말이 이런 뜻인 것 같다.

우리는 꿈을 꾸며, 표현하며, 아픔과 행복을 서로서로 나누며 살자. 실수를 뉘우치고 더 나은 내가 되도록 바보가 되어 살자. 남에게 싫은 소리, 자신의 체면이 깎이는 소릴 들었다 할지라도 못 들은 척, 바보인 척 그냥 넘어가 주는 여유와 센스를 지니고 살자. 여기서 아름다운 사랑에 관한 몇 가지 글들을 소개한다.

"모래알처럼 수없이 많은 사람 중에 당신을 만나고 사랑한 나는 참으로 행복한 사람입니다. 비록 가진 것 많지 않은 소박한 삶이지만, 우리만의 사랑의 정원에 소망의 꽃씨를 함께 뿌리고, 행복이란 열매를 거둘 수 있도록 함께 일구어 가는 삶은 내겐 세상 무엇과도 바꿀 수 없는 소중한 행복입니다. 때로는 고난과 시련이 닥쳐와도 사랑으로 함께하는 당신이 곁에 있기에 얼마나 든든하고 감사한지 모릅니다. 늘 푸른 소나무처럼 한결같은 사랑과 우정으로 지켜 주고 보듬어 주는 당신이 있기에 살아가는 의미가 있습니다. 곁에 있어도 늘 그리운 사람, 한 생애 다하는 날까지 기쁨과 슬픔을 함께 나누며 나의 꿈과 소망이 되어 주는 사람이 당신이어서 '참 고맙습니다.'

"사랑하는 사람이 있어도 그리울 때가 있습니다. 늘 아쉬운 마음으로 그 사람을 그리워합니다. 가끔은 그리움, 기다림에 지쳐 그 사람에게 투정을 부려 봅니다. 하지만 이내 후회하는 자신을 발견합니다. 아마도 그 사람이 나보다 더 힘들어 할지 모른다는 것을…. 느낌이 있어 그립고 생각이 있어 보고 싶습니다. 당신이 아니라면 이런 마음도 있을 수 없겠지만, 조금은 빠듯한 일상의 하루도 당신이 있어 미소를 보낼 수 있습니다. 넉넉한 마음으로 바라봐 주는 당신이 있기에 늘 행복해지는 내가 있습니다. 힘들고 고단한 하루라도 당신을 기억하면 기쁜 하루가 되듯이 늘 기쁜 당신입니다. 당신의 마음이 내 안에 자리해서 늘 여유로움이 넘칩니다. 외로움도 이젠 그리움이고 사랑입니다. 당신 때문에 생겨난 알 수 없는 마음입니다. 멀리 있어도 언제나 나의 생각 속에, 나의 가슴속에 늘 살아 숨 쉬는 당신은 나의 사랑입니다."

"사랑할 수 있을 때 사랑하세요!! 만남을 소중히 여기는 사람과 사랑하세요. 그래야 행여나 당신에게 이별이 찾아와도 당신과의 만남을 잊지 않고 기억해 줄 테니까요. 또 그래야 행여나 사랑에 익숙지 못한 당신을 떠나보내는 일은 없을 테니까요. 무언가를 잃어 본 적이 있는 사람과 사랑하세요. 그래야 행여나 무언가를 잃어버릴 때가 오더라도, 잃어버린다는 아픔을 알고 더 이상 잃어버리고 싶어 하지 않을 테니까요. 기다림을 아는 이와 사랑하세요. 그래야 행여나 당신이 방황을 할 때 그저 이유 없이 당신을 기다려 줄 테니까요. 슬픔을 아는 이와 사랑하세요. 그래야 행여나 가슴이 시린 겨울이 와도 그대의 따뜻한 가슴에 몸을 녹일 수 있을 테니까요. 진실 된 사람과 사랑하세요. 그래야 행여나 그대가 나의 거짓된 모습을 보더라도 그대의 진실로 나를 감싸 줄 테니까요. 당신의 모든 것을 사랑해 줄 수 있는 이와 사랑하세요. 그래야 행여나 당신의 한 모습이 나빠 보이더라도, 사랑하는 이의 다른 모습을 보며 감싸 안을 수 있을 테니까요. 그리고 진실로 자기 자신을 사랑할 줄 아는 이와 사랑하세요. 자신을 사랑할 줄 아는 사람이 남 또한 사랑할 줄 아는 거래요. 그리고 가장 중요한 한 가지는 사랑할 수 있을 때 사랑하세요!!"

위 글들은 내가 하고 싶은 사랑의 말을 잘 표현하고 있다. 사랑하는 마음으로 연인을 만나 사랑의 힘으로 삶의 의미를 깨닫게 되고, 또 불가능한 것이 가능한 것으로 바뀌게 되고, 행복 속에서 사랑할 수 있을 때 마음껏 사랑해야 한다.

사랑이라는 것도 현실을 무시한 사랑을 해서는 안된다. 나는 독자의 이해를 돕기 위해, 주로 이성간에 사랑이 이루어지는 것으로 보고 예를 들어 설명코자 한다. 공개된 장소에서 남녀가 사랑을 표현할 수 있을까? 현실은 공개된 곳이기 때문에, 사랑의 표현이 정신병자로 취급당할 우려가 있어 쉽게 표현할 수 없다. 그러면 비공개된 장소에서는 사랑을 쉽게 표현할 수 있을까? 이것도 회의적이다. 왜냐하면 사람은 남녀를 불문하고 누구나 생활인으로 현실을 무시해서는 안되기 때문이다. 물론 일시적 감정으로 사랑하는 것은 가능해도 장기간 사랑하는 것은 불가하다. 열녀비가 세워진 사람들도 마찬가지였을 것이다. 여기서 장기간이라는 말을 잘 이해해야 한다. 열녀일지라도 현실을 살아가는 생활인은 장기간 사랑으로 지냈다할지라도 생활이 더 많은 비중이 될 수밖에 없으며, 사랑은 생활하다가 틈나면 생각할 수밖에 없었을 것이다. 밥도 안먹고 사랑할 수 없는 것이다. 즉 살아가는 현실이 더 중요하지 현실을 무시한 사랑이 중요한 것이 아니다. 비공개된 장소에서 부부간의 사랑을 보면, 일단 부부는 두 사람이다. 어느 일방이 현실적인 생각으로 가득한데 다른 일방의 감정으로 사랑하기 어려우며, 또 두사람이 잠시 현실을 잊는다 해도 이는 장기간 지속될 수 없는 것이다. 사랑보다는 밥이 우선이며 현실이 우선이다.

여기서 사랑은 일시적으로는 표현될 수 있어도 장기적이 되지 못하며, 마치 한 순간이나마 현실을 도피(잊다)하는 시간이 사랑으로 인해 마련되는 것임을 알아야 한다.

참된 사랑이란 사랑을 얻기 위해 자신의 모든 것을 다 바치는 것이 아니라, 사랑을 얻고 난 이후에도 변함없이 자신의 모든 것을 다 바칠 수 있는 것이다. 가끔 혼자 생각해 본다. 처음에 사랑을 얻기 위해 노력했던 정성을 사랑하는 동안에도 내내 잊지 않고 살아간다면, 이 세상에는 이별이 존재하지 않을 것이다. 누군가를 사랑한다고 마음먹는 것은 큰 어려움이 아닐지도 모른다. 하지만 변함없이 사랑한다는 것은 얼마나 어려운 일인가? 그 맹세를 지켜 나가는 일은 끊임없이 상대방을 배려하는 노력을 필요로 하는 일이다.

사랑에 있어서는 처음의 결정을 내리는 문제보다 더더욱 중요한 것이 그 다음에 계속되는 마음과 행동이다. 참된 사랑은 나의 감정, 나의 상황을 우선하지 않는다. 그것이 어렵고 힘든 길이라도 우리는 변함없는 사랑의 길을 걸어간다. 그것은 많은 노력을, 많은 인내를 필요로 하는 일이다. 하지만 어렵고 힘듦에도 불구하고 변함없이 사랑하는 것은 당신의 사랑이 녹슬지 않았기 때문이다.

사랑을 아낄 수도 없지만, 아낀 사랑은 다시 돌아오지 않는다. 그 시간은 영원히 돌아오지 않으므로 그 때를 사랑해야 한다. 사랑과 관련한 시와 글들이 많아 내가 사랑의 글을 다시 쓴다는 것은 무리라고 생각되어 다시 말하지 않지만, 사랑은 그 때를 놓치지 않아야 한다. 우리의 생활은 온통 사랑으로 가득하다. 인연이 있어 만나고, 만나서 사랑하고, 사랑하여 결혼하게 된다. 그러면 사랑과 결혼은 어떻게 다른가?

사랑은 감상적이며 비현실적이지만, 결혼은 이성적이며 현실적이다. 사랑에 대해 노래한 제반 글들을 보면 가슴을 파고드는 애틋함이나 기쁨이 있어 눈시울을 적시게 한다. 하지만 결혼은 현실이기 때문에 결혼을 노래한 글은 없다. 그리고 사랑하던 두 사람이 결혼하려면 사소한 일로 다투는 등 현실적인 어려움에 부딪치게 된다. 가족이나 집 문제 등도 그렇지만, 우선 혼수 문제부터 부딪쳐 결혼하네 마네하면서 가족 간에 어려움이 생긴다. 이게 감상적이고 막연했던 그동안의 사랑이 현실적이고 구체적인 결혼으로 변하는 과정이다. 두 사람은 마냥 사랑만 하지 말고 생활인이 되어, 이러한 어려움을 함께 극복해야 한다. 결혼은 감상이 아닌 현실이며 생활이다.

꿈을 이루게 하는 자신감

　나는 치료 시간 중에 젊은 치료사들과 토론을 자주했다. 토론도 치료 과정이라는 생각이 들었기 때문이다. 만족하는 시간이기만 하다면, 치료 시간이라는 게 따로 정해진 것이 아니므로 그 시간이 바로 치료 시간이라고 생각한다. 내가 즐겁게 이야기하는 시간도 치료 시간이고, 내가 잠자는 시간도 치료 시간이다.

　어떤 치료사가 바로 자기 앞에 앉아 있는 환자에게 "당신이 내가 좋은 치료사라 하면 당신은 좋은 환자이고, 그러지 않으면 당신은 나쁜 환자입니다. 내가 좋은 치료사입니까?"라고 물었다. 그러자 환자가 "당신은 좋은 치료사입니다."라고 말하는 것을 들은 적 있다. 치료 중인 환자가 치료사 면전에서 좋지 못한 치료사라고 말할 용기나 이유가 있을까?

　치료 시 응원과 격려의 의미를 가진 말로 나는 파이팅(fighting)이란 용어를 자주 사용한다. 우리말로는 '힘내자,' '아자!'로 표현되지만, 이 말은 안 되는 일에 대한 자신감을 뜻한다고 할 수 있다. 자신감 여부에 따라 불가능이 가능으로 바뀐 일이 많다. 자신감이 없으면 될 일도 안 된다. 마찬가지 의미의 '꿈은 이루어진다.'라는 말도 생각난다. 항상 꿈이 있기 때문에 꿈을 향한 노력은 아름답다. 꿈이 없으면 노력할 필요가 있을까? 우리 모두 할 수 있다는 자신감을 갖고 꿈을 향해 노력했으면 한다.

몸이 아프면 마음까지 아프다는 말도 있지만, 몸이 아플수록 마음이 건강해야 한다. 우리는 몸이 아픈 것이지 마음이 아픈 것이 아니다.

도전과 노력, 그리고 땀을 흘리지 않고 실현될 수 있는 것은 없다. 감나무 밑에서 입만 벌리고 있으면 감이 입안으로 들어가는지 생각해 볼 문제이다. 우리는 이런 우매한 짓을 하지 말고, 목표 달성을 위해 땀 흘리는 사람이 되어야 한다.

나는 수술 전에 산에도 가보고 마라톤도 해보았다. 산과 마라톤을 하는 이유는 나도 할 수 있다는 자신감을 갖기 위해서이다. 산 정상에서 좋은 경치를 보기 위해서도 아니고, 마라톤을 하면서 힘들다는 것을 느끼기 위해서도 아니다. 땀 흘린 후 느끼는 경치나 어려움은 땀 흘리지 않고 느끼는 감정과 다르다. 하지만 땀을 흘리면서 느끼게 되는 것은 무엇보다도 나도 할 수 있다는 자신감이다. 위에서 말한 '파이팅'은 자신에 대한 적극적인 자신감이다. 하지만 종교로부터 위로받고 갖게 되는 자신감은 타인으로부터 얻는 수동적 자신감이다. 적극적 자신감과 수동적 자신감은 다르다. 나는 파이팅으로 적극적 자신감을 갖자는 것이지, 수동적 자신감을 갖자는 말이 아니다. 종교와 관련하여 자신감에 대해 이야기하면, 나는 살면서 힘든 일이나 의지할 일이 없어서가 아니라, 종교에 의지하여 수동적 자신감을 갖기 싫었기 때문이었다. 종교에 의지하여 잘못된 일을 정당화시키는 자신감이 싫었고, 또 솔선수범하지 않고 말만 앞서는 자신감이 싫었기 때문이다.

자신감과 관련해서 '고집'에 대해 생각해 보자. 어떤 일을 할 때 그 일에 대한 집념이 고집일까? 어떤 사소한 문제라도 그 일을 고집스럽게 성취하려는 사람과, 이러한 사소한 문제에 부딪치지 않고 상황에 따라 변하면서 일을 성취하겠다는, 당초 의지가 불투명한 사람이 있다. 이 두 종류의 사람을 비교한다면, 나는 어려움을 피하며 일을 성취하지 못하는 사람보다도, 고집스럽더라도 뜻을 굽히지 않는 사람이 더 낫다고 본다. 즉 부드러워 유화한 사람보다는 어떤 어려움 속에서도 당초 뜻을 굽히지 않는 고집 센 사람이 더 낫다.

나는 처음에 치료사의 치료 방법에 대해, 왜 그런 치료를 하는지 생각하곤 했다. 치료사가 두 명인 경우 치료사 각각의 치료 방법이 달라 문의하면, 어떤 치료사는 서로 다른 치료 방법에 대해 설명을 하고, 어떤 치료사는 치료 방법에 대한 설명 없이 치료사의 지시대로 할 것을 주문하곤 했다. 각각의 치료 방법이 다르므로 한 치료사는 손을 들라 하고 한 치료사는 손을 들지 말라 하는데, 환자는 어떻게 해야 하는가? 환자는 자신의 치료 방법에 대해 생각하면서 치료해야 할 것이다.

걷지 못하는 환자도 많지만, 걷는 환자 대부분은 아래와 같은 모습으로 걷는 경우가 많다. 걷는 환자든 걷지 못하는 환자든 바르게 걸을 수 있도록 해야 할 것이다.

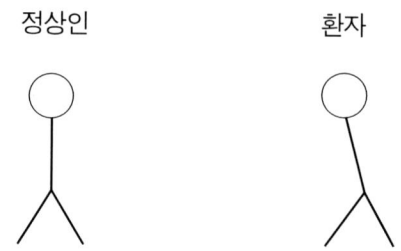

정상인　　　　　　　환자

이 그림에서 보면, 정상인은 중심이 엉덩이 쪽에 있어 안정적인데, 환자는 중심이 가슴이나 배 쪽에 있어 불안정하다. 그래서 환자는 머리가 앞쪽으로 치우치게 되어, 걸을 때 환자가 서두르지 않는데도 조급하게 서두르지 말고 천천히 걸으라고 권하게 된다. 여기서 환자가 생각하고 있어야 할 것은, 중심이 가슴이나 배 쪽이 아닌 엉덩이 쪽으로 오게 해야 한다는 것이다. 그리고 정상인도 전방을 응시하고 어깨와 허리를 편 자세로 자신감 있게 걸어서, 보는 사람이 자신감 없는 사람으로 느끼지 않게 해야 할 것이다.

우리는 병원 측의 주선으로 한 달에 한 번 정도 무료로 병원에서 이발을 한다. 환자들이라 각기 일정을 감안해야 되지만, 이발을 하기 위해서는 이발하는 곳에서 환자들이 도착 순서대로 줄을 서야 했다. 그래서 나도 줄을 서서 이발할 순서를 기다리고 있는데, 어떤 환자가 제일 마지막 쪽에 줄서는 걸 무심코 보았다. 그런데 우리 병실 환자와 그 환자가 이발하는 곳에서 다투며, 그 환자가 바닥에 넘어져 있는 것이었다. 어찌된 영문인지 모르지만, 늦게 도착한 그 환자가 순서를 기다려 막 이발하려는 우리 병실 환자를 제치고 먼저 이발하려 하자, 우리 병실 환자가 휠체어를 밀쳐 그 환자 휠체어가 넘어가면서 그 환자가 병원 바닥에 넘어진 것으로 추측되었다. 요즘 오토바이도 그렇듯이 휠체어도 각기 성능이나 가격이 다르다. 통상 휠체어는 밀면 밀려 나갈 정도일 뿐 넘어지지 않는데, 휠체어가 넘어진 것을 보면 아마 그 환자의 휠체어는 좋은 휠체어였던 모양이다.

그 환자가 넘어졌다고 신고하여 경찰이 사실을 확인키 위해 다녀갔다. 하지만 순식간에 발생된 일로서 정확하게 목격한 사람도 없던 데다, 앞에 줄서서 기다리던 환자 전부를 무시하고 먼저 이발하려 한 그 환자의 도덕심에 동조할 수 없었기 때문에, 경찰에게 사실 내용을 알려줄 사람이 아무도 없었다. 그 중 우리 병실 환자와 같이 이발을 준비하고 있던 환자 보호자가 당시 상황을 경찰에 설명했지만, 우리 병실 환자가 추측으로 상황을 사실인 것처럼 설명한다며 설명을 제지했다. 본인 의사가 중요하지 타인의 추측 등이 중요한 것이 못 되므로 사람은 자기 추측으로 사실을 왜곡시켜서는 안 된다.

나는 703호실 환자들 중 중간 정도이지만, 어느 병상이나 보호자가 없는 경우 옆 병상의 보호자가 도와준다. 한 번은 내 보호자가 식사 시간에 자리를 비운 사이 옆 병상 보호자가 식사를 도왔다. 보호자가 간이 침상에 놓인 식판을 환자 식탁에 옮기는 것은 간단한 일이지만, 환자가 간이 침상에 놓인 식판을 환자 식탁에 옮기는 것은 간단한 일이 아니다. 움직이기 힘든 환자는 침대에서 간이 침상으로 내려가 식판을 들어 침대 환자 식탁에 옮긴 후, 환자 침대 위로 올라와 식탁 앞에 앉아야 하기 때문이다. 나는 이러한 순서로 식판을 환자 식탁에 올려놓고 침대 위로 올라와 앉았다. 그러자 옆 병상 보호자가 위험한 일을 하지 말라며 식판을 다시 간이 침상 위에 옮겨 놓았다. 즉 내가 힘들여 올린 식판이 다시 내려간 것이다. 이것이 나를 도와준 것인지 나를 힘들게 한 것인지… 아무래도 위험하다는 핑계로 오히려 나를 힘들게 한 것 같다.

백 번 잘해도 한 번의 잘못이 상대 가슴속에 새겨지지 않게 해야 한다. 즉 상대는 백 번 잘한 일은 기억하지 못하고, 한 번의 잘못만 기억하게 되기 때문이다. 잘못을 기억하게 될 막말을 하지 말라는 속언이 생각난다. 백 번 잘한 일이 한 번의 잘못을 용인하게 될 것이라고 생각하면 안 된다. 예를 들어, 어떤 사람이 백한 번의 일 중

백 번은 잘하고 한 번은 상대에게 잘못했다고 가정해 보자. 그러면 상대는 백 번 잘한 일은 참고만 할 뿐, 한 번의 잘못만 기억하게 되어 결국 나쁘게 평한다. 그래서 어려울 때일수록 도와주는 미덕이 필요한 것이다. 이것이 혼사 집보다는 상갓집을 더 방문해야 하는 이유이기도 하다.

어느 맹인을 아버지로 모시고 살아온 아들이 "어두운 곳에서도 책을 읽어 주던 아버지가 어두우면 책을 못 읽던 어머니보다 더 좋았다."고 말한 것이 생각난다. 환자라고 전부 부족한 것이 아니고, 모든 것은 자기의 마음속에 있다. 우리는 다른 사람이 체험치 못하는 환자라는 경험을 더 체험했다. 우리는 보호자를 인도할 능력을 가진 긍정적 사고를 가진 사람이 되어야 할 것이며, 이 기회를 전화위복(轉禍爲福)의 기회로 삼는 환자여야 할 것이다.

메모판 같은 바탕화면, 자판 옆에 웅크려 있는 마우스, 27년 전에 내놓은 매킨토시의 사용자 환경을 숭배한, 세계 PC 산업의 잡스가 사망했다. 1984년 잡스는 매킨토시를 내놨고, 잡스는 세상을 여러 번 바꿨다.

"안녕하세요, 저는 매킨토시입니다. 바깥으로 나오니까 좋네요." 프로그램을 몰라도 마우스만 움직여 컴퓨터의 다양한 기능을 쓸 수 있다는 건 당시로서는 혁명 그 자체였다. 애플에서 쫓겨났다가 그게 전화위복이 되어 다시 1998년 복귀한 잡스는 또 하나의 회심의 카드인 아이맥을 꺼내었다. "자, 한 바퀴 더 돌려서 촬영해 주세요. 어떻게 생겼나 보게요." 그리고 2007년 세상을 완전히 뒤바꿔놓은 혁신적인 제품 아이폰을 내놨다. "우리는 이것을 아이폰이라고 부릅니다. 오늘 애플은 휴대전화를 재창조합니다." 잡스는 개발자와 수익을 나누는 새로운 모델을 도입해 개발자 전성시대를 열었다. 잡스는 여기에서 멈추지 않았다.

잡스는 소파에 앉아서도 컴퓨터의 다양한 기능을 즐길 수 있는 태블릿 PC, 아이패드를 세상에 내놓았다. "2011년은 분명히 아이패드 2의 해가 될 것입니다." IT 기기가 세상을 바꿀 수 있다는 것을 보여 준 잡스는 분명, IT 분야의 거인이었다. 잡스가 멈추지 않은 이유는 항상 꿈과 도전, 열정과 혁신, 권토중래(捲土重來)의 정신이 잡스에게 있었기 때문이다.

인연을 소중히 여기지 못했던 탓으로 내 곁에서 사라지게 했던 사람들…. 한때 서로 살아가는 이유를 깊이 공유했으나, 무엇 때문인가로 서로를 저버려 지금은 어디에 있는지도 모르는 사람들…. 죽음에 의한 아픔이나 상실로 인해 사람은 외로워지고 쓸쓸해지고 황폐해지는 건 아닌지…. 나를 속이지 않으리라는 신뢰와 서로 해를 끼치지 않으리라는 확신을 주는 사람이 주변에 둘만 있어도 살아가는 일은 덜 막막하고 불안할 것이다. 마음 평화롭게 살아가는 힘은 서른이 되면, 혹은 마흔이 되면 저절로 생기는 것이 아니라, 내 일을 자신의 일처럼 생각하고, 내 아픔과 기쁨을 자기 아픔과 기쁨처럼 생각해 주고, 앞뒤가 안 맞는 얘기도 들어 주며, 있는 듯 없는 듯 늘 함께 있는 사람의 소중함을 알고 있는 사람만이 누리는 것이 행복이라는 생각이다. 그것이 온전한 사랑이라는 생각도, 언제나 인연은 한 번밖에 오지 않는 거라고 생각하며 살았더라면, 지난날 내 곁에 머물렀던 사람들에게 상처를 덜 줬을 것이다. 결국 이별할 수밖에 없는 관계였다 해도 언젠가 다시 만났을 때, 시의 한 구절처럼 우리가 자주 만났던 날들은 맑은 무지개 같았다고 말할 수 있게 이별했을 것이다. 진작, 인연은 한 번밖에 오지 않는다고 생각하면서 살았더라면….

자신감과 관련하여 패배주의를 생각해 볼 수 있다. 패배주의(敗北主義)란 경쟁이나 싸움에 자신감이 없어 소극적이며 일을 해보기도 전에 포기하는 태도나 사고방식이다. 예를 들어 10가지 일이 있다고 할 때, 자신감 있는 사람은 10개 중 2개만 불가능한 일이라고 판단하여 8개 일을 선택한다. 하지만 패배주의적인 사람은 하나마나 불가능한 일이라고 판단하여 4개는 하지 않고 나머지 6개만 선택한다. 패배주의자는 자신감 있는 사람보다 2개를 적게 선택하게 되며, 자신감 있는 사람이 2가지 일을 하는 사이에 패배주의의 사람은 해보기도 전에 2가지 일을 포기하여 일하지 않고 쉬는 셈이 된다. 결국 자신감 있는 사람이 2가지 일 중 1가지 일을 성취한다면, 패배주의 사람은 짐작으로 아예 불가능하다고 포기함으로써 성취한 일이 없게 된다.

우리는 불가능한 일에 시간과 노력을 허비해서도 안 되지만, 해보지도 않고 짐작으로 미리 포기하여 일하지 않는 패배주의적인 사고도 버려야 할 것이다. 자신감이 있는 사람은 일을 해봄으로써 판단의 잘못이 무엇이었는지 경험하게 되어, 차후 같은 일에 대해 시행착오를 하지 않게 되나, 패배주의적인 사람은 잘못을 경험하지 못해 차후에 시행착오를 많이 범하고 만다. 어떤 일이든 해결책이 있기 마련임에도 해결책이 없다고 미리 포기하는 사람이 많다. 우리는 멀리 있어 찾지 못하는 해결책을 보이지 않는다고 포기하지 말고 찾아야 한다.

건강에 대해서 생각해 보면, 우리 환자는 치료하기 위해서 운동을 하고, 정상인은 건강하기 위해서 운동을 한다. 또 스포츠 인이나 배우 등은 남에게 보이기 위해서 운동을 한다. 즉 우리나 정상인은 남에게 보이기 위해서 운동하는 것이 아니라 치료나 건강을 위해 운동하는 것이므로 흔히 말하는 '몸짱'을 부러워할 필요는 없다. 알아야 '실천'하는 것이지 모르면 실천할 수 없어 실천에 대해 논할 필요도 없으며, 운동도 마찬가지다. 운동은 꾸준히 해야 한다는 것을 알면서도, 이를 실천(운동)하지 못한다. 우리는 '몸짱'을 부러워하지 말고 치료를 위해 운동하는 것을 실천해야 한다. 알면서도 하지 않는 것은 모르는 것만도 못하다는 것을 다 알리라.

내가 어릴 적에 살았던 집은 바닷가 오두막집이었다. 내가 살았던 곳의 밤을 잠시 그림으로 그려 본다. 은하수가 흐르는 밤하늘을 보며 누워서 북극성이나 북두칠성을 찾기도 했고, 내 별 네 별은 어디어디에 있다며 웃곤 했다. 또 바다기슭에 부딪치는 바닷물 찰랑거리는 소리와 멸치를 잡기 위해 바다를 환히 비추던 불빛, 아침이 되면 멸치를 가득 잡은 배는 만선(滿船)의 깃발을 달고 어귀에 정박하여 어부들이 그물에 잡힌 멸치를 털어 내곤 했다. 그러나 밤에는 호롱불밖에 없으니 어두워지기 전에 밥을 일찍 먹고 자야 하는 등 그 당시 살 때는 불편한 게 하나 둘이 아니었다.

당시 나는 초등학생이었다. 여름에는 친구들과 바닷가에 가서 자주 수영을 했다. 수영을 하면 주로 물속에서 텀벙거리며 놀다가 바닷가 가까이 있는 섬을 왕복하곤 했다. 지금 생각하면 섬의 왕복 거리가 약 300~400m 정도는 될 것으로 생각되지만, 통상 그랬으니 먼 거리라고 생각지는 않았었다. 당시 초등생에게도 멀게 느껴졌지만, 나는 파도치는 푸른 바다를 혼자 헤엄쳐 나가면서 혹시 물고기가 나를 물어뜯지 않을까 싶어 겁이 나기도 했었다. 아마 섬에 간다는 꿈이 없고 갈 수 있다는 자신감이 없었더라면, 섬에 가려는 생각도 안 했을 것이다. 섬에 다녀온 후 숨을 헐떡거리면서도 성취감에 희열을 느끼곤 했는데, 아마 산 정상에 올랐을 때, 또는 마라톤을 완주했을 때 느끼는 감정과 같았을 것이다. 섬에 가지 않았으면 이러한 성취감을 느끼지 못한 채 바닷가 어느 모퉁이에서 잠만 잤을지도 모른다. 자신감은 편한 상태에서 느끼게 되는 것이 아니라, 어려움을 극복하는 과정에서 느끼게 된다.

우리에게는 항상 끝과 시작이 있다. 한 해를 마무리하고 다음 해를 반기며 소망하는 것도 끝과 시작이 있기 때문이다. 다가오는 새해에는 지난 한해의 과오(過誤)를 범하지 않고 꿈을 이루는 해가 되기를 바라면서 해를 보내고, 새해를 맞이한다. 즉 새해를 맞이하면서 새해를 파이팅하며 자신감으로 시작하는 것이다. 끝과 시작이 없다면 얼마나 지루할까? 한 달도 그렇고 한 주도 아침저녁이 그렇듯이, 우리는 나 자신에게 매일 파이팅! 하는 자신감으로 생을 새롭게 시작한다.

어둠이 깔리며 쿵쿵 지구를 흔드는 폭죽 소리…. 태양의 열기에 침묵하던 도시가 불꽃을 머금고 날개를 단다. 우리들의 날에도 불꽃 날개로 밤하늘을 날 수 있으면 좋겠다. 잠시라도 별이 되어 그리운 당신 곁으로 가고 싶다. 어둠을 가르는 바람이 바닷물을 싣고 오네. 사람이 그리웠나 봐. 물기어린 두 눈이 당신을 닮았어. 창을 닫아야겠어. 열린 채 기다린 시간의 얼굴이 마음을 거두네. 먼 가슴, 체념도 때로는 필요하다며…, 괜스레 집안을 서성이며 마른 손을 비비곤 했어. 오늘 따라 저 하늘을 메운 불꽃이 자꾸만 내 그림자를 밟곤 해. 보고픔만큼 야위어 가는 내 손이 보였나 봐. 주홍 커튼을 내린다. 지난 가을 당신이 바라보던 낙엽을 생각했었어. 오늘은 완행열차를 타고 싶다. 전화도 약속도 없이 내린 그 외딴 역에서 고향처럼 덥석 안을 것 같다.

목화밭을 지나온 하늘빛 치맛자락이 솜털처럼 고왔다. 거칠어진 손으로도 쑥 향을 묻힌 5월의 버무림은 부드러웠고 까칠해진 봄맛을 달구었다. 숨바꼭질하던 짓궂은 솔바람과 봄 개구리들은 당신의 치마폭에서 폴짝폴짝 햇볕에 그을린 어머니의 목을 간질였다. 나른한 한나절이면 조랑조랑 학교를 파한 자식들 간식을 위해 어머니는 말 없는 외로움으로 걸음을 재촉하곤 했다.

삭막했던 겨울 풍경은 사라지고, 양지 구석에서 도톰히 눈 비비고 나오는 씀바귀와 그늘진 솔밭 사이의 송이버섯으로 어머니의 오월은 부자가 되었다. 산바람이 꺽, 꺽, 아버지의 산소를 돌아 나와 그리움으로 울면, 그렁그렁 이슬 맺히는 어머니의 일생. 당신은 아버지의 곁에서 별이 되고 싶었다. 추억도 사랑도 밤빛으로 우리를 비추고 있었다.

고향을 떠나 주말마다 도시를 향하는 자식을 사철 마중하시며, 뒤도 돌아보지 않는 그들의 등을 보고 기도하였다. 그때 내가 느끼는 해방감은 곧 어머니의 섭섭함과 아쉬움이었다는 것을 몰랐었다. 졸업장, 상장이 허름한 흙벽에서 노랗게 바래지도록 어머니의 행복과 양식이 되었다는 것을 깨달은 건 지금 이 자리이다. 돌아보니 다정한 목소리로 "엄마, 사랑해. 엄마, 수고했어. 오늘 만든 메밀묵 잘 먹었어. 우리 엄마 최고야." 이런 말 한 마디 했던 기억이 없다. 어머니가 몸살로 몸져누워 계실 때 나는 흰죽도 끓일 줄 몰라, 엄마가 작은 부엌문으로 엉금엉금 기어 나와 손수 만드셨던 기억이 이렇게 아리다.

말로도 가슴으로도 이젠 보일 수 없는 자리에 별이 쏟아진다. 어머니, 제 얘기를 다 들어 주셨나요. 고마워요, 감사해요, 천 번이라도 당신이 좋다시면 이 노래를 부를게요. 내 영혼의 영원한 시, 날마다 새 별로 빛나는 나의 어머니는 당신이십니다.

더 높은 곳을 향하는 꿈이 있고, 그 꿈을 실천하려면 도전과 땀이 필요하다. 우리는 오늘도 병 치료에 땀 흘리고 있다. 패배주의나 우울한 사고, 또는 감상에 젖어 오늘을 허비하지 말고, 나도 할 수 있다는 자신감으로 꿈을 이루자!

꿈과 자신감을 잘못 이해할까봐 부연해서 말하면, 현실에 맞는 꿈과 자신감을 가져야지 현실과 동떨어진 꿈과 자신감을 가지면 안 된다. 현실에 맞지 않는 꿈은 하나의 몽상일 뿐이다. 예를 들면, '나는 완쾌될 수 있다.'는 가능한 꿈이지만, '나는 별을 따올 수 있다.'는 불가능한 꿈이다. 즉 병이 완쾌된 사람이나 아프지 않은 사람은 수없이 많으므로 그것은 이룰 수 있는 꿈과 자신감이라고 할 수 있지만, 별을 따오는 일은 아무도 하지 못한 불가능한 일이므로 이는 꿈과 자신감이 아닌 몽상이라 할 것이다. 그리고 자신감은 말로 표현하는 것이 아니고 행동하는 것이다. 말보다 눈빛이 더 무섭다.

현실과 동떨어진 공자 같은 말은 필요 없는 말이다. 말하지 않으면 중간이나 할 걸, 말함으로 인해 오히려 꼴지라는 말이 있듯이, 현실에 맞지 않는 당연한 말은 오히려 인품을 의심케 한다. 이는 자다가 봉창 두드리는 격의 말로서, 현실에서 벗어난 말은 할 필요가 없다. 당연한 말을 하기 위해서는 현실을 바르게 인식(현실을 바탕으로)해야 한다.

현실에 만족한다면 꿈과 이상은 당연히 없지만, 우리는 현실을 직시해야 한다. 현재 쥐뿔도 없으면서 자존심을 내세워 거절하는 것은 현실을 무시한 어리석은 일이다. 자존심없는 사람이 있을까마는, 대부분 현실적으로 자존심을 내세운다는 것은 불가하여 내색하지 않는다는 것을 알아야 하며, 대부분 자존심을 참고 지낸다는 것을 알아야 한다.

항상 내 편인 '가족'

　병실에서는 '가족'의 소중함을 더 일깨운다. 침대에는 환자가 기거하고 간이 침상에는 가족(부인 등)이 함께 기거하며 환자를 간병하기 때문에 가족의 역할을 더 크게 느끼게 된다. 간병인이 기거하면서 환자를 간병하고, 가족은 꽃이나 환자가 좋아하는 것을 선물하며 문병한다. 간병인이 가족(?)인지 환자에게 꽃 등을 선물한 가족이 가족(?)인지 생각해 볼 문제다.

　나는 어려운 때일수록 도와주는 것이 더 가족답다고 생각하는데, 환자의 어려움을 옆에서 돕지 않고 문병이나 돈으로 도와준 사람을 가족(?)이라 생각하기에는 무리가 아닐까 한다. 환자의 쾌유를 진정으로 바란다면, 돈으로 문병하듯 하지 말고 진정한 마음으로 간병해야 할 것이다.

　위에서 어려운 때일수록 도와주는 것이 더 '가족'답다고 말했지만, 만약 잘못한 일을 책임지지 않고 피하는 사람이 가족 중에 있다고 가정한다면, 이 잘못을 밝히는 것이 가족인지, 아니면 잘못을 은닉하는 것이 가족인지…. 이럴 경우 통상 부모(父母)는 어떻게 할 것인지 생각해 볼 문제이다. 어려운 때일수록 밥 한 끼라도 같이 먹어주며 위로하는 것이 더 중요하다.

한국 사회는 합리성보다는 인간미[情]를 더 중시하는 사회이다. 즉 경찰이 피의자로 아들을 지목하여 찾아도 엄마가 아들을 은닉하는 사회이다. 만약 합리적이라는 이유로 아들을 엄마가 경찰에 신고하면 엄마가 지탄받게 되는 정(情) 많은 사회이다. 따라서 옳고 그름보다는 정이 있는지 없는지가 더 중요하기 때문에, 문제를 정으로 해결하려는 노력이 필요하다.

병실에서는 간병인이나 가족이 환자와 기거하며 환자를 돌본다. 간병인은 환자의 불편보다는 돌보는 일이 더 우선이고, 가족은 환자의 불편 여부가 더 우선이다. 예를 들어 환자가 마룻바닥에 앉아 있다고 가정하면, 간병인은 위험한 것이 없어 차라리 마룻바닥에 앉는 걸 권하지만, 가족은 환자가 마룻바닥에 앉아 있는 건 여러 가지 좋지 않다고 반대한다. 즉 타인과 가족의 생각은 정반대로 나타난다. 앞에서 말했지만, 환자(전직 교장)가 '줄리아'라고 외치면 지체 없이 달려가는 6병상 부인은 여름에 병실에서 에어컨을 사용하지 못하게 하는 편이다. 부인은 우리 병실에 기거하는 여러 환자와 가족이 덥다고 불평해도 남편이 싫어하는 일은 하지 않는다. 사리에 맞지 않아도 환자인 남편이 우선이지, 사리에 맞는 타인을 우선하지 못하는 것이 바로 내 편인 가족이다.

과거에 시골 식당에서 식사를 한 적이 있었다. 규모가 작은 식당에서 아내는 주방에서 손님이 식사할 음식을 만들고, 남편은 홀에서 손님을 맞이하고 있었다. 그 아들 둘은 아버지를 도와 홀 식탁을 청소하고 엄마가 만든 음식을 손님에게 나르고 있었다. 시골에서 초등학교 도덕만 공부한 것이 아닐 텐데도 아들이 아버지를 도와 식당 홀에서 식탁을 청소하고 음식 나르는 것을 보고, 홀에서 일하는 아들 둘 다 참 기특하다는 생각이 들었다. A B C 등 외국어 공부를 잘 하여 유학 간 자식도 도덕 공부를 했을 텐데 결국 도덕을 잃어버리게 공부시킨 부모가 잘못인 것 같다. 부모들은 자식들이 유학을 다녀와서 '도덕'을 잃어버리게 하느니, 차라리 도덕을 잃어버리지 않게 초등학교만 공부시키는 게 더 나을 수 있음을 명심(?)해야 할 것이다. 부모가 병원에 갈 일이 있으면, 유학 간 자식이 병원에 엎고 갈지 초등학교만 공부시킨 자식이 병원에 엎고 가게 될지 알 수 있다. 그래서 멀리 있는 아들보다는 이웃집 사촌이 더 낫다는 말이 있는가 싶다. 유학 덕에 좋은 직장 다니는 자식은 차비나 병원비 등의 비용을 부담할지는 모르지만, 돈 주는 자식이 병원에 엎고 간 자식보다 더 좋을 수 없다.

어려서부터 먹고 자고 공부하고, 유학 가고 자라서 직장 다니게 된 건 부모의 희생이 없었다면 불가능한 일이었다. 그럼에도 이를 부모의 의무로만 생각한다면, 자식 때문에 희생할 필요 없는 '무자식이 상팔자'란 옛 말이 실감난다. 초등학교를 졸업해도 인간 냄새 물씬 풍기는 자식이 더 좋지, 부모를 공경해야 되는 도리(道理)도 모르는 유학 다녀온 자식이 오히려 부끄럽다. 무엇이든 돈으로 해결하려 하지 말고 정으로 해결해야 한다.

자존심이 무얼까. 보통 자존심을 생각하는 애들은 식당 홀에서 부모를 돕지 않으며, 부모를 공경해야 하는 도리를 모른다. 그러나 자존심보다는 자식 도리를 다하는 사람들이 부럽다. 자존심 때문에 도리를 다하지 못하는 사람이 많다. 그러나 자존심보다는 도리를 먼저 생각해야 한다. 아무것도 아닌 자존심으로 인생을 바꾸는 것은 인생을 하찮게 생각한 결과이며 인생을 책임지지 않는 잘못이다.

상대가 반대하는데도 상대를 위한다는 이유로 본인의 주장을 관철시키는 것이 정말 상대를 위하는 일일까, 아니면 믿고 맡기는 것이 상대를 위하는 일일까. 부모가 자식을 위한다는 명분으로 자식의 뜻에 반(反)해도 부모의 뜻을 관철시키는 것은 자식을 위한 것이 아니다. 상대를 이해시키지 않고 밀어붙여 본인의 주장을 관철시켜서는 안 된다.

사람마다 살아가는 방식이 다르고 생각이 달라 사람 살아가는 즐거움을 꼭 이것이다, 라고 뚝 잘라 정의하긴 어렵다. 하지만 나라고 나름대로 생각해 본 즐거움이 왜 없겠는가.

첫째는 건강이다. 건강하지 못하면 인간사 끝장이다. 한숨이고 눈물일 뿐이며, 기다리는 건 고통이고 죽음뿐이다. 건강해야만 살아남고 이루고 즐길 수 있다. 따라서 건강해야 한다는 건 우리 인생 최고의 가치다. 새벽 걷기를 즐기는 이유도 바로 이것이다.

두 번째는 벗(친구)이다. 친구 하나 없이 외톨이로 외롭게 지내는 노인을 생각해 보라. 그 무료함, 그 외로움은 죽음보다 더 큰 아픔 아닌가. 친구 없음이 가슴 아파 스스로 책, 술, 컴퓨터, 음악, 그리고 산, 강, 바다 같은 자연을 친구라 여기고 어깨동무라도 하고 즐기며 살고 싶다.

세 번째는 가정이다. 내 인생의 터전, 보금자리, 우리들의 가난한 왕국, 좀 뛰어나지 못하고 덜 가졌으면 어떤가. 맘씨 고운 아내가 있고, 정진하는 아이들이 있고, 자라나는 꿈나무들이 있는데, 무엇이 부족한가. 사랑이 있고 웃음이 있고 아이들의 노래가 들리는 곳, 그 가정, 가족이 있기에 나는 오늘도 즐겁게 웃을 수 있다.

인생은 본인이 살아가는 것이지, 타인의 삶을 모방하기 위해 살아가는 것이 아니다. 즉 타인을 위해 사는 것이 아님에도 타인을 위해 산 것처럼 말(행동)하는 경우를 종종 접한다. 예를 들면 자식 혼사에 반대하는 부모는 "내가 어떻게 너를 키웠는데, 네(자식)가 나(부모)에게 그렇게 무심할 수 있냐?"라고 말한다. 부모는 오직 자식만 위해 살았을 뿐 자신을 위해 산 것이 없다는 식의 말이 이해되지 않는다. 그동안 자식이 기쁜 일을 해도 부모는 관련 없었고, 그래서 부모의 생활이 전혀 없었다는 식의 말이 이해되지 않는다. 자식은 부모에게 자식으로서의 도리를 다해야 한다는 것과 자식을 키우면서 부모가 감당한 부모의 정성은 별개의 문제다.

살면서 타인(자식 등)으로 인해 기쁜 일도 있고 슬픈 일도 있었다. 하지만 오직 삶의 책임은 자신에게 있지, 타인에게 있는 것이 아니다. 집안일도 타인을 위해 하는 것이라고 생각하면, 자신의 인생이 허무하고 덧없어질 것이다. 하지만 인생은 타인을 위해서 사는 것이 아니라, 자신의 행복을 위해 자신이 책임지고 사는 것임을 마음에 새겨야 한다.

가족은 편안하면서도 특수한 관계이다. 여자들은 외출 시에 타인에 대한 예의로 화장을 하고, 화장을 더하면 분장을 하게 되고, 분장을 더하면 변장을 하게 된다. 그러나 가족들 사이에서는 맨얼굴로 생활한다. 이렇게 가족끼리는 편하다. 하지만 가족은 또한 마냥 편해서도 안 되는 특수한 관계이다. 가족끼리라 하더라도 지켜야 할 도리(道理)가 있다. 가족은 가족의 허물을 무조건 덮어 주어야 한다.

결혼하여 가족을 만드는 이유 중 하나는 어려울 때 도우며 내 편인 가족을 서로 원하기 때문이다. 어려울 때 돕지 못하고 편(便)이 못 되는 사람이 가족인지는 생각해 봐야 할 일이지만, 천륜(天倫)을 지키는 사람이 되어야 할 것이다.

떠돌이 세상살이를 하면서 가장 외로운 날엔 누구를 만나야 할까? 살아갈수록 서툴기만 한 세상살이에 맨몸, 맨손, 맨발로 버틴 삶이 서러워 괜스레 눈물이 나고 고달파 모든 것에서 벗어나고만 싶었다.

모두 다 제멋에 취해 우정이니 사랑이니 멋진 포장을 해도, 때로는 서로의 필요 때문에 만나고 헤어지는 우리들의 텅 빈 가슴에 생채기가 찢어지도록 아프다. 만나면 하고픈 이야기가 많은데 생각하면 눈물만 나는 세상, 가슴을 열고 욕심 없이, 사심 없이 같이 웃고 같이 울어 줄 누가 있을까. 인파 속을 헤치며 슬픔에 젖은 몸으로 홀로 낄낄대며 웃어도 보고, 꺼이꺼이 울며 생각도 해보았지만, 살면서 가장 외로운 날엔 아무도 만날 사람이 없다.

충정로 사랑방에서 한동안 기거했던 둥지를 잃은 어느 노숙인에게는, 타인이 보는 아름다운 석양도 두려움의 그림자일 뿐이었다. 한때는 일에 미쳐 하루해가 아쉬웠는데, 모든 것을 잃어버린 지금은 가슴 저미는 회한만 있다. 굶어 죽어도 얻어먹지 않겠다며 이를 깨물고 사양하던 한 술 밥이 이제는 삶의 희망이 된 것 같다. 끼니의 굶주림 앞에 꿈은 무너지고, 무료 급식소 대열에 서서 행여 아는 사람을 만날까 조바심하며 날짜 지난 신문지로 얼굴을 숨긴 채, 아려오는 가슴을 안고 숟가락 들고 목 메이는 아픔으로 오늘도 한 끼니를 챙긴다. 그 많던 술친구도, 그렇게도 갈 곳이 많았던 만남들도 인생을 강등당한 노숙인에게는 아무것도 남은 게 없다.

밤이 두려운 것은 어린 아이만이 아니다. 인생의 끝자리에서 잠자리를 걱정하며 석촌 공원 긴 의자에 맥없이 앉으니 만감의 상념이 노숙인의 눈앞에서 춤춘다. 뒤엉킨 실타래처럼…, 난마의 세월들…. 깡소주를 벗 삼아 물마시듯 벌컥대고 수치심 잃어버린 육신을 아무 데나 눕힌다. 빨랫줄 서너 발 사서 청계산 소나무에 걸고 비겁한 생을 마감하자니, 눈물을 찍어 내는 지어미와 아이가 "안 돼! 아빠, 안 돼! 아빠!" 한다. 그래! 이제 다시 시작해야지. 교만도 없고, 자랑도 없고, 그저 주어진 생을 가야지. 내달리다 넘어지지 말고, 편하다고 주저앉지 말고, 천천히 그리고 꾸준히 그날의 아름다움을 위해 걸어 가야지.

"나도 사랑하고 싶어요." "사랑…, 그거 그렇게 좋은 거 아니야." "왜요? 사랑이라는 거 즐겁고 좋은 거 아니에요?" "사랑이라는 거, 처음에는 그래. 즐겁고 행복해서 심장이 터져 버릴 것 같고, 항상 웃음만 나오는 거지. 시작만 그래. 끝날 땐 슬프고 힘들어. 그리고 너무 아파. 너무 아파서 심장이 찢겨질 것 같아. 그러니까 사랑이란 거 좋은 게 아니란다." "그런데, 왜 또 사랑을 하는 거죠?" "…희망… 이랄까? 또 아플 거란 걸 99.9% 알고 있지만, 0.1%의 희망 때문에 또 다시 사랑하는 거야."

내가 그대에게 들려주고 싶은 소리는 웅장한 음악이 아닙니다. 깊은 밤 창을 열면 들리는 아련한 빗소리입니다.
내가 그대에게 보여 주고 싶은 것은 유유히 흐르는 강줄기가 아닙니다. 산골짜기에서 솟아나는 작은 옹달샘입니다.
내가 그대에게 선물하고 싶은 것은 한 그루 나무가 아닙니다. 가지 끝에 달린 작은 열매 몇 개입니다.

내가 그대에게 가르쳐 주고 싶은 것은 인생의 지혜가 아닙니다. 아침에는 꼭 밥을 먹고, 밤에는 이를 닦고 잠자리에 들라는 것입니다.

내가 그대에게 받고 싶은 것은 멋진 자동차가 아닙니다. 나를 예쁘게 만들어 주는 작은 머리핀 하나입니다.

내가 그대를 만나고 싶은 곳은 화려한 레스토랑이 아닙니다. 동네 어귀 어린이 놀이터의 낡은 벤치입니다.

내가 그대에게 하고 싶은 말은 '사랑한다'는 힘든 말이 아닙니다. 언제나 쉽게 떠오르는 '보고 싶다'는 말입니다.

내가 그대와 같이 가고 싶은 곳은 바다 건너 먼 여행길이 아닙니다. 동네 뒷산에 있는 작은 약수터까지 손잡고 함께 걷는 것입니다.

내가 그대에게 바라는 것은 성공하고 높아지는 것이 아닙니다. 날이 갈수록 부드럽고 따뜻해지는 모습입니다.

일명 백수들이 어떤 나약한 소리를 할 때면, 나는 종종 의도적으로 비수 같은 말을 한다. 왜냐하면 그들 대부분은 꿈을 이루기 위해 자기 노력은 게을리 하면서 타령만 하기 때문이다. 그들 대부분은 제대로 된 직장을 구하기에 때늦은 자들로서, 막막한 현실 앞에 푸념만 늘어놓으며 세월을 허비하고 있다. 그래선 안 된다. 막말로 노가다라도, 뭐라도 해야 한다. 더 이상 부모 등골 빼먹는 짓을 하지 말아야 한다. 키워 주고 가르쳐 준 걸로 부모 역할은 끝났다고 생각해야 한다. 짐승들도 때가 되면 애지중지 키우던 새끼들을 버리고 떠나는 게 순리인데, 왜 나이 많을 때까지 늙은 부모에게 기대 밥을 먹고 있을까? 그래서 난 그들에게 정신 차리라고 가혹할 정도로 비수 같은 말을 한다. 그들 대부분은 어떠한 말에도 정신을 못 차리며 자기변명에 급급하다.

오늘이 가면 내일이 오고, 내일은 또 그렇게 바람처럼 보이지 않는 시간으로 오고 가고, 인생도 그렇게 가고 오고, 사랑도 그렇게 가고 오고…. 가고 오는 세월 속에 외로운 줄다리기로 자신의 고독과 씨름하며 내일이라는 기대 속에 끝없는 야망을 품고 산다. 한 자락 욕심을 버리면 살 만한 세상이기도 한데, 조금만 가슴을 열면 아름다울 만도 한데, 가고 오는 세월이 힘에 부칠 때가 많다. 그 무게로 주저앉아 무능하게 만들고 시간을 잘라 먹는 것이 세월이기도 하다. 많이 가진 자는 어떠한 무게에도 버틸 수 있지만, 작은 희망을 꿈꾸는 가난한 사람에게는 너무 힘든, 인생을 갉아 먹는 야속한 세월이다. 그러나 가고 오는 세월 속에 우리 인생은 꽃 피고 지는 어쩔 수 없는 운명이 되어 일어서야 하고, 담담한 인내로 언젠가 이별을 위해 가고 오는 세월을 맞이해야 한다.

저무는 들녘에서 내 작은 그림자 하나 밟고 설 햇빛 아주 조금, 창문을 열면 방안에 새어드는 환한 달빛 하나, 외로울 때 말벗 삼아 잔잔한 별빛 한 조각 가슴에 가득 담았으면 좋겠다. 지나온 고통만큼 나의 미래에 기쁨이 있다면, 여태껏 다 불러 보지 못한 다정한 이름들, 수줍어 꺼내지 못했던 어린 날의 꿈들, 지금도 다 느껴 보지 못한 그대 사랑이 내게 행복으로 남았으면 좋겠다.

어느 날 시계를 보다가 문득 이런 생각을 한 적이 있다. 시계 안에는 세 사람이 살고 있다. 성급한 사람, 무덤덤하게 아무런 생각이 없는 사람, 그리고 느긋한 사람. 당신은 어느 쪽이라고 생각하는가? 우리는 다람쥐가 쳇바퀴를 도는 것처럼 흘러가는 시간 속에서 쫓기듯

살고 있다. 세상이라는 틀에서 바쁜 하루하루를 살아가는 우리이기에 무감각하게 흘러가는 시간에 몸을 내맡긴다.

하루 24시간이라는 시간은 누구에게나 똑같이 주어졌지만, 그것을 즐기고 이용하는 방법은 사람마다 모두 다르다. 시계 바늘이 돌아가듯 바쁘게 하루를 살아가는 것도 중요하지만, 가끔씩 고요의 시간으로 돌아와 자신의 삶을 음미할 시간을 가지는 것도 중요하다. 길가에 핀 꽃 한 송이를 음미해 보고, 나 아닌 다른 사람을 위해 무언가를 하는 시간도 가져 보고, 힘들어하는 친구를 위해 편지 한 장을 쓰는 시간을 갖는 것도 인생이라는 먼 길을 걸어가는 우리에게는 필요하다. 소중한 당신의 인생에 이렇듯 사람의 향기가 나는 시간들이 넘쳐나기 바란다.

우리에게 정말 소중한 건 살아가는 데 필요한 많은 사람들보다는 단 한 사람이라도 마음을 나누며 함께 갈 수 있는 마음의 길동무이다. 어려우면 어려운 대로, 기쁘면 기쁜 대로 내 마음을 꺼내 진실을 이야기하고, 네 마음을 꺼내 나눌 수 있는 동무, 그런 마음을 나눌 수 있는 동무가 간절히 그리워진다. 사막의 오아시스처럼 소중한 사람을 위하여 우리는 오늘도 삶의 길을 걷고 있다. 현대라는 인간의 사막에서 마음의 문을 열고 오아시스처럼 아름다운 이웃을, 친구를, 연인을 만나면 좋겠다. 아니, 그보다는 내가 먼저 누구인가에게 오아시스처럼 참 좋은 친구, 참 좋은 이웃, 참 아름다운 연인이 되는, 시원하고 맑고 청량감 넘치는 삶을 살았으면 좋겠다.

색깔 진한 사람보다는 항상 챙겨 주는 은근한 친구의 눈웃음을 더 그리워하며, 바보같이 우울할 때면 그 친구의 눈웃음이 그리워 전화를 한다. 눈만 뜨면 만나지 못해도 늘 언제나 그 자리에 있는지 확인하기 좋아하고 늘 사랑한다, 좋아한다 말을 못 해도, 그것이 사랑이라는 걸 우리는 안다. 우울한 날은 괜스레 차 한 잔 나누고 싶어 하며 할 이야기도 별로 없으면서 얼굴이라도 보고 싶다. 말없는 사람보다는, 차 한 잔을 마시면서도 좋아하는 건지 사랑하는 건지 읽을 수 있고, 물어 보지 않아도 알 수 있으며, 말할 줄도 알고 감출 줄도 알며, 모르는 척 그냥 넘어갈 줄도 알고 아는 척하고 달릴 줄도 아는 사람이면 좋겠다. 참을 줄도 알고 숨길 줄도 알며, 모든 것들을 알면서 은근히 숨겨 줄 줄도 알면 좋겠다. 중년이 되면, 이런 것들을 그리워한다.

친구야, 술 한 잔 하자! 우리들의 주머니 형편대로! 포장마차면 어떻고 시장 좌판이면 어떠냐? 마주보며 높이 든 술잔만이라도 족한 걸! 목청 돋우며 얼굴 따갑게 쏟아 내는 동서고금의 진리부터 솔깃하며 은근하게 내려놓는 음담패설까지도 한 잔 술에 좋은 덕담이 되지 않겠나! 자네가 어려울 때 큰 도움이 되지 못해 마음 아프고 부끄러워도, 오히려 웃는 자네 모습에 마음 놓이고! 내 손을 꼭 잡으며, 고맙다고 말 할 땐 뭉클한 가슴! 우리 열심히 살자! 찾으면 곁에 있는, 변치 않는 너의 우정이 있어, 이렇게 부딪치는 술잔은 맑은 소리를 내며 반기는데…. 친구야, 고맙다! 우리 다음에 만나면 마음이 담긴 따뜻한 술 한 잔 하자.

세상 살면서 어찌 나를 싫어하고 질시하는 사람이 없겠나? 내가 잘나가든 못나가든 질시하거나 질타하는 이웃은 있다. 그 문제를 잘 헤아리는 지혜가 그 사람의 인생의 길을 결정해 주는 지표이다. 사람들의 심성은 대개가 남을 칭찬하는 쪽보다 남을 흉보는 쪽으로 치우쳐 있다. 그 치우쳐 있는 것을 바르게 세우는 것이 교육이요 수련이며 자기 성찰이다. 그 모든 수단들이 자기에게 도전하는 적을 없애는 방법이다. 그래서 옛말에 이런 말이 있다. 백 명의 친구가 있는 것보다 한 명의 적이 무섭다고. 맞는 말이다. 백 명의 친구가 나를 위해 준다 해도, 마지막 한 명의 적이 나를 무너뜨리기에 충분하다. 그래서 세상 사는 것을 뒤돌아보라는 것이다. 지금 내가 강하고 세다고 보잘것없는 사람들을 무시했다간, 언젠가 내 앞에 강한 사람이 서 있게 된다는 것이 거짓 없는 현실이다. 올 한 해 어쩌다가 행여 매듭이 만들어진 부분이 있다면 반드시 풀고 가야 한다. 오래도록 풀지 않고 있으면 훗날 아주 풀기 힘든 매듭이 될 수 있다.

혼자 지내는 버릇을 키우자. 남이 나를 보살펴 주기를 기대하지 말자. 무슨 일이든 자기 힘으로 하자. 죽는 날까지 일거리가 있다는 것은 최고의 행복이다. 젊었을 때 보다 더 많이 움직이자. 늙으면 시간이 많으니 항상 운동하자. 당황하지 말고, 성급해 하지 말고, 뛰지 말자. 체력, 기억력이 왕성하다고 뽐내지 말자. 일찍 자고 일찍 일어나는 버릇을 기르자. 나의 괴로움이 제일 크다고 생각하지 말자. 편한 것 찾지 말고 외로움을 만들지 말자. 늙은이라고 냉정히 대하더라도 화내지 말자. 자손들이 무시하더라도 심각하게 생각하지 말자. 친구가 먼저 죽어도 지나치게 슬퍼하지 말자. 고독함을 이기려면 취미 생활과 봉사 생활을 하자. 일하고 공치사하지 말자. 모든 일에 감사하는 마음을 갖자. 마음에 없는 인사치레는 하지 말자. 칭찬하는 말도 조심해서 하자. 청하지 않으면 충고하지 않는 것이 좋다. 남의 생활에 참견 말자. 몸에 좋다고 아무 약이나 먹지 말고 남에게 권하지 말자. 의사를 정확히 표현하고, 겉과 속이 다른 표현을 하지 말자. 어떤 상황에서도 남을 헐뜯지 말자. 함께 살지 않는 며느리나 딸이 더 좋다고 하지 말자. 같이 사는 며느리나 딸이 더 소중함을 알자. 잠깐 만나 하는 말, 귀에 담아 두지 말자. 가끔 오는 식구보다 매일 보살펴 주는 식구에게 감사하자.

각 병상에서 큰 소리가 나면 자동적으로 무슨 내용인지 다 들려 병실 전체가 알게 된다. 부모가 병원에 입원하여 치료하고 있으면 자식이 편하지 않을 텐데, 자식이 부모에게 무관심한 듯 편해 보이는 게 부모로서는 못마땅할 수도 있다. 부모의 생각과 자식의 생각이 서로 다를 때, 부모가 자식의 생각을 이해해야 하는지, 자식이 부모의 생각을 이해해야 하는지 생각해 봐야 하겠지만, 효(孝)를 아는 자식은 설사 부모의 생각이 틀려도 부모가 섭섭한 생각을 갖지 않도록 자식이 부모의 생각을 이해해야 할 것이다. 부모와 생각이 같으면 효도하고 생각이 다르면 불효해도 된다는 생각은 부모에 대한 효가 아니다. 비가 오나 눈이 오나 자식은 변함없이 부모에게 효도해야 한다. 부모가 섭섭한 생각을 갖지 않게 부모를 보살피는 것이 자식의 도리이다.

젊은 세대에게는 '사랑한다.'는 말이 익숙할 수 있지만, 부모 세대는 이 말이 익숙지 않아 사랑을 표현하지 못하는 경우가 많다. 하지만 사랑하는 감정은 젊은 세대와 부모 세대 전부가 다 가지고 있다. 그래서 젊은이가 부모를 이해하기 위해서는 부모의 언어를 직역하지 말고 번역해야 한다. 부모의 '차조심해라.'라는 말을 자식은 '사랑한다.'는 말로 번역해서 이해해야 한다. 3병상 환자가 내 말은 거꾸로 들어야 이해된다는 말을 한 적이 있다. 내 말은 직역(直譯)보다는 의역(意譯)해야 이해하기 쉽기 때문이다.

1989년 현풍 곽씨의 후손들이 12대 조모의 묘 이장 작업 중 발견한 오래된 문서이며, 17세기 조선 선비 곽주가 평생에 걸쳐 아내와 주고받은 '곽주의 편지' 중에 "어제오늘 자식들 데리고 어찌 계신고. 기별 몰라 걱정하네. 생선 한 마리를 보내니 자식들하고 구워 잡수시오. 자네는 가슴 앓던 데가 좀 좋아져 계신가. 내 마음 쓰일 일이 하도 많으니 자네라도 몸이 성하면 좀 좋을까."라는 구절이 있다. 떨어져 사는 아내의 안부와 아이의 옷가지 하나까지 세심하게 챙겼던 가장의 마음과, 조선 시대 가부장적 권위보다 우선했던 애틋한 가족애를 표현한 '곽주의 편지'는 가족의 의미를 생각케 하는 조선 선비의 기록이다. 그 사연 속에는 아이의 출산과 교육에 관한 재미있는 내용도 담겨 있다. 이 글에서 400년 전 이 땅에서 아이를 낳고 가르치며 산 우리 할아버지 이야기를 보자. "산기가 시작하면 즉시 사람을 보내소. 아이들 데리고 추위에 어찌 계신고. 기별 몰라 한때도 잊은 적이 없으이. 안부 전하는 사람도 못 부리는 내 마음을 어디다가 비할고. 아이들 얼굴이 눈에 삼삼하니 내 갑갑한 마음을 누가 알고. (····중략····) 아버지께서 가보라고 말씀을 하시지만 한 번도 날을 딱 정해 가라는 말씀을 아니하시니 민망함이 가이 없네. 아이를(=産氣가) 시작하거든 아무쪼록 부디 즉시 사람을 보내소. 밤중에 와도 즉시 갈 것이니 부디 즉시 즉시 사람을 보내소. 즉시 오면 비록 종이라도 큰 상을 줄 것이니 종들에게 이대로 일러서 즉시 즉시 즉시 보내소. 어련히 마소. 여러 날 고생하게 되면 정히 당신만 수고로울 것이니 절대로 소홀히 마소 (····중략····)

심란한 일이 너무 많아 잠깐 적네. 산기가 시작하거든 즉시 사람 보낼 일을 소홀히 마소." 곽주의 아내 하씨 부인이 아기를 낳으러 친정으로 갔다. 하씨의 친정은 현재의 창녕군 이방면 옥야이다. 예전에는 '오야'로 불린 이 마을에는 지금도 진주 하씨들이 많이 살고 있다. 곽주는 친정에 간 아내의 출산을 걱정하며 산기가 있으면 즉시 달려갈 터이니 바로 알려 달라고 신신당부를 하고 있다. 이 편지에는 '즉시'라는 낱말을 9회나 사용되었다. 산기가 있자마자 '즉시' 알려 주면 '즉시 즉시' 달려가겠다는 것이다. 곽주의 초조한 마음을 가히 짐작할 수 있다. 예전에 출산은 지금보다 훨씬 위험한 일이어서 잘못 되면 목숨을 잃는 일이 비일비재하였다.

곽주의 아버지 곽삼길(1549-1606)은 아들의 초조한 마음을 아는지 모르는지. "한 번 가 보거라"라는 말씀만 하시고 날을 딱 정해 허락하지 않으셨다. 아들 곽주는 답답하기만 하다. 아무리 초조하고 답답해도 웃어른의 명이 없으면 마음대로 하지 않고, 부모의 명을 받들어 행하던 아들의 모습이 이 편지에 나타나 있다. 작은 일 하나도 길일을 받아 행하던 당시의 풍습으로는 아이를 낳으려 하는 아내를 찾아가는 것 역시 신중한 택일 과정을 거쳤을 것이다. 출산일을 잘못 계산한 것이 아니던가? 초조히 기다리고 기다렸지만 친정에 간 아내로부터 아무런 연락이 없었다. 곽주는 다시 다음과 같은 편지를 보내었다. "요사이 아이들 데리고 어찌 계신고. 기별 몰라 한때도 잊은 적이 없고 걱정도 가이없네. 자네 기별은 기다리다가 못하여 사람을 보내네. 지금 별 일이 없는가? 이 달이 다 저물었는데도 지금껏 기척이 없으니 달을 잘못 헤아리지 않았는가 싶으이. 행여나 아무런 기미가 있으면 즉시 즉시 사람을 보내소. 아무 때에 와도 즉시 갈 것이니 부디 부디 즉시 즉시 사람을 보내소. 비록 순산 하드래도 사람을 보내 부디 내게 알리소. 매일 기다리되 기별이 없으니 정말 민망스럽네. (····중략····) 나는 지금 편히 있으되 자네 때문에 한번도 마음 놓고 지낸 적이 없으니 이 무슨 원수런고 생각이 든다네. 아무쪼록 편히 계시다가 산기가 시작하거든 즉시 즉시 사람을 보내소. 기다리고 있네. 바빠 이만." 이 편지에는 산일을 기다리다가 지친 곽주가 혹 날짜 계산을 잘못 한 것이 아닌가하는 의구심이 나타나 있다. 초조한 중에서도 가벼운 농을 건네는 곽주의 여유로움도 그려져 있다. '자네 걱정으로 이리 초조히 지내니 이 무슨 원수인고'라는 곽주의 말이 그것이다. 걱정하고 염려해 주는 사랑의 마음을 "이, 웬수야"라고 표현하는 어법은 오늘날에도 살아 있는 것이 아니던가. "꿀과 참기름은 아이가 돈 후에 자시소." 아내 로부터 출산 소식을 간절히 기다리던 어느 날 갑자기 처가 오야 마을에서 '언상이'라는 종이 곽주가 사는 소례로 달려 왔다. 깜작 놀란 곽주가 다음 편지를 언상이 손에 쥐어 보내었다. "언상이가 오거늘 장모님하고 모두 편히 계시다 하니 기뻐하네. 정렬이는 자빠져서 많이 다쳤다 하니 어쩌다가 엎어졌는고. 놀랍게 여기네. 이 달이 다 저물어 가되 지금 아기를 낳지 아니하니 정녕 달을 그릇 헤아렸는가 하네. 오늘 기별이 올까 내일 기별 올까 기다리다가 불의에 언상이가 다다르니 내 놀란 뜻을 자네가 어찌 다 알꼬. 산기가 시작하면 사람을 즉시 보내소. 비록 쉽게 낳을지라도 부디 사람을 보내소. 남자 종이 없으면 여자 종이라도 즉시 즉시 보내소. 기다리고 있겠네. 종이에 싼 약은 내가 가서 달여 쓸 것이니 내가 아니 가서는 자시지 마소. 꿀과 참기름은 반 잔씩 한 데 달여서 아이가 돈 후에 자시게 하소. 염소 중탕도 종이에 싼 약과 함께 갔거니와 염소 중탕도 내가 간 후에 자시도록 하소. 진실로 이 달이 맞다면 오늘 내일 안으로 아이를 낳을 것이니 산기가 시작하자마자 부디 부디 즉시 즉시 사람을 보내소. 정례는 어찌 있는고. 더욱 잊지 못하여 하네. 비록 딸을 또 낳아도 절대로 마음에 서운히 여기지 마소. 자네 몸이 편하면 되지 아들은 관계치 아니하여 하네. 장모께는 종이가 없어서 안부도 못 아뢰오니 까닭을 여쭙고, 사람을 즉시 아이 낳기를 시작하며 보낼 일을 좀 아뢰소. 면화는 아기씨가 달아서 봉하여 보내네. 나는 요사이 내내 머리가 아파 누웠다가 어제부터 성하여 있네. 걱정 마소. 바빠 이만."

인생이란

인생이란 어차피 홀로 걸어가는 쓸쓸한 길이라고 한다. 하지만 내가 걷는 삶의 길목에서 평생 함께 걷고 싶은 사람, 고단하고 힘든 날 살며시 내게 다가와 등을 도닥여 주는 가슴 따뜻한 정 많은 사람을 만나면 좋겠다. 인생에서 부귀영화란 덧없다는 뜻의 한단지몽(邯鄲之夢)도 정(精)과 비할 바 아니다. 또 인생이란 왔다 가는 것이니 술이나 먹으면서 편하게 살다 가면 좋다는 옛말이 있다. 그러나 술 먹고 편한 게 좋은 사람에게는 좋을지 모르지만, 술 먹는 게 고역인 사람에게는 어떨까. 자기가 좋아하는 것만 생각하지 말고 타인도 생각하며 배려할 줄 알아야 한다.

인생 전부를 직접 느낄 수 없으니, 간접적으로 느끼고 배우기 위해 많은 사람이 책을 읽고 TV나 신문을 보고 여행도 다닌다. 전수(傳受)에 익숙지 않은 우리에게 '전수'라는 말이 생각난다. 우리는 멘토(mentor) 없이 혼자서 방법을 익힌 사람이 없을 것이다. 밥 짓는 방법을 보지 않고 밥 짓는 방법을 혼자 아는 사람이 얼마나 될까. 스승인 멘토의 가르침 없이 'ㄱ'자를 알았을까. 우리는 환자의 심경 등을 환자를 경험치 못한 사람들에게 전수하여 그들이 우리 같은 환자가 되지 않게 해야 한다. 이것이 우리가 해야 할 일이다.

환자가 아닌 사람과 거의 치료된 우리가 100m 달리기 시합을 한다고 가정해 보자. 삶을 살고 있는 우리는 더 나은 생활을 위해 이런 불공정한 경쟁을 해야 한다. 불공정한 경쟁이라 상대방의 일부는 우리를 10m 앞에서 출발하게 할 수도 있겠지만, 대부분 경쟁자는 동일선상에서 출발하게 한다. 10m 앞에서 출발해도 이기기 어려운 경쟁을 동일선상에서 출발하여 이기기는 어렵다.

'토끼와 거북이' 이야기를 알 것이다. 즉 토끼와 거북이가 산 정상에 빨리 오르기 경쟁을 했는데 거북이가 이겼다는 이야기다. 토끼는 자만하여 정상을 오르던 중 쉬어 가고 거북이는 꾸준히 정상을 향해 올라가 결국 거북이가 토끼보다 먼저 정상에 오른 것이다. 마찬가지로 더 나은 생을 위해 우리는 거북이의 꾸준함으로 토끼의 자만을 이겨야 할 것이다. 타인이 일할 때나 잠잘 때라도 우리는 계속 일하여 타인을 이겨야 할 것이며, 타인과 같이 잠자 결국 타인에게 패한 후 신체적 불리함으로 패했다고 말하지 않아야 한다. 타인보다 더 어려움을 감수하는 끈기 있는 우리가 되어야 하며, 고진감래를 잊지 말아야 한다.

인생에서 가끔 여태껏 이렇게 살아온 것의 의미를 되새길 때가 있다. 이렇게 산 것을 후회하거나 존재 가치에 대한 의문을 누구나 가져 봤을 것이다. 나 아니라도 누군가 할 수 있는 일을 왜 나 아니면 안 될 것처럼 생각했는지…. 내 아픔을 내가 걱정치 않고 다른 사람이 걱정케 했는지…. 그래도 진심으로 걱정하는 가족이 있는 환자가 걱정하는 가족이 없는 환자보다 더 행복한 환자(?)이고 인생이었음을 깨달아야 한다.

인생은 미완성이다. 부족한 것을 메우기 위해 노력하는 과정이 인생이다. 부족함이 없다는 것은 노력이 없는 삶이며, 이를 인생이라고 하기 힘들다. 이는 아무 뜻 없이 삶을 소비하는 것이다. 우리는 지족자부(知足自富)의 마음으로 미완성의 인생을 메우면서 살아가야 할 것이다. 인생은 항상 '도전'하는 것이다. 미지(未知)에 도전하면서 자신감과 자유를 가지게 된다. 인생의 종점인 죽을 때까지 항상 자신감과 자유를 갖기 위해 도전해야 한다. 즉 죽을 때가 인생의 '정점'(頂點)이 되게 해야 한다. 지금 환자인 것도 인생의 종점이 아닌 과정일 뿐이다.

우리들은 이 세상을 살아가면서 여러 부류의 사람들을 만나고 헤어진다. 처음에는 서로 호감을 느꼈는데 자꾸 만나 교류하다 보면 왠지 부담스러운 사람도 있고, 처음에는 별로 마음에 와 닿지 않았는데 오랜 시간을 접하며 지내다 보면 진국인 사람도 있다. 또 처음부터 좋은 이미지로 보였는데, 언제 봐도 좋은 사람도 있다. 우리들은 대부분 소박하고 자상하며 진실한 사람을 좋아한다. 소리도 없는데 있어야 할 자리에 소리 없이 있어 주는 그런 사람. 차가운 얼음 밑을 흐르는 물은 소리는 나지 않지만 분명 얼음 밑에서 조용히 흐르고 있다. 이처럼 실체는 늘 변함이 없는 듯한, 우리는 그런 모습의 사람을 대체적으로 좋아한다. 그리고 그런 사람들을 만나게 되면 우리에게 그런 만남을 가져다 준 인연이 무척 고맙게 느껴지기도 한다. 사람보다 더 소중한 존재는 없다. 괜찮은 사람을 만나려 애쓰기보다 내가 먼저 좋은 사람이 된다면, 그도 내게로 다가와 좋은 사람이 되어 줄 것이다. 누구를 어떻게 만나느냐에 따라서 자신의 삶이 지대한 영향을 받게 되므로 만남은 소중하다. 그러한 인연과 만남은 지혜롭게 잘 이어가야 할 것이다. 혼자만이 아니라 서로가 행복할 수 있고 진정 좋은 사람으로 늘 기억될 수 있도록 다시 한 번 자신의 마음을 추슬러 인연의 소중함을 생각하는 시간이 되었으면 한다.

사(思)라는 글자에 대해 생각해 본다. 위쪽의 '밭 전(田)'과 아래쪽의 '마음 심(心)'으로 합성되어 있다. 즉 머리와 가슴이 사(思)이다. 우리는 머리와 가슴으로 행동한다. 그런데 머리로 생각하여 행동하는 것보다는 가슴으로 생각하며 행동하는 것이 더 순수하다. 여기서 머리로 생각하는 것과 가슴으로 생각하는 것의 차이점을 잘못 이해하는 경우가 많아서 이를 구체적으로 설명해 본다. 외부 환경을 처음에는 가슴에서 인지하지만, 그 다음에는 머리로 옮겨가게 된다. 이 과정에서 가슴의 순수함이 머리의 복잡한 생각에 묻혀 없어지게 된다. 예를 들면, 가슴은 사실 그대로를 알게 하고 싶지만, 머리는 사실을 알리면 좋지 못할 것을 예견(잔머리)하여 사실과 다른 내용을 알리게 된다. 그러므로 가슴으로 말하는 어린애가 어른보다 더 순수하여 어린애의 말을 신뢰하게 되며 이에 귀 기울인다.

인생길은 서로 만나 웃기도 하고 울기도 하면서 가는 것이다. 그런데 뭐 그리 잘난 자존심으로 용서하지 못하고 이해하지 못해 비판하고 미워하는지. 사랑하며 살아도 너무 짧은 우리네 삶! 베풀어 주고 또 줘도 남는 것들인데, 웬 욕심으로 무거운 짐만 지고 가는 고달픈 나그네인지. 왜 그리 마음의 문을 닫아걸고 더 사랑하지 않고 더 베풀지 못하는지. 서로 아끼고 사랑해도 짧고 짧은 허망한 세월인 것을! 미워하고 싸워 봐야 서로 마음의 상처에 흔적만 가슴 깊이 달고 갈 텐데. 있으면 만져 보고 싶고 없으면 더 갖고 싶은 마음.

가지면 더 갖고 싶고 먹으면 더 먹고 싶은 게 사람의 욕심이라 했다. 채울 때 적당함이 없고 먹을 때 그만이 없으니, 우리네 욕심 한도 끝도 없다. 내 마음 내 분수를 적당한 마음 그릇에 담아 두고 행복이라 느끼며 사는 것. 뭐 그리 욕심 부려 강하게 집착하고 놀부 같은 만인의 동화 속 주인공으로 생을 마감하려 하나! 흥부 같은 삶으로 남은 우리 인생길에 동참시킨다면 크게 진노하거나 슬퍼지는 삶은 없을 것 같다. 언제나 그러하듯 나누지 못한 삶을 살지라도 지금 만날 수 있음에 감사하고 오늘도 행복한 미소를 지어 본다.

다음은 어느 사람이 말한 인맥관리 방법이다.

1. 인간이 되라.
   좋은 인맥을 만들려 하기 전에 먼저 자신의 인간성부터 살펴라. 이해타산에 젖지 않았는지, 계산적인 만남에 물들지 않았는지 살피고 고쳐라. 유유상종에 예외는 없다. 좋은 인간을 만나고 싶거든 너부터 먼저 좋은 인간이 되라.

2. 적을 만들지 말라.
   친구는 성공을 가져오나, 적은 위기를 가져오고 애써 얻은 성공을 무너뜨린다. 조직이 무너지는 것은 3%의 반대자 때문이며, 10명의 친구가 한 명의 적을 당하지 못한다. 쓸데없이 남을 비난하지 말고, 항상 악연을 피하여 적이 생기지 않도록 하라.

3. 스승부터 찾아라.
   인맥에는 지도자, 협력자, 추종자가 있으며, 가장 먼저 필요한 인맥은 지도자, 스승이다. 훌륭한 스승을 만나는 것은 인생에 있어 50% 이상을 성공한 것이나 다름없다. 유비도 삼고초려 했으니, 좋은 스승을 찾아 삼고초려 하라.

4. 생명의 은인처럼 만나라.

만나는 사람마다 생명의 은인처럼 대하라. 항상 감사하고 어떻게 보답할 것인지 고민하라. 그 사람으로 인하여 운명이 바뀌었고, 또 앞으로도 바뀔 것이라 생각하고 대하라. 언젠가 그럴 순간이 생기면 기꺼이 네 생명을 구해 줄 것이다.

5. 첫사랑보다 강력한 인상을 남겨라.

첫 만남에서는 첫사랑보다 강력한 이미지를 남겨라. 발길에 차이는 돌이 되지 말고, 애써 얻은 보석처럼 가슴에 남으라.

6. 헤어질 때 다시 만나고 싶은 사람이 되라.

함께 있으면 즐거운 사람, 함께하면 유익한 사람이 되라. 든 사람, 난 사람, 된 사람, 그도 아니면 웃기는 사람이라도 되라.

7. 하루에 3번 참고, 3번 웃고, 3번 칭찬하라.

참을 인자 셋이면 살인도 면한다. 미소는 가장 아름다운 이미지 메이킹(image making)이며, 칭찬은 고래도 춤추게 한다. 3번의 10배라도 참고 웃고 칭찬하라.

8. 내 일처럼 기뻐하고, 내 일처럼 슬퍼하라.

애경사가 생기면 진심으로 함께 기뻐하고 함께 슬퍼하라. 네 일이 내 일 같아야 내 일도 네 일 같다.

9. Give & Give & Forget 하라.

먼저 주고, 조건 없이 주고, 더 많이 주고, 그리고 모두 잊어버려라. Give & Take 하지 마라. 받을 거 생각하고 주면 정떨어진다.

10. 한 번 인맥은 영원한 인맥으로 만나라.

잘 나간다고 가까이하고, 어렵다고 멀리하지 마라. 한 번 인맥으로 만났으면 영원한 인맥으로 만나라. 100년을 넘어 대를 이어서 만나라.

근심 걱정 없는 사람, 출세하기 싫은 사람, 시기 질투 없는 사람, 흉허물 없는 사람 없다. 가난하다고 서러워 말고, 장애를 가졌다고 기죽지 말고, 세상살이 다 거기서 거기니 못 배웠다고 주눅 들어서는 안 된다. 가진 것 많다고 유세 떨지 말고, 건강하다고 큰소리치지 말고, 세상에 영원한 것은 없으니 명예 얻었다고 목에 힘주지 말아야 한다. 잠시 잠깐 다니러 온 이 세상, 있고 없음을 편 가르지 말고, 잘나고 못남을 평하지 말고, 얼기설기 어우러져 살다가 가자. 바람 같은 인생을 뭘 그렇게 고민할까. 만남의 기쁨이건, 이별의 슬픔이건 다 한 순간인데. 사랑이 아무리 깊어도 산들바람이고, 오해가 아무리 커도 비바람이며, 외로움이 아무리 지독해도 눈보라일 뿐이다. 폭풍이 아무리 세도 지난 뒤에 고요하듯, 아무리 지극한 사연도 지난 뒤엔 쓸쓸한 바람일 뿐이다.

버릴 것은 버려야지, 내 것이 아닌 것을 가지고 있으면 무엇 할까. 줄 게 있으면 줘야지, 내 것도 아닌 것을 가지고 있으면 뭐할까. 잠시 머물다 가는 삶을 내 것이라고 하지 마라. 묶어 둔다고 그냥 있을 것도 아니고, 흐르는 세월 붙잡는다고 안 갈 것인가. 삶에 눌려 허리 한 번 못 펴고 인생 계급장 이마에 붙이고 뭐 그리 잘났다고 하는가. 남의 것 탐내는 것은 부질없는 욕심이다. 훤한 대낮이 있으면 까만 밤하늘도 있으니, 낮과 밤이 바뀐다고 뭐 다른 게 있을까. 살다 보면 기쁜 일도 슬픈 일도 있지만, 이는 잠시 대역으로 연기하는 것일 뿐이다. 슬픈 표정 짓는다고 해서, 기쁜 표정 짓는다고 해서 내 인생 네 인생 달라질 게 있을까. 바람처럼 구름처럼 흐르고 불다 보면 멈추기도 하겠지. 삶이란 한 조각 구름의 일어남이고, 죽음이란 한 조각 구름의 스러짐이다. 구름은 본시 실체가 없는 것, 죽고 살고 오고 감이 모두 그와 같다.

인생은 긴 여행과도 같다. 생명이 탄생하여 죽음으로 끝나는 약

70-80년간의 유한한 여행이 우리의 인생이다. 내가 살고 있는 집은 나의 영원한 집이 아니다. 얼마 동안 머무르다가 언젠가는 떠나야 할 한때의 여인숙이다. 내가 쓰고 있는 이 육체의 장막은 나의 영원한 몸이 아니다. 얼마 후 벗어 놓아야 할 일시적인 육의 옷이고, 죽으면 썩어 버리는 물질의 그릇에 불과하다. 우리는 지상의 나그네라는 사실을 잊어서는 안 된다. 죽음 앞에서는 그 누구도 예외가 없으며, 죽음에서 도피한 사람은 아무도 없다. 순례의 길에서 어떤 이는 고독한 여행을 하고, 어떤 이는 행복한 여행을 한다. 어떤 이는 괴로운 여행을 하는가 하면, 어떤 이는 즐거운 여행을 하기도 한다.

산다는 것은 길을 가는 것이다. 사람은 사람이 가는 길로 가고, 짐승은 사람의 길을 갈 수 없듯이, 사람은 짐승의 길을 가서는 안 된다. 인간이 인간의 양심과 체면과 도리를 저버리고 짐승처럼 추잡하고 잔악한 행동을 할 때, 그는 짐승의 차원으로 전락하고 만다.

춘하추동 네 계절의 순서는 절대로 착오가 없고 거짓이 없다. 봄 다음에 갑자기 겨울이 오고, 겨울 다음에 갑자기 여름이 오는 일은 없다. 우주의 법칙에, 대자연의 질서에는 추호도 거짓도 없고 부조리도 없다.

옷이 나의 몸에 맞듯이 인(仁)은 나의 몸에서 떠나지 말아야 한다. 인(仁)은 덕(德) 중에 덕(德)이다. 남을 사랑하는 것이며, 참되고 거짓이 없는 것이다. 그리고 진실 무망한 것이며, 사리사욕을 버리고 인간의 도리를 다하는 것이며, 꾸밈이 없이 소박하며 굳센 것이다. 나 자신을 안다는 것은 무엇보다도 나의 설 자리를 알고, 나아갈 길을 알고, 분수를 알며, 실력을 알고, 형편과 처지를 알고, 책임과 본분을 제대로 아는 것이다.

내 등에 짐이 없었다면 나는 아직도 미숙하게 살고 있을 것이다. 내 등에 있는 짐의 무게가 내 삶의 무게가 되어 그것을 감당하게 되었다. 이제 보니 내 등의 짐은 나를 성숙시킨 귀한 선물이었다. 내 등에 짐이 없었다면 나는 세상을 바로 살지 못했을 것이다. 내 등에 있는 짐 때문에 늘 조심하면서 바르고 성실하게 살아 왔다. 이제 보니 내 등의 짐은 나를 바르게 살도록 한 귀한 선물이었다. 내 등에 짐이 없었다면 나는 사랑을 몰랐을 것이다. 내 등에 있는 짐의 무게로 남의 고통을 느꼈고, 이를 통해 사랑과 용서도 알았다. 이제 보니 내 등의 짐은 나에게 사랑을 가르쳐 준 귀한 선물이었다. 내 등에 짐이 없었다면 나는 겸손과 소박함의 기쁨을 몰랐을 것이다. 내 등의 짐 때문에 나는 늘 나를 낮추고 소박하게 살았다. 이제 보니 내 등의 짐은 나에게 소박함의 기쁨을 알게 한 귀한 선물이었다. 물살이 센 냇물을 건널 때는 등에 짐이 있어야 물에 휩쓸리지 않고, 화물차가 언덕을 오를 때는 짐을 실어야 헛바퀴가 돌지 않는다. 그렇듯이 내 등의 짐이 나를 불의와 안일의 물결에 휩쓸리지 않도록 했으며, 삶의 고개 하나하나를 잘 넘게 했다.

천 갈래일 수도, 만 갈래일 수도, 아니면 한 길뿐일 수도…. 살아가면서 겪는 수많은 사연들, 그 어떤 작가라도 인생의 깊이만큼은 표현하지 못하리라. 그 어떤 미술가도 삶의 파노라마만큼은 그리지 못하리라. 인간이라는 멍에를 짊어졌으니, 그 숙명의 굴레에서 벗어나지 못한다. 시간이라는 명제 앞에서 조금이라도 더 늦추어 보려고 아등바등해 보지만, 시간이라는 똑딱거림의 초바늘을 늦출 수는 없다. 일탈도 해탈도 아니었기에 이 별에 기생하는 고뇌의 감성은 오늘도 그 허망함을 붙잡으려고 외줄 위에서 대롱거린다. 마치 잡을 수 없는 바람인 줄 알면서도 그 바람을 잡으려 하듯.

자신의 손아귀에 잡히지도, 머물지도 않을 스쳐가는 바람을 손아귀에 움켜쥐었다고 우쭐거리며 우매함으로 그 바람을 잡으려 한다. 스쳐가는 바람은 스쳐가는 바람이어서 좋고, 갈밭에 머무는 바람은 머무는 바람이어서 좋은 것이다. 애써 그 바람을 잡으려 하기보다는, 등이 벗겨진 나무는 울지 않는다는 것을 우리는 알아야 한다. 물 위에 비친 달을 잡을 수 있다고 여기는 허황됨보다 물 위에 비친 그 아름다움을 우리는 간직해야 한다. 인간이라는 존재의 살아가는 가치를 두고서….

삶에서 만나 잠시 스쳐가는 인연일지라도 헤어지는 마지막 모습이 아름다운 사람이 되고 싶다. 오늘이 마지막인 것처럼 다시는 뒤돌아보지 않을 듯이 등 돌리고 가지만, 사람의 인연이란 언제 다시 어떠한 모습으로 만나질지 모른다. 혹여…, 영영 만나지 못할지라도 좋은 기억만 남기고 싶다. 실낱같은 희망을 주던 사람이든 설렘으로 가슴에 스며들었던 사람이든, 혹은 칼날에 베인 듯이 시린 상처만을 남겼던 사람이든 간에, 떠나가는 마지막 모습은 아름다운 사람이 되고 싶다. 살아가면서 만나지는 인연과의 헤어짐은 이별…, 그 하나만으로도 슬픔이기에 서로에게 아픈 말로 더 큰 상처를 주지 말자. 삶은 강물처럼 고요히 흘러가며, 지금의 헤어짐의 아픔도 언젠가는 잊어질 테고, 시간의 흐름 속에서 변해 가는 것이 진리일 것이다. 그러므로 누군가의 가슴 안에서 잊히는 그날까지 문득문득 떠올려지며 기억될 때, 작은 웃음을 줄 수 있는 아름다운 사람으로 남고 싶다.

우연히 만나…, 첫눈에 반한 그런 사람이기보다 친구처럼…, 오랜 시간 지내다…, 좋아지는 그런 사랑이었으면 좋겠습니다. 한 가정의 아빠, 누구의 엄마가 아닌…, 서로의 이름으로 작은 공간을 만들어 나갈 수 있는 그런 만남이면 좋겠습니다. 만나서 아이들 얘기, 남편, 부인 얘기…, 서슴없이 이야기 할 수 있고…, 웃을 수 있는 그런 사람이었으면 좋겠습니다. 내가 그 사람의 마음에 남아 있기를 바라기보다…, 내 가슴에 그 사람이 있고, 그 사람 가슴에 내가 남아 있는 그런 사랑이었으면 좋겠습니다. 아픔, 상처 위로하기 보단…, 내가 있고…, 그 사람이 있기에…, 서로가 서로에게 현실을 극복할 수 있는 활력소 같은 사랑이었으면 좋겠습니다. 나 자신보다는…, 서로를 먼저 위해 주고…, 기다려 줄 수 있는 사람…, 항상 서로에게 배려하는 마음으로…, 믿음을 줄 수 있는 사랑이었으면 좋겠습니다. 가끔은 넓은 어깨를 살며시 기댈 수 있게 내어 주고…, 가을이면 낙엽진 길 위를 걷는 걸 좋아하는 그런 사람이었으면 좋겠습니다.

나의 부족함마저…, 감사히 생각할 줄 알고 애교로 받아 주는 사람…, 서로가 믿음과 신뢰를 찾기보단, 이것이 믿음과 신뢰라고…, 느끼게 해주는 그런 사랑이었으면 좋겠습니다. 은은한 커피 향을 좋아하고, 혹시 커피를 싫어하더라도 다른 차를 마시는 배려를 아끼지 않는 사람…, 공원에서도 자판기 커피를 뽑아 주면서 "조금 줄여라." 옅은 미소로 그렇게 말할 줄 아는 사람이었으면 좋겠습니다. 평소엔 잊어 먹고 살다가…, 조용한 시간이면 문득문득 생각할 수 있는 사람…, 옆에 늘 없으면서도 있는 듯…, 그리움으로 가슴 가득 메우는 사랑이었으면 좋겠습니다.

눈물이 많은 나를 보면서 눈물을 닦아 줄 수 있는 사람…, 유머

와 재치로 가라앉은 분위기를 바꿀 수 있게 하는 사람…, 그러면서
도 너무 수다스런 사람은 아니었으면 좋겠습니다. 서로의 가정사…
, 시시콜콜 얘기하기보단…, 작은 미소로 모든 걸 느끼게 해주는 사
람…, 매일같이 전화해서 사랑을 확인하는 것보다…, 만나면 살며시
손을 잡아 주면서…, "보고 싶고, 그리웠다." 이런 말 할 줄 아는 사
람이었으면 좋겠습니다. 서로가 서로에게 상처 되는 말은 하지 않는
사람, 떠날 때 헤어지자, 다시는 만나지 말자, 그런 말로 단정 짓기보
단…, 한 사람이 멀리하면 다른 한 사람은 조용히 멀어질 수 있는
사랑이었으면 좋겠습니다. 상처 없는 사랑은 없지만…, 서로가 노력
하여 상처 없는 사랑을 만들어 나가고 싶은 사랑이었으면 좋겠습니
다. 헤어지고 난 후에도…, '이것이 진정한 사랑이었군.' 그런 생각 하
면서…, 가슴 깊은 곳에 남아 있는 추억으로 살아가고 싶은 사랑이
었으면 좋겠습니다. 그리하여 뒷 훗날…, 우연히라도 스치듯 만난다
면, 따스한 미소로써 커피 한 잔 할 수 있는 그런 사람이었으면 좋겠
습니다.

　많은 시간이 흐르고 흘러도…, 내가 이런 사람 만나 행복해 했던
시간들을 추억할 수 있어 늘 감사하게 생각하는 그런 사랑이었으면
좋겠습니다. 주위의 사람들에게 상처를 주지 않고 둘만의 믿음과 신
뢰를 바탕으로 작은 공간을 키워 나간다면 그건…, 사랑이 아닐까
생각합니다. 이런 사람이 만약 있다면…, 내가 살아 있는 동안 사랑
해 보고 싶습니다.

　당신의 아름다움은 얼굴에 있습니까? 아니면 가슴속에 곱게 그려
진 사랑입니까? 당신의 아름다움은 따스한 박수와 갈채, 그리고 열

정적인 삶의 길에서 누군가에게 소중함을 느끼게 하는 창조적인 아름다움일 것입니다. 맑은 가슴으로 말하고, 다정한 눈빛으로 웃으며, 힘든 일이 있을 때마다 인내하며, 또한 거짓이 아닌 진실을 말할 줄 아는 사람, 그런 당신이 진정 인생에서 아름다운 사람일 것입니다.

때론 어린아이처럼 철없고, 때론 인생의 무게에 지쳐서 서로에게 화도 내지만 좌절하지 않는 눈빛, 늘 긍정적으로 삶을 다시 생각하는 마음, 들판의 꽃들처럼 그렇게 자라나는 맑은 당신, 그 모든 것이 우리가 인생을 함께하는 동안 서로에게 주는 기쁨의 시작과 끝인 것입니다. 작은 말 한 마디에 서로가 기뻐할 줄 알고, 소박한 말 한 마디에 감사할 줄 알며, 슬픔이 있는 날에는 침착하며 고통이 있어도 내색하지 않는, 성숙한 누군가를 위해 오늘도 열심히 살아가는 날들 속에서 그 모든 일과가 당신을 아름답게 합니다.

당신을 이 세상 속에 서 있게 하고, 당신을 기준으로 작은 울타리가 만들어집니다. 모자람이 있으면 감싸 주는 배려와 원망 되는 모든 것도 가슴속의 따뜻함으로 씻어 버리고, 욕심도 작은 사랑으로 감내하며 힘든 세상 앞에 묵묵히 살아가는 당신은 세상의 주인공입니다. 당신이야말로 이 세상에서 가장 작으면서도 큰 나무입니다.

위대함은 큰일에서 찾을 수도 있지만, 지금 내가 살아가고 내가 숨 쉬는 작은 곳에서도 위대한 일, 큰 보람을 찾을 수 있습니다. 작은 것에서부터 큰 것을 이루어 가듯, 지친 어깨가 무겁고 때론 한숨도 쉬어지지만 용기와 희망을 버리지 않고 살아가는 당신. 그래서 당신 하나로 인해 기뻐하고 삶의 의미를 두고 바라보는 세상이 있는 것입니다. 당신은 이 세상에서 가장 소중한 사람입니다. 누군가에게 있어 가장 아름답고 찬란한 보석입니다. 당신이 있기에 사회가 있고 미래가 있고 내일을 위한 나라가 있는 것입니다. 오늘이라는 힘든 생활 앞에 좌절하지 마세요. 삶의 고통 앞에 포기하지도 마세요.

아름다움은 인내와 고통, 땀방울로 엮어진 삶의 보람입니다. 결과와는 상관없이 최선을 다해서 살아가고, 또 내 삶을 지켜 가는 그 보람의 중심에 당신이 서 있을 때 행복도 있는 것입니다. 당신은 이 세상에서 가장 소중한 사람입니다. 당신이 가장 아름다운 사람이며, 인생의 참 의미를 알고 있는 사람입니다.

죽게 되면 말없이 죽을 것이지 무슨 구구한 이유가 따를 것인가. 스스로 목숨을 끊어 지레 죽는 사람이라면 의견서(유서)라도 첨부해야겠지만, 제 명대로 살 만치 살다가 가는 사람에겐 그 변명이 소용될 것 같지 않다. 그리고 말이란 늘 오해를 동반하게 마련이므로 유서도 오해를 불러일으킬 소지가 있다. 그런데 죽음은 어느 때 나를 찾아오는지 알 수 없는 일이다. 그 많은 교통사고와 가스 중독, 그리고 원한의 눈길이 내게 쏠릴지 알 수 없다. 우리가 살아가는 것은 죽음 쪽에서 보면 한 걸음 한 걸음 죽어 오고 있는 것임을 상기할 때, 사는 일은 곧 죽는 일이며, 생과 사는 결코 결연된 것이 아니다. 죽음이 언제 어디서 나를 부를지라도, '네.' 하고 선뜻 털고 일어설 준비만은 되어 있어야 할 것이다 그러므로 나의 유서는 남기는 글이라기보다 지금 살고 있는 생의 백서(白書)가 되어야 한다. 그리고 이 육신으로서는 일회적일 수밖에 없는 죽음을 당해서도, 실제로는 유서 같은 걸 남길 만한 처지가 못 되기 때문에, 편집자의 청탁에 산책하는 기분으로 따라 나섰다.

누구를 부를까. 유서에는 흔히 누구를 부르던데, 아무도 없다. 철저하게 혼자였으니까. 설사 지금껏 귀의해 섬겨온 부처님이라 할지라도, 그는 결국 타인이다. 이 세상에 올 때도 혼자서 왔고, 갈 때도 나 혼자서 갈 수밖에 없다. 그것은 보랏빛 노을 같은 감상이 아니라, 인간의 당당하고 본질적인 실존이다. 고뇌를 뚫고 환희의 세계를 지향한 베토벤의 음성을 빌리지 않더라도, 나는 인간의 선의지, 이것밖에는 인간의 우월성을 인정하고 싶지 않다. 온갖 모순과 갈등과 증오와 살육으로 뒤범벅된 이 어두운 인간의 촌락에 오늘도 해가 떠오른 것은 오로지 그 선의지 때문이 아니겠는가! 그러므로 세상을 하직하기 전에 내가 할 일은 먼저 인간의 선의지를 저버린 일에 대한 참회다. 이웃의 선의지에 대해서 내가 어리석은 탓으로 저지른 허물을 참회하지 않고는 눈을 감을 수 없는 것이다.

때로는 큰 허물보다 작은 허물이 우리를 괴롭힐 때가 있다. 허물이란 너무 크면 그 무게에 짓눌려 참괴의 눈이 멀고, 작을 때에만 기억에 남는 것인가. 어쩌면 그것은 지독한 위선일지도 모르겠다. 그러나 나는 평생을 두고 그 한 가지 일로 해서 돌이킬 수 없는 후회와 자책을 느낀다. 그것은 그림자처럼 따라 다니면서 문득문득 나를 부끄럽고 괴롭게 채찍질했다.

중학교 1학년 때 같은 반 동무들과 어울려 집으로 돌아오던 길에 엿장수가 엿판을 내려놓고 땀을 들이고 있었다. 그 엿장수는 교문 밖에서도 가끔 볼 수 있으리만큼 낯익은 사람으로, 팔 하나가 없고 말을 더듬는 불구자였다. 대여섯 되는 우리는 그 엿장수를 둘러싸고 엿가락을 고르는 체하면서 적지 않은 엿을 슬쩍슬쩍 빼돌리고는 돈은 서너 가락어치밖에 내지 않았다. 불구인 그는 그런 영문을 전혀 모르고 있었다. 이 일이 돌이킬 수 없이 나를 괴롭혔다. 그가 만약 넉살 좋고 건장한 엿장수였더라면, 나는 벌써 그 일을 잊어버리고 말았을 것이다. 그런데 그가 장애자라는 점이 지워지지 않은 채 자책이 더욱 생생하다. 내가 이 세상에 살면서 지은 허물은 헤아릴 수 없이 많다. 그 중에는 용서받기 어려운 허물도 적지 않을 것이다. 그런데 무슨 까닭인지, 그때 저지른 허물이 줄곧 그림자처럼 나를 쫓고 있다. 이 다음세상에서는 또다시 이런 후회스런 일이 되풀이되지 않기를 진심으로 빈다.

내가 살아생전에 받았던 배신이나 모함도 그때 한 인간의 순박한 신의를 저버린 과보라 생각하면 능히 견딜 만한 것이다. "날카로운 면도날을 밟고 가기 어렵나니, 현자가 이르기를 구원을 얻는 길 또한 이같이 어렵다."라는 『우파니샤드』의 이 말을 충분히 이해할 것 같다.

나는 죽을 때 가진 것이 없으므로 무엇을 누구에게 전한다는 번거로운 일도 없을 것이다. 본래 무일물은 우리들의 소유 관념이다. 그래도 혹시 평생에 즐겨 읽던 책이 내 머리맡에 몇 권 남는다면, 아침저녁으로 "신문이오!" 하고 나를 찾아 주는 그 꼬마에게 주고 싶다. 장례식이나 제사 같은 것은 아예 소용없는 일. 요즘은 중들이 세상 사람들보다 한 술 더 떠 거창한 장례식을 치르고 있다. 그토록 번거롭고 부질없는 검은 의식이 만약 내 이름으로 행해진다면, 그것은 나를 위로하기는커녕 몹시 화나게 할 것이다. 평소의 식탁처럼 나는 간단명료한 것을 따르고자 한다. 내게 무덤이라도 있게 된다면, 그 차가운 빗돌 대신 어느 여름날 좋아하게 된 양귀비꽃이나 모란을 심어 달라고 하겠다. 하지만 무덤도 없을 테니, 그런 수고는 끼치지 않을 것이다. 생명의 기능이 나가 버린 육신은 보기 흉하고 이웃에게 짐이 될 것이므로 조금도 지체할 것 없이 없애 주었으면 고맙겠다. 그것은 내가 벗어 버린 헌옷이니까. 물론 옮기기 편리하고 이웃에게 방해 되지 않을 곳이라면 아무 데서나 화장해도 무방하다. 육신을 버린 후 훨훨 날아서 가고 싶은 곳은 어린 왕자가 사는 별 나라 같은 곳이다. 의자의 위치만 옮겨 놓으면 하루에도 해지는 광경을 몇 번이고 볼 수 있다는 아주 조그만 그런 별나라. 가장 중요한 것은 마음으로 봐야 한다는 것을 안 왕자는 지금쯤 장미와 사이좋게 지내고 있을까. 그런 나라에는 귀찮은 것도 필요 없을 것이다. 한 번 가보고 싶다. 그리고 내생에도 다시 한반도에 태어나고 싶다. 누가 뭐라 해도 나는 이 나라를 버릴 수 없다.

눈물 나게 아름다운 풍경에 무릎 꿇고 싶다. 음악이 너무 가슴에 사무쳐 볼륨을 최대한 높여 놓고 그 음악에 무릎 꿇고 싶은 날이 있다. 내 영혼의 깃발 위에 백기를 달아 노래 앞에 투항하고 싶은 날이 있다. 음악에 항복하고 처분만 기다리고 싶은 저녁이 있다.

지고 싶은 날이 있다. 어떻게든 지지 않으려고 너무 발버둥 치며 살아왔다. 너무 긴장하며 살아왔다. 지는 날도 있어야 한다. 비굴하지 않게 살아야 하지만, 너무 지지 않으려고만 하다 보니 사랑하는 사람, 가까운 사람, 제 피붙이한테도 지지 않으려 하며 산다. 지면 좀 어떤가. 사람 사는 일이 이겼다 졌다 하면서 사는 건데, 절대로 지면 안 된다는 강박이 우리를 붙들고 있은 지 오래되었다. 그 강박에서 나를 풀어 주고 싶다.

폭력이 아니라 사랑에 지고 싶다. 권력이 아니라 음악에 지고 싶다. 돈이 아니라 눈물 나게 아름다운 풍경에 무릎 꿇고 싶다.

며칠 춥고 아린 마음이었는데, 태풍 후의 고요함을 느낀다. 지난 주말에 어쩌다 맞은 비로 몸이 무겁더니 목도 아프다. 그래, 요즘 목감기가 유행이란다. 하찮은 감기도 조심해야 한다. 이런 날은 맑은 차와 흐르는 음악에 잠시의 여유를 부리는 것도 괜찮겠다. 마음에 여유가 없는 사람은 아름답고 고운 음악마저도 소음으로 들린다. 슬픔은 버리고 고운 날 이어가자.

　가치 있는 삶을 사는 사람이 참 많고, 무엇이 더욱 중요한가를 생각해야 하는 순간들도 많다. 무엇이 필요한가를 생각해 보면, 역시 확신할 수 있어야 한다는 생각이 든다. 서로에게 신뢰에 대한 확신을 주는 것이 중요하다고 본다. 인생의 동반자는 선의의 경쟁자요 협조자이다. 사람은 사회적 동물이기 때문에 사람들과 어울려서 서로 돕고 격려하며 같이 살 수 있고 같이 잘될 수 있는 방법을 찾아야 한다. 많은 사람들이 자신을 도와주기 위하여 기다린다. 어려울 때, 힘들 때 손 내밀고 도움을 요청할 수 있는 아름다운 사회가 되었으면 좋겠다.

　가끔 보고 싶다고, 그립다고, 말해 주면 안 될까. 보이지 않는 마음에 수백 번 되새기며 가슴으로 말하면 무엇 할까? 혼자만이 그리는 하늘그림으로 넓은 하늘을 가득히 채운들 무엇 할까? 가끔은 함께 볼 수 있도록, 함께 느낄 수 있도록 고맙다고, 보고 싶다고, 그립다고 말해 주면 안 될까?

　가을이 오는 길목이다. 멀리서, 아주 멀리서 새끼 강아지 걸음처럼 가을이 오고 있다. 이제 막 잠에서 깨어나 바다 끝에서 연분홍 혀를 적시고 떨리듯 다가오는 미동에 괜스레 가슴이 미어진다. 가을이 오고 있다. 차마 전하지 못했던 사랑을 가을보다 먼저 전하고 싶어서 내 마음이 안달 난다. 물살같이 빠른 세월이라 사랑도 그렇게 흘러 갈까봐 미루고 미루어 전하지 못한 마음! 어린 짐승 날숨같이 떨며 소리 없이 그대를 부른다. 가을이 온 뒤에도 지금처럼 높은 산과 긴 강을 사이에 두고 멀리서 바라봐야만 한다면, 꽃망울 속 노란 꽃가루같이 가득한 그리움을 어떻게 할까. 갓 피어난 꽃잎같이 곱고 보름달같이 밝은 그대는 작은 새의 깃털같이 부드럽고 함박눈 같다. 바다 끝에서 생겨난 가을이 새끼 고양이 눈망울같이 내 마음을 바라본다. 어린 짐승 발소리처럼 가을이 다가오고 있다. 가을이 나뭇잎에 안기기 전에 나의 마음을 전하고 싶다. 나의 사랑을 전하고 싶다. 가을보다 먼저 전하고 싶다.

가을은 소리 없이 뜨거운 불길로 와서 오색 빛깔로 곱게 타올라 찬란한 황혼의 향연을 벌려 놓는다. 여기저기 형형색색 곱게 물든 가을의 향연이 너무도 아름다워 눈부시다. 먼 훗날 다가올 내 인생의 가을은 어떤 모습일까. 어떤 아름다운 빛깔로 물들어 있을까. 이제까지 내 인생의 길은 눈이 시리도록 푸르른 길이었다면, 지금부터는 조금씩 노을빛으로 물들어 간다. 철없고 서툴러 연신 넘어지고 깨어졌던 지난 세월이지만, 앞으로의 길은 지나온 삶의 지혜를 바탕으로 좀 더 밝고 화사하게 걸어가리라. 고운 모습으로 맞이하기 위해 영혼을 맑히는 일에 정성을 다하고, 마음을 넉넉하게 사랑으로 가득 채워 여유롭고 향기 가득한 얼굴로 피어나게 하고, 건강한 모습으로 맞이하기 위해 지나치게 차오르는 욕심은 털어 내고, 현실에 만족하려 노력해 항상 감사하고 늘 웃으리라. 황혼의 만찬에서 좋은 사람들과 멋진 친구들을 많이 만나기 위해 많은 사람들을 사랑하고, 덕을 쌓는 일에 힘을 쏟으리라. 알찬 인생의 열매를 맺기 위해 내 삶의 밭을 기름지게 일구고 튼실한 씨앗을 심으리라.

인생은 뜬구름! 불어오는 한 줄기 바람인 것을! 어머니 품속에서 세상에 나와 얻은 게 무엇이며, 잃은 게 무엇이냐? 세상 밝은 빛줄기 본 것만으로 만족해야 할 것을! 하고 싶은 것도 많다더라. 가지고 싶은 것도 많다더라. 다 가져 본들 허망한 욕심뿐! 인간의 도리에 어긋나 불행을 초래하고, 향락에 젖어 제 자식새끼 팽개치고 늙어 병들면 어찌할까. 피 눈물 흘리기 전에 세상을 밝게 보아 선하게 살자. 비 오는 날 산 위에 올라가 내가 사는 세상을 한번 바라보자. 그 밑에는 안개구름 두둥실 떠가고 모든 게 내 발 아래 있다. 목청 높여 부르지 않아도 다 보이는 것을 애써 찾으려 이곳저곳 헤맨다.

어리석은 사람들아! 비워라. 허황된 마음을! 쏟아라. 용서를 구하는 눈물을! 너나 나나 불혹의 나이에 낀 것은 배의 기름진 비계 덩어리뿐. 무엇이 더 가꿀 게 있어 그토록 안타깝게 세월을 잡으려 하는가! 그저 황혼 빛이 물들어 오면 천 원짜리 소주 한 병 손에 쥐고 바람에 실려 오는 풀냄새를 안주삼아 지는 해를 바라보며 아쉬움에 흐르는 눈물!

여보시게들, 지나가는 여자의 아름다움에 침을 흘리거나 쳐다보지 말게. 짧은 치마에 현혹되어 인류마저 저버리는 나쁜 짓 행하지 말고, 그냥 무던히 스쳐 지나가는 한 마리 작은 '사랑새'라고 생각하게나. 그리하면 마음에 도(道)를 닦아 내가 부처인 게지, 그렇지 않은가?

스쳐 지나는 바람이 다 그러라고 한다. 가만히 있던 마음을 움직여 그 향기에 취해 세상 한 번 미쳐 보라고 어설프게 맞장구치는 우리들과 같다. 바람이 그러라 한다. 그 바람처럼 눈 깜박할 때 내 인생마저 도적질할 것이다. 그래도 좋은 세상! 기뻐하면서 노래 부르며 즐거이 살아가자. 살다 보면 좋은 일도 생기고, 살다 보면 웃을 일도 생기고, 살다 보면 힘든 일도 생긴다. 너무 기뻐하거나 너무 힘들어하지 말자. 슬퍼하지도 말자. 그것이 인생이니까!

매일 새벽에 일어나면 어두운 창문을 열고 밖을 쳐다보라. 싱그러운 아침 햇살이 우리를 부른다! 맨발로 뛰쳐나가 시원한 공기를 흠뻑 마셔 보자. 그러면 바람이 불어와 우리 삶의 해답을 줄 것이다. 인생의 바람이 나를 부르며 그러라고 한다. 마음에 평화를 찾아 행복하게 살자! 이것이 인생인 것을! 인생의 끝자락에서 내게 필요한 건 후회하지 않을 여생을 꾸미는 일이다. 내가 해보지 못한 것이 무엇인지, 살아가는 동안 나의 생을 누려야 한다. 내가 흘러갈 곳도 어디인지, 살아가는 동안 그대의 사랑과 행복으로 내 생을 충만하게 해야 할 것이다.

한자성어(漢字成語) 및 우리나라 속담

[한자성어]

한자성어는 고사(故事)뿐만 아니라 무궁한 한자의 조어력(造語力)으로 인해 다양한 의미를 지닌 낱말들을 만들어 냈다. 성어는 동양 역사(歷史)의 모든 문헌(文獻)에 기본적으로 사용되었으며, 지금 우리 생활에서도 익숙하게 사용되고 있다. 생활에 기초적인 성어(成語)들을 중심으로 다음에 간략하게 정리해 보았다. 성어의 한자 표기와 독음, 그리고 글자 뜻 순으로 이해하기 바란다. 이 성어들은 생활의 기초이니 생활하면서 꼭 기억해야 한다.

苛斂誅求(가렴주구) : 세금을 악랄하게 거두는 혹독한 정치.

佳人薄命(가인박명) : 재주가 있는 사람 (혹은 미인)은 수명이 짧다.

甘言利說(감언이설) : 달콤한 말이나 이로운 이야기로 남을 꾀다.

甘呑苦吐(감탄고토) : 달면 삼키고 쓰면 뱉는다.

改過遷善(개과천선) : 허물을 고쳐 착한 일로 돌아가다. 마음을 바로잡다.

去頭截尾(거두절미) : 머리와 꼬리를 없애다.

乾坤一擲(건곤일척) : 모든 것을 걸고 마지막 승부를 겨루다.

見物生心(견물생심) : 실물을 보면 욕심이 생긴다.

結者解之(결자해지) : 일을 벌인 사람이 마무리 짓다.

結草報恩(결초보은) : 죽어서도 잊지 않고 은혜를 갚다.

輕擧妄動(경거망동) : 경솔하고 망령된 행동. 버릇없고 교양 없는 행동.

敬而遠之(경이원지) : 존경하지만 멀리한다.

孤掌難鳴(고장난명) : 혼자서 일하기는 어렵다.

苦盡甘來(고진감래) : 고생 끝에 낙이 온다.

骨肉相殘(골육상잔) : 혈육 또는 민족끼리 헐뜯고 싸움.

空中樓閣(공중누각) : 허공에 누각 짓기. 허황되고 이루어질 수 없는 일.

過恭非禮(과공비례) : 지나친 겸손은 예의가 아니다.

過猶不及(과유불급) : 지나친 것은 미치지 못함과 같다.

管鮑之交(관포지교) : 친구를 이해하고 알아주는 두터운 우정.

刮目相對(괄목상대) : 학식이나 어떤 능력이 몰라보게 좋아지다.

矯角殺牛(교각살우) : 작은 것에 연연하다 큰일을 그르치다.

巧言令色(교언영색) : 간교하고 달콤한 말로 아첨하다.

口尙乳臭(구상유취) : 입에서 항상 젖비린내가 난다. 하는 짓이 유치하다.

群鷄一鶴(군계일학) : 닭의 무리 중 한 마리 학.

軍雄割據(군웅할거) : 영웅들이 각기 자리를 잡고 서로 겨룸.

捲土重來(권토중래) : 한 번 실패한 후 다시 도전하여 성공하다.

近墨者黑(근묵자흑) : 나쁜 친구와 사귀면 나쁜 물이 든다.

金科玉條(금과옥조) : 금 같은 과목과 옥 같은 조목. 훌륭하고 좋은 제도.

錦上添花(금상첨화) : 비단 위에 꽃을 더함. 아름다움에 좋은 것이 겹침.

錦衣夜行(금의야행) : 비단옷 입고 밤길 거닐기. 알아주지 않는 헛수고.

錦衣還鄉(금의환향) : 타향에서 성공하여 고향으로 돌아오다.

金枝玉葉(금지옥엽) : 금 같은 가지와 옥 같은 잎사귀.

難兄難弟(난형난제) : 형과 아우를 분간할 수 없다. 우열을 가릴 수 없다.

南柯一夢(남가일몽) : 부질없이 허망하고 헛된 꿈. 인생무상.

男負女戴(남부여대) : 남자는 지고 여자는 이다. 비참한 피난 행렬.

內憂外患(내우외환) : 내부의 근심과 외부에 대한 걱정.

累卵之危(누란지위) : 계란을 쌓아 올린 듯 매우 위험하고 조급한 형세.

多多益善(다다익선) : 많으면 많을수록 좋다. 또는 능력의 무한함을 과시.

單刀直入(단도직입) : 단도로 곧장 찌름.

大器晚成(대기만성) : 큰 그릇은 만드는 데 오래 걸린다.

道聽塗說(도청도설) : 항간에 떠도는 여러 가지 잡다한 이야기.

東問西答(동문서답) : 물음과는 상관없는 엉뚱한 대답.

獨不將軍(독불장군) : 혼자서는 어떤 일을 도모할 수 없다.

同病相憐(동병상련) : 같은 처지의 사람끼리 서로 이해할 수 있다.

同床異夢(동상이몽) : 같은 침상에서 서로 다른 꿈을 꿈.

燈下不明(등하불명) : 등잔 밑이 어둡다. 가까운 곳을 살피지 못하다.

燈火可親(등화가친) : 등불을 가까이 두고 밤늦도록 책읽기에 좋은 시기.

馬耳東風(마이동풍) : 말귀에 봄바람. 아무리 말해 줘도 소용이 없다.

莫上莫下(막상막하) : 위도 없고 아래도 없다. 우열을 가릴 수 없다.

萬古風霜(만고풍상) : 살면서 겪는 여러 가지 고생.

面從腹背(면종복배) : 눈앞에서는 복종하고 숨어서는 다른 생각을 한다.

明鏡止水(명경지수) : 고요하고 침착한 아름다움이나 마음씨.

明若觀火(명약관화) : 불을 보듯 결과가 뻔하다.

命在頃刻(명재경각) : 목숨이 아주 위태로워 곧 죽을 듯하다.

目不識丁(목불식정) : 낫 놓고 기역자도 모른다. 아주 무식하다.

目不忍見(목불인견) : 처참한 광경.

刎頸之交(문경지교) : 자기 목을 베도 아깝지 않은 진한 우정.

聞一知十(문일지십) : 하나를 들으면 열을 안다. 아주 똑똑하다.

門前成市(문전성시) : 문 앞에 장을 연 듯 찾아온 손님이 많아 북적대다.

美辭麗句(미사여구) : 아름답고 훌륭한 문장. 화려한 문장 수사.

傍若無人(방약무인) : 눈에 보이는 것이 없는 것처럼 무례한 행동.

背恩忘德(배은망덕) : 은혜를 저버리고 덕을 잊어버리다.

白骨難忘(백골난망) : 죽어서도 은혜를 잊지 않다.

百年河淸(백년하청) : 매우 오랜 시간이 걸려 이루기 어려운 일.

白面書生(백면서생) : 세상 물정 모르는 외곬 샌님.

百戰老將(백전노장) : 아주 경험이 많아 노련한.

伯仲之間(백중지간) : 우열을 가릴 수 없도록 비슷하다.

百尺竿頭(백척간두) : 매우 위태롭고 급박한 상황. (=風前燈火[풍전등화])

父傳子傳(부전자전) : 아버지에게서 아들로 이어지다.

夫唱婦隨(부창부수) : 남편의 부름에 아내는 복종해야 한다. 부부의 도리.

附和雷同(부화뇌동) : 주관 없이 이리 붙고 저리 붙다.

粉骨碎身(분골쇄신) : 뼈가 부서지도록 노력하다.

不問可知(불문가지) : 묻지 않아도 짐작하여 알 수 있다.

不問曲直(불문곡직) : 일의 잘잘못을 묻지 않음.

不遠千里(불원천리) : 천리를 멀다 않고 달려가다.

四面楚歌(사면초가) : 궁지에 몰려 뚫고 나갈 방법이 없다.

四通八達(사통팔달) : 길이 여러 방면으로 막힘없이 통하다.

事必歸正(사필귀정) : 모든 일은 반드시 바른 대로 돌아온다.

山紫水明(산자수명) : 산은 단풍 들어 붉고 물은 맑다. 아름다운 자연.

山戰水戰(산전수전) : 여러 가지 일을 겪어 경험이 풍부하다.

殺身成仁(살신성인) : 대의를 위해 자기를 희생함.

三顧草廬(삼고초려) : 세 번이나 여막을 돌아봄. 귀인을 모시려는 노력.

三省吾身(삼성오신) : 자신에 대해 스스로 하루 세 가지를 반성하다.

三旬九食(삼순구식) : 한 달에 아홉 끼니밖에 못 먹을 정도로 가난하다.

桑田碧海(상전벽해) : 세월이 흘러 세상이 몰라보게 변하다.

塞翁之馬(새옹지마) : 변방 늙은이의 말. 앞으로 일어날 화나 복은 함부로 점칠 수 없다. (=轉禍爲福[전화위복])

先見之明(선견지명) : 앞을 먼저 볼 줄 아는 지혜.

雪上加霜(설상가상) : 나쁜 일에 또 어려운 일이 더해지다.

束手無策(속수무책) : 손을 묶어 놓은 듯이 일에 손을 못 대고 쩔쩔매다.

送舊迎新(송구영신) : 묵은해를 보내고 새해를 맞다.

袖手傍觀(수수방관) : 손을 소매에 넣고 곁에서 구경함. 모른 척 쳐다보다.

水魚之交(수어지교) : 임금과 신하의 의리 같은 밀접한 관계.

誰怨誰咎(수원수구) : 누구를 원망하고 누구를 탓하겠는가.

脣亡齒寒(순망치한) : 서로에게 없으면 곤란한 사이.

識者憂患(식자우환) : 아는 것이 많으면 걱정도 많다.

信賞必罰(신상필벌) : 상과 벌은 반드시 옳고 정당하게 한다.

身言書判(신언서판) : 수려한 용모, 재치 있는 말주변, 뛰어난 글 솜씨, 냉철한
　　　　　　　　　　　판단력으로 사람이 갖추어야 할 네 가지.

十伐之木(십벌지목) : 여러 번 도전하면 언젠가는 성공할 수 있다.

我田引水(아전인수) : 자기 논에 물대기. 자기만 이롭게 일을 행하다.

安貧樂道(안빈낙도) : 자기 분수에 만족하고 도를 즐기다.

弱肉强食(약육강식) : 약한 자는 강한 자에게 먹힌다.

羊頭狗肉(양두구육) : 양 머리를 걸어놓고 개고기를 팔다. 남을 속이다.

梁上君子(양상군자) : 대들보 위의 군자. 도둑.

養虎遺患(양호유환) : 우환이 될 일을 맡아 화를 만들다.

漁父之利(어부지리) : 둘의 경쟁에 상관없는 제 3자가 이익을 보다.

言語道斷(언어도단) : 할 말 없음. 어이가 없어 할 말을 잃다.

言中有骨(언중유골) : 단순한 듯하나 핵심을 찌르는 말.

與民同樂(여민동락) : 임금이 백성과 더불어 즐거움을 누리다.

女必從夫(여필종부) : 여자는 반드시 남자를 따라야 한다.

易地思之(역지사지) : 입장을 바꾸어 다른 이의 마음을 헤아리다.

緣木求魚(연목구어) : 되지도 않는 일을 억지로 하려 들다.

拈華示衆(염화시중) : 언어 등의 표현을 통하지 않고도 마음이 통하다.

五里霧中(오리무중) : 사건의 실마리를 찾지 못하고 헤매다.

吾鼻三尺(오비삼척) : 내 코가 석자.

烏飛梨落(오비이락) : 까마귀 날자 배 떨어진다. 쓸데없는 의심을 받음.

吳越同舟(오월동주) : 사이가 안 좋은 둘이 이해관계로 서로 협력하다.

烏合之卒(오합지졸) : 보잘것없는 조무래기.

臥薪嘗膽(와신상담) : 스스로 근신하여 복수할 준비를 하다.

外柔內剛(외유내강) : 겉으로는 부드러우나 속으론 곧고 강하다.

龍頭蛇尾(용두사미) : 시작은 거창하나 흐지부지 끝나 버리다.

用錢如水(용전여수) : 돈 쓰기를 물 쓰듯 하다. 과소비.

牛耳讀經(우이독경) : 아무리 충고를 해도 받아들이지 않는다.

雨後竹筍(우후죽순) : 어떤 일들이 때를 맞추어 한꺼번에 일어나는 모양.

遠交近攻(원교근공) : 먼 곳과 교류하여 가까운 곳을 치다.

月態花容(월태화용) : 달처럼 날씬한 몸매와 꽃같이 어여쁜 얼굴.

危機一髮(위기일발) : 매우 위험하고 위급한 상태.

有口無言(유구무언) : 입은 있으되 할 말이 없다. 변명의 여지가 없다.

類萬不同(유만부동) : 수만 가지 어떤 것도 같은 것이 없다.

類類相從(유유상종) : 모든 것은 어울리는 대로 사귄다.

有終之美(유종지미) : 마무리하는 아름다움. 깨끗한 마무리.

以心傳心(이심전심) : 마음과 마음이 통하다.

人面獸心(인면수심) : 인륜을 모르는 짐승 같은 사람.

人山人海(인산인해) : 사람들이 매우 많아 북적거리다.

一網打盡(일망타진) : 한 그물로 다 때려잡음. 어떤 일을 완벽하게 하다.

一瀉千里(일사천리) : 일의 처리가 막힘이 없이 술술 이루어지다.

一石二鳥(일석이조) : 투자한 것보다 큰 이익을 보다.

一魚濁水(일어탁수) : 한 개인이나 소수가 전체의 분위기를 흐리다.

臨機應變(임기응변) : 일의 변화에 맞추어 지혜롭게 처신하다.

自家撞着(자가당착) : 자기모순에 빠지다.

自繩自縛(자승자박) : 자신이 저지른 잘못으로 자신이 고통을 받다.

自業自得(자업자득) : 자신이 행한 일에 스스로 응분의 대가를 치르다.

自中之亂(자중지란) : 자신의 한 동아리 내에서 벌어지는 싸움.

自初至終(자초지종) : 처음부터 끝까지 일의 전개 내용.

自暴自棄(자포자기) : 자기를 포기함. 스스로 체념하여 만사에 돌아서다.

作心三日(작심삼일) : 마음먹고 시작한 일을 3일도 못 넘기다.

賊反荷杖(적반하장) : 해를 가하고도 미안해하기는커녕 무례하게 굴다.

赤手空拳(적수공권) : 빈손 빈주먹. 아무것도 없는 맨 처음 상태.

電光石火(전광석화) : 번갯불이나 부싯돌 불똥같이 빠른 시간.

輾轉反側(전전반측) : 어떤 일에 대한 근심으로 잠 못 이루고 뒤척이다.

轉禍爲福(전화위복) : 화가 변하여 복이 되다.

切齒腐心(절치부심) : 몹시 분하여 이를 갈고 속을 썩이다.

頂門一鍼(정문일침) : 정수리에 침을 놓다. 핵심을 찌르는 충고를 하다.

糟糠之妻(조강지처) : 곤궁하고 어려울 때 함께한 아내. 본처.

朝令暮改(조령모개) : 일관성 없는 행정.

朝三暮四(조삼모사) : 간교한 꾀로 상대를 속이다.

走馬加鞭(주마가편) : 달리는 말에 채찍질을 더함. 잘되어 가는 일에 더욱 분
발하다. 성실히 노력하는 사람을 더 격려하다.

走馬看山(주마간산) : 달리는 말에서 산을 봄. 대충 일을 넘어가다.

酒池肉林(주지육림) : 술로 연못을 이루고 고기로 숲을 이루다.

衆口難防(중구난방) : 여러 사람의 각기 다른 의견을 수렴하기 어렵다.

進退維谷(진퇴유곡) : 나가고 도망 갈 길이 끊어져 궁지에 몰리다.

千慮一失(천려일실) : 아무리 지혜로운 사람이라도 천 가지 생각 중에 한 가지
해로움은 있다.

千載一遇(천재일우) : 천 년에 한 번 만남. 절호의 좋은 기회.

徹天之寃(철천지원) : 하늘에 사무치도록 깊은 원한.

聽而不聞(청이불문) : 듣고도 못 들은 체하다.

春秋筆法(춘추필법) : 대의명분을 밝혀 세우는 준엄한 논법.

出嫁外人(출가외인) : 시집간 딸은 친정 사람이 아니라 남이나 다름없다.

醉生夢死(취생몽사) : 일생을 흐리멍덩하게 살다.

七縱七擒(칠종칠금) : 자기 마음대로 가지고 놀다.

他山之石(타산지석) : 다른 산의 돌도 나의 옥을 가는 데 소용된다. 무엇이든
나의 품성과 지덕을 수양하는 데 도움이 된다.

泰然自若(태연자약) : 마음에 충동을 받아도 흔들림이 없이 천연스럽다.

破竹之勢(파죽지세) : 대나무가 쪼개지듯 막힘없이 나가는 기세.

敗家亡身(패가망신) : 가문을 욕되게 하고 신세를 망치다.

鶴首苦待(학수고대) : 학의 목처럼 길게 빼고 간절히 기다리다.

邯鄲之夢(한단지몽) : 한단 땅의 꿈. 인생에서 부귀영화란 덧없는 것이다.

咸興差使(함흥차사) : 소식이나 기별이 좀처럼 오지 않다.

糊口之策(호구지책) : 가난한 살림에 간신히 먹고 사는 방법.

好事多魔(호사다마) : 좋은 일에는 장애물이 많다.

虎視耽耽(호시탐탐) : 호랑이가 눈을 부릅뜨고 먹이를 노리듯 야심을 가지고
기회를 엿보다.

畵龍點睛(화룡점정) : 가장 중요한 일을 끝내어 전체를 완성하다.

畵巳添足(화사첨족) : 오히려 해가 될 쓸데없는 일. (蛇足[사족])

畵中之餠(화중지병) : 그림의 떡. 멋은 있으나 내게 득이 될 건 없다.

換骨奪胎(환골탈태) : 얼굴이 바뀌어 이전보다 아름다워지다. 남의 문장을 도
용하되 형식을 바꾸다.

膾炙人口(회자인구) : 널리 사람 사이에 퍼져 입에 오르내리다.

會者定離(회자정리) : 모인 사람들은 반드시 헤어지게 된다.

後生可畏(후생가외) : 후배가 선배보다 기량이 우수하여 두려울 만하다.

興盡悲來(흥진비래) : 즐거움이 다하면 슬픔이 온다.

[속담]

우리나라 속담은 생활하면서 지켜야 할 일을 뜻하는 것이 많다. 속담을
되새기며 생활해야 하는데, 이를 소홀히 하는 경우가 많다. 그래서 다음
에 기초적인 속담을 정리해 보았다.

가까운 남이 먼 친척보다 낫다 : 먼 데 사는 친척보다 이웃 사람들이 더 잘 보살펴 주고 도와주는 일이 많기 때문에 이웃에 사는 남이 더 낫다는 뜻

가까운 제 눈썹 못 본다 : 먼 데 있는 것은 용케 잘 보면서도, 자기 눈앞에 있는 가까운 것은 잘못 본다는 뜻

가꿀 나무는 밑동을 높이 자른다 : 어떠한 일이나 장래의 안목을 생각해서 미리부터 준비를 철저하게 해두어야 한다는 뜻

가난도 스승이다 : 가난하면 이를 극복하려는 의지와 노력이 생기므로 가난이 주는 가르침도 스승과 같은 역할을 한다는 의미

가난이 원수다(가난이 도둑이다) : 일반적으로 불행한 사건이 일어나는 것은 가난이 그 동기가 된다는 생각 때문이다.

가난한 놈은 성도 없나 : 가난한 사람이 괄시당할 때 하는 말

가난한 집 제사 돌아오듯 한다 : 힘든 일이 자주 닥쳐옴을 일컫는 말

가난한 놈이 기와집만 짓는다 : 가난하고 구차하게 사는 사람일수록 공상만 많이 하여 허풍을 떤다는 뜻

가난한 집 족보 자랑하기다 : 가난뱅이 양반은 자신을 자랑할 만한 것이 없기 때문에 자기의 조상 자랑만 한다는 뜻

가는 년이 물 길어다 놓고 갈까? : 일을 그만두고 가는 사람은 뒷일을 생각하지 않고 일한다는 말

가는 님은 밉상이요, 오는 님은 곱상이다 : 말려도 뿌리치고 야속하게 가는 님은 미워도, 기다리던 끝에 오는 님은 반갑다는 뜻

가는 말에도 채찍질을 한다 : 잘하는 일에 더욱 잘하라고 격려함을 이르는 말

가는 말이 고와야 오는 말이 곱다 : 내가 남에게 말을 좋게 해야 남도 나에게

말을 좋게 한다는 말

가는 세월에 오는 백발이다 : 세월이 가면 사람은 늙게 마련이라는 뜻

가는 방망이, 오는 홍두깨 : 섣불리 남을 해치려다 도리어 큰 화를 입는 것을 두고 하는 말

가는 정이 있어야 오는 정도 있다 : 자기가 남에게 좋은 일을 해야 그 보답을 받을 수 있다는 말

가는 토끼 잡으려다 잡은 토끼 놓친다 : 욕심을 너무 크게 부려 한꺼번에 여러 가지 하려다가 이미 이룬 일까지 실패하기 쉽다는 말

가다 말면 안 가는 것만 못하다 : 무슨 일을 하다가 중도에서 그만두려면 차라리 처음부터 안 하는 것이 낫다는 뜻

가는 날이 장날이다 : 뜻하지 않은 일을 공교롭게 만난 경우를 일컫는 말

가랑비에 옷 젖는 줄 모른다 : 조금씩 젖는 줄도 모르게 가랑비에 젖듯이, 재산이 없어지는 줄 모르게 조금씩 줄어든다는 말

가랑잎에 불붙기 : 성질이 급하고 마음이 좁은 사람을 가리키는 말

가랑잎이 솔잎더러 바스락거린다고 한다 : 자기 허물이 더 크고 많은 사람이 도리어 허물이 적은 사람을 나무라거나 흉본다는 뜻

가랑이가 찢어지도록 가난하다 : 매우 가난하다는 뜻

가루 가지고 떡 못 만들랴? : 누구나 할 수 있는 쉬운 일을 가지고 잘난 체 뽐내지 말라는 뜻

가루는 칠수록 고와지고, 말은 할수록 거칠어진다 : 말을 삼가야 한다는 뜻

가르침은 배움의 반이다 : 가르치고 배우는 데에는 배우는 사람만 공부가 되

는 것이 아니라 가르치는 사람도 같이 공부가 된다는 뜻

가마 타고 시집가기는 틀렸다 : 제 격식대로 하기는 틀렸음을 이르는 말

가마 속의 콩도 삶아야 먹는다 : 아무리 쉬운 일이라도 움직여서 손대지 않으면 제게 이익이 돌아오지 않는다는 뜻

가만히 먹으라니까 뜨겁다고 한다 : 눈치 없이 비밀리에 한 일을 드러낸다는 뜻

가만히 있으면 중간이나 간다 : 잠자코 있으면 아는지 모르는지 남들이 모르기 때문에 중간은 되지만, 모르는 것을 애써 아는 척하다가는 무식이 탄로 난다는 뜻

가면 갈수록 첩첩 산중이다 : 일이 순조롭게 나아가지 못하고 갈수록 힘들고 어렵게 꼬이는 상태를 이르는 말

가뭄 끝은 있어도 장마 끝은 없다 : 큰 가뭄이라도 다소의 곡식은 거둘 수 있지만, 큰 수해에는 농작물뿐 아니라 농토까지 유실되기 때문에 피해가 더 크다는 뜻

가뭄에 콩 나듯 한다 : 어떤 일이나 물건이 드문드문 있을 때 하는 말

가을에는 부지깽이도 덤빈다 : 바쁠 때는 모양이 비슷하기만 해도 사용된다

가을에 못 지낸 제사를 봄에는 지낼까? : 형편이 넉넉할 때 못 한 일을 궁할 때 어떻게 할 수 있겠느냐는 말

가을바람에 새털 날듯 한다 : 가을바람에 새털이 잘 날듯이 사람의 처신머리가 몹시 가볍다는 뜻

가자니 태산이요 돌아서자니 숭산이라 : 앞으로 가지도 못하고 뒤로 돌아갈 수도 없어 난처한 지경에 빠졌다는 뜻

가재는 게 편이요 초록은 한 빛이라 : 모양이 비슷한 같은 족속끼리 한 편이

된다는 말

가재 뒷걸음이나 게 옆걸음이나 : 가재가 뒤로 가는 것이나 게가 옆으로 가는 것이나, 앞으로 바로 가지 않는 것은 매일반이라는 뜻

가죽 없는 털은 없다 : 동물은 가죽이 있어야 털이 나듯이, 세상만사는 모두 그 근원을 갖는다는 뜻

가지 많은 나무 바람 잘 날 없다 : 자식 많이 둔 부모는 항상 자식을 위한 근심이 그치질 않아 편할 날이 없다는 말

가지 따먹고 외수한다 : 남의 눈을 피하여 나쁜 짓을 하고 시치미를 뗀다는 뜻(외수 : 남을 속이는 꾀)

간다 간다 하면서 아이 셋 낳고 간다 : 하던 일을 말로만 그만둔다고 하고서 실제로는 그만두지 못하고 질질 끈다는 말

간에 붙고 염통에 붙는다 : 자기에게 이로우면 인격, 체면을 생각지 않고 아무에게나 아첨한다는 뜻

간에 기별도 아니 갔다 : 음식의 양이 너무 적어서 먹은 것 같지도 않다는 말

간이 콩알만 하다 : 겁이 나서 몹시 두렵다는 뜻

갈수록 태산이다 : 날이 갈수록 괴로움이 많다는 뜻

갈치가 갈치 꼬리 문다 : 친근한 사이에 서로 모함한다는 뜻

고뿔도 남을 안 준다 : 감기까지도 안 줄 정도로 인색하다

감나무 밑에서 입만 벌리고 있다 : 불로소득이나 요행수를 바란다는 뜻

감사면 다 평양 감사인가? : 좋은 자리라고 해서 모두가 다 좋은 자리는 아니라는 의미

감출수록 드러난다 : 숨기려 드는 일은 도리어 드러나기 쉽다는 의미

감투가 크면 어깨를 누른다 : 실력이나 능력도 없이 과분한 지위에서 일하게 되면 감당할 수 없게 된다는 뜻.

갑갑한 놈이 송사한다 : 제게 긴요한 사람이 먼저 행동한다는 말

값도 모르고 싸다고 한다 : 어떠한 일의 이치도 잘 모르고 덤벙거린다는 뜻

값싼 것이 비지떡 : 값이 싸면 품질이 좋지 못하다는 말

갓 사러 갔다가 망건 산다 : 본래의 의미를 잊어버리고 다른 일에 정신이 팔려 있다는 뜻

갓 쓰고 자전거 탄다 : 어울리지 않아 어색하다는 뜻

강 건너 불구경이다 : 자신과는 상관없는 일이라고 남의 일에 너무 무관심한 태도를 보일 때 쓰는 말

강물도 쓰면 줄어든다 : 아무리 많아도 헤프게 쓰다 보면 없어지는 법이니 아껴서 쓰라는 뜻

강아지 메주 먹듯 한다 : 강아지가 좋아하는 메주를 먹듯이 음식을 매우 맛있게 먹는다는 말

강원도 간 포수(砲手)다 : 일 보러 밖에 간 사람이 오래오래 오지 않을 때 하는 말

강태공이 세월 낚듯 한다 : 일을 아주 느리고 천천히 하는 것을 말함

강 하나가 천 리다 : 장애물이 있으면 그렇게 가까이 지내던 이웃 동리도 천 리와 같이 멀어진다는 뜻

같은 값이면 과부 집 머슴살이 : 같은 값이면 자기에게 좀 더 이롭고 편한 것을 택함

같은 값이면 다홍치마 : 같은 값이면 품질이 좋은 것을 택함을 뜻함

같은 말이라도 '아' 다르고 '어' 다르다 : 비슷한 말이라도 듣기 좋은 말이 있고 듣기 싫은 말이 있으니 말을 가려 하라는 의미

개가 똥을 마다한다 : 평시에 좋아하는 것을 싫다고 거절할 때 하는 말

개가 제 방귀에 놀란다 : 대단치도 않은 일에 깜짝깜짝 잘 놀라는 경솔한 사람을 두고 하는 말

개같이 벌어서 정승같이 쓴다 : 돈을 비천하게 벌어도 떳떳이, 가장 보람 있게 쓴다는 말

개꼬리는 먹이를 탐내서 흔든다 : 누구에게나 반가운 척하는 사람의 이면에는 대부분 야심이 숨겨져 있다는 의미

개꼬리 삼 년 두어도 황모(노란 털) 못 된다 : 본디부터 나쁘게 태어난 사람은 아무리 해도 그 본디 성질을 바꾸지 못한다는 뜻

개꿈도 꿈인가? : 꿈도 꿈답지 않은 것은 꿈이라고 할 수 없듯이, 물건도 물건답지 않은 것은 물건이라고 할 수 없다는 뜻

개구리도 움츠려야 뛴다 : 매사에 아무리 급할지라도 준비하고 주선할 동안이 있어야 한다는 말

개구리 올챙이 적 생각 못 한다 : 가난한 사람이 부자가 되어서 곤궁하던 옛날을 생각하지 못하고 잘난 듯이 구는 일

개는 잘 짖는다고 좋은 개가 아니다 : 모름지기 사람은 말만 잘한다고 해서 훌륭한 사람이 아니라, 처신을 잘해야 훌륭한 사람이라는 말

개 눈에는 똥만 보인다 : 자기가 어떤 일을 좋아하면 모든 것이 다 그 물건같이 보인다는 뜻

개도 나갈 구멍을 보고 쫓아라 : 무엇을 쫓아낼 때 그 갈 길을 남겨 놓고 쫓아야 한다는 말

개도 먹을 때는 안 때린다 : 맛있게 음식을 먹고 있는 사람을 건드려서는 안 된다는 의미

개도 무는 개는 돌아본다 : 사람도 악한 사람에게는 혹시 화를 입을까 하여 조심하고 잘 대해 준다는 뜻

개도 얻어맞은 골목에는 가지 않는다 : 한 번 실패한 경험이 있는 사람은 다시는 그때의 전철을 밟지 않도록 경계한다는 뜻

개도 제 주인은 알아본다 : 주인의 은혜를 모르는 사람을 두고 이르는 말

개똥도 약에 쓰려면 없다 : 흔한 것이라도 정작 소용이 있어 찾으면 없다.

개똥이 무서워 피하나, 더러워 피하지 : 행실이 더러운 사람과 다투는 것보다는 피하는 것이 자신을 위해서 낫다는 말

개똥참외도 먼저 맡은 놈이 임자다 : 아무리 임자 없이 굴러다니는 물건이라도 먼저 와서 맡은 사람이 주인이라는 의미

개 못된 것은 들에 나가 짖는다 : 자기 할 일은 하지 않고 쓸데없는 짓을 하는 사람을 가리키는 말

개미가 절구통을 물어 간다 : 개미도 서로 힘을 합치면 절구통을 운반할 수 있듯이, 사람도 협동하여 일하면 불가능한 일이 없다는 뜻

개미 금탑 모으듯 한다 : 절약해서 조금씩 재산을 모으는 것을 뜻하는 말

개미구멍으로 공든 탑 무너진다 : 조그만 실수로 큰 손해를 초래했을 때를 말함

개미 나는 곳에 범 난다 : 처음에는 개미만큼 작고 대수롭지 않던 것이 점점 커져서 나중에는 범같이 크고 무서운 것이 된다는 말

개미 쳇바퀴 돌듯 한다 : 조금도 진보가 없이 제자리걸음만 한다

개밥에 도토리 : 따돌림 당해 함께 섞이지 못하고 고립됨

개 보름 쇠듯 한다 : 명절날 맛좋은 음식도 해먹지 못하고 그냥 넘긴다는 뜻

개살구가 먼저 익는다 : 개살구가 참살구보다 먼저 익듯이, 악이 선보다 더 가속도로 발전하게 된다는 뜻

개살구도 맛들일 탓 : 자기가 좋아하는 것은 더 낫게 보인다는 뜻(취미가 제 각기 다르다는 뜻)

개새끼도 주인을 보면 꼬리 친다 : 은혜를 모르는 체하는 사람을 조롱하는 말

개와 원숭이 사이다 : 개와 원숭이 사이같이 관계가 몹시 어색하고 안 좋은 상태를 두고 이르는 말

개 입에서 개 말 나온다 : 입버릇이 아주 나쁜 사람의 입에서는 결코 고운 말 이 나올 리 없다는 뜻

개천에서 용 나고 미꾸라지가 용 된다 : 변변치 못한 집안에서 태어났더라도 꾸준히 노력하면 훌륭한 사람이 될 수 있고 출세할 수 있다는 말

개 팔자가 상팔자라 : 한가하게 놀 수 있는 개, 또는 남에게 부양되어 밥벌이 걱정 없는 개 팔자가 더 좋다는 말

깨진 거울이다 : 아무리 좋은 물건이라도 한 번 못쓰게 되면 소용이 없다는 뜻, 또는 부부간에 이혼을 하게 되었다는 뜻. (깨진 거울)

객지 벗도 사귈 탓이다 : 오래 사귀지 않은 객지 친구라도 친하기에 따라 형 제처럼 될 수 있다는 뜻

거미도 줄을 쳐야 벌레를 잡는다 : 무슨 일을 하든지 간에 거기에 필요한 준 비나 도구가 있어야 목적을 달성할 수 있다는 말

거미줄로 방귀 동이듯 한다 : 일을 함에 있어서 건성으로 형용만 하는 체한다는 말

거지는 모닥불에 살찐다 : 아무리 어려운 사람이라도 무엇이든 하나쯤은 사는 재미가 있다는 말

거지도 배 채울 날이 있다 : 못살고 헐벗은 사람일지라도 언젠가는 행복한 날이 온다는 뜻

거지도 부지런하면 더운밥을 얻어먹는다 : 사람은 부지런해야 복 받고 살 수 있다는 말

거지발싸개 같다 : 아주 더럽고 지저분한 것을 말함

거짓말은 새끼를 친다 : 습관적으로 남을 속이는 사람은 언젠가는 사기 행위도 거침없이 하게 된다는 뜻

거짓말은 십 리를 못 간다 : 일시적으로 사람을 속일 수는 있지만, 오랫동안 시일을 두고 속이지는 못한다는 뜻

걱정도 팔자소관 : 항상 남의 일에 참견을 잘하는 사람을 말한다

건너다보니 절터 : 미리부터 체념할 때 쓰는 말. 남의 것을 자기 것으로 만들려고 해도 그게 자기 것이 될 수 없다는 뜻

건넛산 쳐다보듯 한다 : 자기와는 아무 관계가 없다는 듯이 그저 멍하니 쳐다보며 방관하고 있다는 뜻

건드리지 않은 벌이 쏠까 : 내가 남에게 특별히 해를 끼치지 않는 한 상대방도 나를 못살게 굴지 않는다는 뜻

걷기도 전에 뛰려고 한다 : 제 실력도 돌아보지 않고 무리하게 하는 것

걸레 씹는 맛이다 : 음식이 맛이 없다는 뜻으로, 어떠한 일을 생각하면 할수록

기분이 나쁘다는 말

검둥개 멱 감긴 격이다 : 검정개를 목욕시킨다고 하얗게 될 리가 없듯이, 본바탕이 나쁘고 고약한 사람은 고칠 수가 없다는 뜻

검은 고양이 눈감듯 한다 : 검은 고양이가 눈을 뜨나 감으나 잘 알아보지 못하듯이, 어떠한 일에 사리를 분별하기가 매우 어렵다는 뜻

검은 머리 파뿌리 되도록 : 검은 머리가 파뿌리처럼 하얗게 되듯이, 아주 늙을 때까지라는 뜻

겉 다르고 속 다르다 : 겉과 속이 서로 같지 않다는 말은 결국 행동과 말이 전혀 일치하지 않는다는 의미

게걸음 친다 : 뒷걸음만 친다는 말로서, 진보하지 못하고 퇴보만 한다는 뜻

게 눈 감추듯 한다 : 음식을 빨리 먹는 모습을 형용하는 말

게으른 놈 짐 많이 진다 : 게으른 사람이 일을 조금이라도 덜할까 하고 짐을 한꺼번에 많이 지면 힘에 겨워 움직이질 못하므로 도리어 더 디디다는 말

겨 묻은 개가 똥 묻은 개 나무란다 : 자신의 결함은 생각지도 않고 남의 약점만 캔다

겸손도 지나치면 믿지 못한다 : 지나치게 겸손하면 위선으로 변하게 된다는 의미

경치고 포도청 간다 : 죽을 고비를 넘겨가면서도 제 스스로 고문을 당하려고 또 포도청에 가듯이, 혹독한 형벌을 거듭 당한다는 뜻

계집 때린 날 장모 온다 : 자기 아내를 때린 날 장모가 오듯이, 일이 공교롭게 잘 안 되며 낭패를 본다는 뜻

계집의 독한 마음 오뉴월에 서리 친다 : 여자의 원한과 저주는 오뉴월에 서릿발이 칠 만큼 매섭고 독하다는 뜻

고기가 물을 얻은 격이다 : 굶어 죽게 된 사람이 곡식을 얻어 살아나게 되었다는 뜻

고기는 씹어야 맛이요, 말은 해야 맛이다 : 말도 할 말이면 시원히 해버려야 한다는 뜻

고기도 먹어 본 사람이 많이 먹는다 : 무슨 일이든 늘 하던 사람이 더 잘하게 된다는 뜻

고기도 저 놀던 물이 좋다 : 자기가 살던 정든 고장, 정든 사람들과 같이 지내는 것이 좋다는 말

고래 싸움에 새우등 터진다 : 힘센 사람끼리 싸우는데 약한 사람이 그 사이에 끼어 아무 이유도 없이 피해를 입는다는 말

고름이 살 되랴 : 이왕 그르친 일은 돌이킬 수 없으니 깨끗이 단념하라는 뜻

고삐가 길면 잡힌다 : 나쁜 일을 오래 하면 마침내는 남에게 들킨다는 말

고삐 없는 말 : 아무런 구속도 받지 않고 자유스러운 처지라는 말

고사리도 꺾을 때 꺾어야 한다 : 무슨 일이든 그에 알맞은 시기가 있으니 그 때를 놓치지 말고 하라는 뜻

고생 끝에 낙이 있다 : 어려운 일이나 괴로운 일을 겪고 나면 즐겁고 좋은 일도 있다

고슴도치도 제 새끼가 예쁘다면 좋아한다 : 칭찬받지 못할 일이나 행동이라도 좋다고 추켜 주면 좋아한다

고양이가 발톱을 감춘다 : 재주 있는 사람은 그 능력을 깊이 감추고 드러내지 않는다는 뜻

고양이 목에 방울 단다 : 실행하기 어려운 공론을 하는 것에 비유한 말

고양이보고 반찬가게 지키라고 한다 : 손해 끼칠 사람에게 무엇을 해달라고 부탁하면 나중에 손해 볼 것은 뻔한 일이라는 말

고양이 세수하듯 한다 : 남이 하는 대로 흉내만 내고 그치는 경우를 이르는 말. 세수를 하되 콧등에 물만 묻히는 정도밖에는 안 한다는 말

고양이 앞의 쥐 : 두려워서 움쩍 못 함을 두고 이르는 말

고양이 쥐 생각 : 마음속으로는 전혀 생각지도 않으면서 겉으로만 누구를 위하여 생각해 주는 척하는 것

고와도 내 님이요 미워도 내 님이다 : 좋으나 나쁘나 한 번 맺은 정은 어쩔 수 없다는 말

고운 사람 미운 데 없고, 미운 사람 고운 데 없다 : 한 번 좋게 보면 그 사람이 하는 일은 다 좋게만 보이고, 한 번 나쁘게 보면 무엇이나 다 궂게만 보인다는 뜻

고추밭에 말 달리기 : 매우 심술이 사납다는 뜻

고추장 단지가 열둘이라도 서방님 비위를 못 맞춘다 : 성미가 몹시 까다로워 비위 맞추기 힘들다는 말

곤장을 메고 매 맞으러 간다 : 스스로 화를 자초한다는 말

곧은 나무 먼저 찍힌다 : 똑똑한 사람 또는 정직한 사람이 오히려 남의 모함을 받기 쉽다는 말

곧은 창자다 : 거짓을 말할 줄 모르고 성격이 대쪽같이 강직한 사람을 이르는 말

곰이 가재 잡듯 한다 : 동작이 굼뜬 곰이 가재를 잡듯이, 게으른 사람이 느리게 행동하는 것을 보고 이르는 말

곱사등이 짐 지나마나 : 곱사등이가 짐을 져도 별 도움이 되지 않듯이, 일

을 해도 하지 않은 것이나 다름없다는 말

공것이라면 소도 잡아먹는다 : 공것 먹기를 매우 즐긴다는 뜻

공든 탑이 무너지랴 : 힘을 들여 한 일은 그리 쉽게 허사가 되지 않는다는 말

공연한 제사 지내고 어물 값에 졸린다 : 하지 않아도 될 일을 공연히 하고, 그 후환을 입게 되었다는 말

꽁지 빠진 장 닭 같다 : 겉으로 보기에 매우 추하고 초라한 모습을 이르는 말

곶감 꼬치에서 곶감 빼먹듯 한다 : 애써 모아 둔 것을 힘들이지 않고 하나하나 갖다 먹어 없앤다는 뜻

과일 망신은 모과가 시킨다 : 못난 사람은 그가 속해 있는 단체의 여러 사람을 망신시키는 일만 저지른다.

관 짜놓고 죽기를 기다린다 : 미리부터 관을 짜놓고 사람 죽기를 기다리듯이, 지나치게 일을 서두른다는 말

광에서 인심난다 : 자기의 살림이 넉넉하고 유복해져야 비로소 남의 처지를 동정하게 된다

구관이 명관이다 : 아무래도 오랜 경험을 쌓은 사람이 낫다

구더기 무서워 장 못 담글까 : 다소 방해물이 있더라도 마땅히 일을 해야 한다

구렁이 담 넘어가듯 한다 : 슬그머니 남모르게 얼버무려 넘기는 모양

구렁이 제 몸 추듯 하다 : 제 몸을 자랑하는 모양. 속이 음흉하거나 능글맞은 사람을 비꼬아 일컫는 말

구멍은 깎을수록 커진다 : 잘못된 일을 수습하려다가 더 악화되는 경우를 말함

구멍을 보아 말뚝 깎는다 : 형편을 보아 가며 알맞게 일을 꾸려 나간다

구슬이 서 말이라도 꿰어야 보배다 : 아무리 좋은 솜씨와 훌륭한 일이라도 끝을 마쳐야 쓸모가 있다

국이 끓는지 장이 끓는지 : 일이 어떻게 되어 가는지 도무지 영문도 모른다는 말

국 쏟고 허벅지 덴다 : 한 가지 손해를 보게 되면 그에 연관된 것까지도 모두 손해를 보기 쉽다는 뜻

군밤에서 싹이 나겠다 : 군밤에서 절대로 싹이 날 수 없듯이, 아무리 오래 기다려도 가망 없는 일이라는 뜻

군자는 입을 아끼고, 범은 발톱을 아낀다 : 학식과 덕망이 높은 사람일수록 항상 말을 조심해서 한다는 뜻

굳은 땅에 물이 고인다 : 헤프지 않고 단단한 사람이 아껴서 재산을 모은다는 말

굴러온 호박이다 : 어디선가 호박이 굴러오듯이, 뜻밖에 횡재하게 되었다는 말(호박이 넝쿨째로 굴러 떨어졌다)

굼벵이도 뒹구는 재주가 있다 : 아무리 미련하고 못난 사람이라도 생명만은 이어갈 수 있다는 말

굼벵이도 밟으면 꿈틀거린다 : 아무리 보잘것없는 것이라도 너무 멸시하면 반항한다는 뜻

굽은 나무가 선산을 지킨다 : 쓸모없는 것이 도리어 소용된다

굿이나 보고 떡이나 먹지 : 남의 일에 쓸데없는 간섭 말고 이익이나 얻도록 해라

굿하고 싶지만 맏며느리 춤추는 것 보기 싫다 : 무엇을 하려고 할 때 자기 마음에 들지 않는 미운 사람이 참여하여 기뻐하는 게 보기 싫어서 꺼려한다

궁지에 몰린 쥐가 고양이를 문다 : 아무리 약한 놈이라도 죽을 지경에 이르면 강적에게 용기를 내어 달려든다는 말

궁하면 통한다 : 매우 어려운 처지에 놓이면 헤어날 도리가 생긴다는 말

귀 막고 방울 도둑질 한다 : 어떤 옳지 못한 짓을 하고 그것이 알려질까 봐 제가 제 귀를 막아도 아무 효과가 없다는 뜻

귀머거리 삼년이요, 벙어리 삼년이라 : 여자가 출가하면 매사에 흠이 많으니, 귀머거리가 되고 벙어리가 되어 한 삼년을 살아야 한다는 말(곧 시집살이의 어려움을 일컬음)

귀신이 곡할 일이다 : 일이 매우 기묘하고 신통하게 되어 도무지 이상하다는 뜻

귀신도 모른다 : 지극한 비밀이라서 아무리 잘 아는 사람이라도 그 비밀을 모른다

귀신도 빌면 듣는다 : 사람이면 남이 진심으로 사과하는데 용서하지 않을 수 없다는 뜻

귀신도 사귈 탓이다 : 아무리 무서운 귀신도 잘 사귀어 놓으면 친하게 될 수 있듯이, 사람도 사귀기에 달렸다는 뜻

귀신 씨 나락 까먹는 소리 : 보이지 않는 곳에서 몇 사람이 뭐라고 수군거리는 소리

귀에 걸면 귀걸이, 코에 걸면 코걸이 : 정해 놓은 것이 아니라 둘러댈 탓이라는 뜻

귀한 자식 매 한 대 더 때리고, 미운 자식 떡 한 개 더 주랬다 : 자녀 교육을 올바르게 하려면 당장 좋은 것이나 주지 말고, 귀할수록 버릇을 잘 가르쳐 길러야 한다는 말

그릇도 차면 넘친다 : 그릇도 어느 한계에 이르면 넘치듯이, 모든 일에는 한도가 있어서 이를 초과하면 하강하게 된다는 뜻

그물도 없이 고기만 탐낸다 : 아무런 도구도 없으면서 작업을 하려고 덤벼든다는 말로서, 일은 하지 않고 좋은 성과만 바란다는 의미

그물에 든 고기 : 이미 잡힌 몸이 되어 벗어날 수 없는 신세를 말함

그물이 열 자라도 벼리가 으뜸이다 : 아무리 수가 많더라도 주장되는 것이 없으면 소용이 없다는 뜻

그 아비에 그 아들 : 잘난 어버이에게서는 잘난 자식이, 못난 어버이한테서는 못난 자식이 태어난다는 말('개가 개를 낳지')

급하면 임금 망건 값도 쓴다 : 경제적으로 곤란에 빠지면 아무 돈이라도 있기만 하면 쓰게 된다는 의미

금강산도 식후경이다 : 아무리 좋은 일이라도 배가 부르고 난 다음에야 좋은 줄 알지, 배가 고프면 좋은 것도 경황이 없다는 말

급하면 관세음보살을 왼다 : 평시에는 등한히 하다가도 위급해지면 관세음보살을 왼다는 말이니, 일이란 평소에 해놓아 무슨 일이 생기더라도 뒷걱정을 없이 하라는 뜻

급할수록 돌아가랬다 : 급한 일일 경우에는 한없이 기다리기보다는, 어렵더라도 돌아가는 편이 더 낫다는 말

급히 먹는 밥이 목에 멘다 : 일을 급히 하면 실패하기 쉽다는 뜻

기갈이 반찬이다 : 굶주렸을 때는 반찬이 좋건 나쁘건 상관없이 밥을 맛있게 먹는다는 말('기갈이 감식이다')

기는 놈 위에 나는 놈 있다 : 잘하는 사람 위에 더 잘하는 사람이 있다는 말이니, 너무 자랑 말라는 뜻

기둥을 치면 대들보가 울린다 : 직접 말하지 않고 간접으로 넌지시 말해도 알아들을 수가 있다는 뜻

기름 엎지르고 깨 줍는다 : 많은 손해를 보고 조그만 이익을 추구한다는 말

기름에 물 탄 것 같다 : 언뜻 보기에는 비슷한 것 같아 보이지만, 자세히 살펴보면 서로 화합이 되지 않는다는 말

기생오라비 같다 : 반들반들하게 모양을 내고 다니는 남자를 놀리는 말

기와 한 장 아끼다가 대들보 썩힌다 : 조그마한 것을 아끼다가 큰 손해를 본다

기왕이면 다홍치마 : 동일한 조건이라면 자신에게 이익 되는 것을 선택하여 가지겠다는 뜻

기운이 세면 소가 왕 노릇 할까 : 힘이 세다 해도 지략이 없으면 남의 지도적 위치에 설 수 없다는 말

긴 병(우환)에 효자 없다 : 아무리 효심이 두터워도 오랜 병구완을 하노라면 자연히 정성이 한결같지 않게 된다는 말

길고 짧은 것은 대보아야 한다 : 대소 우열은 실제로 겨루거나 체험해 보아야 한다는 뜻

길 닦아 놓으니까 미친년이 먼저 지나간다 : 애써 일을 이루어 놓으니까 달갑지 않은 사람이 먼저 이용한다는 뜻

길마 무서워 소가 드러누울까 : 일을 할 때 힘이 부족할까 미리부터 걱정할 것이 아니라 조금씩이라도 하라는 뜻

길이 아니면 가지 말고, 말이 아니면 탓하지 마라 : 사리에 어긋난 말이면 아예 참견하지도 말라는 뜻

깊은 물이라야 큰 고기가 논다 : 깊은 물에 큰 고기가 놀 듯이, 포부가 큰 사람이라야 큰일도 하게 되고 성공하게 된다는 뜻

김칫국부터 마신다 : 줄 사람은 생각도 안 하는데, 받을 쪽에서 공연히 서두

르며 덤빈다는 뜻

까마귀 고기를 먹었나 : 잊기를 잘하는 사람을 조롱하는 말

까마귀 날자 배 떨어진다 : 엉뚱한 일로 말미암아 억울한 누명을 썼을 때를 두고 이르는 말

까마귀도 내 땅 까마귀라면 반갑다 : 무엇이든지 고향 것이라면 반갑다는 말

까마귀도 똥도 약이라니까 물에 깔긴다 : 흔한 물건도 막상 필요할 때는 구하기가 어렵다는 뜻

까마귀 학이 되랴 : 아무리 애를 써도 타고난 본바탕은 어쩔 수 없다는 말

까막까치도 집이 있다 : 자기 집이 없는 처지를 한탄하는 말

깨가 쏟아진다 : 오붓하여 몹시 재미가 난다는 뜻

깨진 그릇 이 맞추기 : 이미 그릇된 일은 후회해 봐야 소용없음을 비유하여 쓰는 말

꼬리가 길면 밟힌다 : 아무리 비밀리에 한다 해도 옳지 못한 일을 오래 계속하면 결국 들키게 된다는 뜻

꽁지 빠진 새 같다 : 차림새가 볼품없고 어색함을 가리키는 말

꽃샘잎샘에 반늙은이 얼어 죽는다 : 꽃피고 잎이 나는 삼사월에는 날씨가 춥고 일기가 고르지 못하다고 해서 하는 말

꿀 먹은 벙어리 : 마음속에 지닌 말을 표현하지 못하는 사람을 조롱하는 말

꿈보다 해몽이 좋다 : 좋고 나쁨은 풀이하기에 달렸다는 말

꿔다 놓은 보릿자루 : 아무 말도 없이 우두커니 앉아 있는 사람을 일컫는 말

꿩 대신 닭도 쓴다 : 꼭 그것이 아니더라도 비슷한 것이면 대신 쓸 수 있다는 뜻

꿩 먹고 알 먹는다 : 일거양득. 송두리째 한꺼번에 모든 이익을 보는 것

꿩 잡는 것이 매다 : 꿩을 잡지 않으면 매라고 할 수가 없으니, 실제로 제 구실을 해야 명실상부하다는 말

끓는 국에 맛 모른다 : 급한 일을 당하면 사리 판단을 옳게 할 수 없다는 말

끝도 갓도 없다 : 일이 어떻게 되었는지 알 수 없이 불투명하게 되었다는 뜻

나간 놈의 집구석 같다 : 한참 살다가 그대로 두고 나간 집같이, 집안이 어수선하고 무질서하게 흐트러져 있다는 말

나간 사람 몫은 있어도, 자는 사람 몫은 없다 : 게으른 사람에게는 무엇을 남겼다 줄 필요도 없다는 뜻

나귀는 제 귀 큰 줄을 모른다 : 누구나 남의 허물은 잘 알아도, 자기 자신의 결함은 알기 어렵다는 의미

나는 닭보고 따라가는 개 같다 : 날아가는 닭을 보고 개가 따라가도 소용이 없듯이, 가망성이 전혀 없는 일을 가지고 헛수고만 하고 다닌다는 뜻

나는 바담 풍 해도, 너는 바람 풍 해라 : 저는 잘못 하면서 남만 잘하라고 하는 것을 이르는 말

나는 새도 떨어뜨리고, 닫는 짐승도 못 가게 한다 : 권세가 등등하여 모든 일을 마음대로 한다는 뜻.

나도 덩더쿵 너도 덩더쿵 : 서로 타협하지 않고 저마다 버티고 있다는 말

나라 하나에 임금이 셋이다 : 한 집안에 어른이 여럿 있으면 일이 안 되고 분란만 생긴다는 뜻.

나루 건너 배타기 : 일의 순서가 뒤바뀌었다는 말

나 먹자니 싫고, 개 주자니 아깝다 : 인색하기 짝이 없다.

나무는 큰 나무 덕을 못 보아도, 사람은 큰 사람의 덕을 본다 : 큰 사람한테서는 역시 음으로 덕을 입게 된다는 뜻

나무에 오르라 하고 흔드는 격 : 남을 불행한 구렁으로 끌어넣는다는 뜻

나이 이길 장사 없다 : 아무리 기력이 왕성한 사람도 나이 들면 체력이 쇠하는 것을 어찌할 수 없다는 말

나중 난 뿔이 우뚝하다 : 후배가 선배보다 나을 때 하는 말

나중에 산수갑산을 갈지라도 : 일이 최악의 경우에 이를지라도 단행한다는 뜻

낙숫물이 댓돌을 뚫는다 : 처마에서 떨어지는 낙숫물에도 댓돌이 뚫리듯이, 비록 약한 힘이라도 끈질기게 오랫동안 계속 노력하면 무슨 일이든지 안 되는 것이 없다는 뜻.

날 잡아잡수 한다 : 무슨 말을 하든지 못 들은 것처럼 딴청을 피우면서 말없이 반항하고 있다는 말.

남대문에서 할 말을 동대문에 가서 한다 : 말을 해야 할 자리에서는 하지 못하고, 엉뚱한 자리에서 한다는 뜻.

남의 눈에 눈물 내면 제 눈에는 피눈물 난다 : 남에게 악한 일을 하면 반드시 자신은 그보다 더 큰 죄를 받게 된다는 뜻.

남의 다리 긁는다 : 나를 위해 한 일이 남 좋은 결과가 되었다는 말.

남의 떡에 설 쇤다 : 남의 덕에 일이 이루어졌을 때 하는 말.

남의 말이라면 쌍지팡이 짚고 나선다 : 남에게 시비 잘 걸고 나서는 사람을

말한다.

남의 말 하기는 식은 죽 먹기 : 남의 잘못을 말하기는 매우 쉽다는 뜻.

남의 밥에 든 콩이 굵어 보인다 : 남의 것은 항상 제 것보다 좋게 보인다는 뜻.

남의 사위 오거나 말거나 : 자기하고 전혀 관계가 없는 남의 일에는 관여할 필요가 없다는 뜻.

남의 싸움에 칼 뺀다 : 자기에게 아무 관계가 없는 일에 공연히 흥분하고 나선다는 말.

남의 속에 있는 글도 배운다 : 눈에 안 보이는 남의 속에 있는 글도 배우는데, 직접 보고 배우는 것이야 못 할 것 없지 않느냐는 뜻.

남의 염병이 내 고뿔만 못하다 : 남의 큰 걱정이나 위험도 자기와 관계없는 일이면 대단찮게 여긴다는 말.

남의 잔치에 감 놓아라 배 놓아라 한다 : 쓸데없이 남의 일에 간섭한다는 뜻.

남의 집 금송아지가 우리 집 송아지만 못하다 : 남의 좋은 물건보다 나쁜 내 물건이 더 실속 있다는 말.

남의 집 제사에 절하기 : 관계없는 일에 참견하여 헛수고만 한다는 뜻.

남의 흉 한 가지면 제 흉 열 가지 : 사람은 흔히 남의 흉을 잘 보나, 자기 흉은 따지고 보면 그보다 많으니 남의 흉을 보지 말라는 뜻.

남이 장에 간다고 하니 거름 지고 나선다 : 주관 없이 남의 행동에 추정한다는 말.

남자는 배짱이요 여자는 절개다 : 남자는 사물에 대하여 두려움 없는 담력을, 여자는 세상 남자들에게 농락당하지 않는 깨끗한 절개가 으뜸이다.

남이 친 장단에 궁둥이 춤춘다 : 줏대 없이 굴거나 관계없는 남의 일에 덩달아 나서는 것.

남의 흉이 제 흉이다 : 남의 잘못을 발견하거든 자신의 잘못으로 보고 고칠 줄 알아야 한다는 뜻.

남 떡 먹는데 고물 떨어지는 걱정 한다 : 쓸데없는 걱정을 하는 것.

낫 놓고 기역자도 모른다 : 무식하기 짝이 없다는 뜻.

낫으로 눈 가리는 격이다 : 폭이 좁고 가는 낫으로 눈을 가리고 제 몸이 다 숨겨진 줄 안다 함이니, 곧 숨기려 해도 숨기지 못한다는 뜻.

낮말은 새가 듣고 밤 말은 쥐가 듣는다 : 남이 안 듣는 곳에서도 말을 삼가야 한다.

낯바닥이 땅 두께 같다 : 아무리 자기가 잘못을 했어도 부끄러워할 줄 모르는 뻔뻔한 사람을 욕하는 말.

내가 할 말을 사돈이 한다 : 내가 마땅히 할 말을 도리어 남이 한다.

내 것 주고 뺨 맞는다 : 2중의 손해를 볼 때 하는 말.

내 돈 서 푼은 알고 남의 돈 칠 푼은 모른다 : 제 것은 작은 것도 소중히 여기고, 남의 것은 많은 것도 대수롭지 않게 여긴다는 뜻.

내 물건이 좋아야 값을 받는다 : 자기의 지킬 도리를 먼저 지켜야 남에게 대접을 받는다는 뜻.

내 발등의 불을 꺼야 아비 발등의 불을 끈다 : 급할 때는 남의 일보다 자기 일을 먼저 하기 마련이라는 뜻.

내 손톱에 장을 지져라 : 무엇을 장담할 때 쓰는 말.

내 칼도 남의 칼집에 들면 찾기 어렵다 : 자기의 물건이라도 남의 손에 들어

가면 다시 찾기가 어렵다는 뜻.

내 코가 석 자다 : 자신이 궁지에 몰렸기 때문에 남을 도와줄 여유를 가지고 있지 않다는 의미.

냉수 먹고 된똥 눈다 : 아무 쓸모도 없는 재료를 가지고 실속 있는 결과를 만들어 낸다.

냉수 먹고 이 쑤시기 : 실속은 없으면서 있는 체함.

너무 고르다가 눈 먼 사위 얻는다 : 무엇을 너무 지나치게 고르면 도리어 나쁜 것을 고르게 된다는 뜻.

노루 꼬리 길면 얼마나 길까 : 실력이 있는 체해도 실상은 보잘것없음을 비유한 말.

노루 잠자듯 한다 : 잠을 깊이 자지 않고 자주 깨는 노루처럼 잠을 조금밖에 못 잤다는 말.

노루 잡는 사람에게 토끼가 보이나 : 큰 것을 바라는 사람은 작은 일이 눈에 띄지 않는다는 뜻.

노름에 미치면 신주도 팔아먹는다 : 노름에 깊이 빠져든 사람은 노름 돈 마련을 위해 수단과 방법을 가리지 않고 나쁜 짓까지 해 가면서 노름하게 된다.

노적가리에 불 지르고 싸라기 주워 먹는다 : 큰 것을 잃고 적은 것을 아끼는 사람을 말함.

노처녀가 시집을 가려니 등창이 난다 : 오랫동안 벼르던 일이 막상 되려고 하니 뜻하지 않은 일이 생겨 방해가 된다.

노처녀더러 시집가라 한다 : 물어 보나마나 좋아할 일을 쓸데없이 물어 본다는 뜻.

논 끝은 없어도 일한 끝은 있다 : 일을 하지 않으면 아무 성과가 없지만, 꾸준히 일하면 반드시 그 성과가 있다는 뜻.

놀부 제사 지내듯 한다 : 놀부가 제사를 지낼 때 재물 대신 돈을 놓고 제사를 지냈듯이, 몹시 인색하고 고약한 짓을 한다는 뜻.

농담이 진담 된다 : 농담에도 평소 스스로 생각한 것이 섞여들 수 있기 때문에 진담으로 될 수 있다는 뜻.

높은 가지가 부러지기 쉽다 : 높은 가지가 바람을 더 타기 때문에 부러지기가 쉽듯이, 높은 지위에 있으면 오히려 몰락하기가 쉽다는 뜻.

놓아먹인 말 : 길들이기가 어려운 사람을 일컫는 말.

놓친 고기가 더 크다 : 먼저 것이 더 좋았다고 생각한다는 뜻.

누운 소 똥 누듯 한다 : 무슨 일을 아무런 힘을 들이지 않고 쉽게 해내는 것.

누울 자리 봐가며 발 뻗는다 : 다가올 일의 경과를 미리 생각해 가면서 시작한다는 뜻.

누워서 떡 먹기 : 일하기가 매우 쉽다는 뜻.

누워서 침 뱉기 : 남을 해치려다가 도리어 제게 해로운 결과가 돌아간다는 뜻.

누이 믿고 장가 안 간다 : 도저히 불가능한 일만 하려고 하고 다른 방책을 세우지 않는 어리석음을 말함.

누이 좋고 매부 좋고 : 서로 다 좋다는 말.

눈 가리고 아웅 한다 : 얕은꾀를 써서 속이려고 한다.

눈 감으면 코 베어 먹을 인심 : 세상인심이 험악하고 믿음성이 없다.

눈뜬장님이다 : 눈으로 보고도 알지 못하는 사람을 일컬음.

눈 먼 탓이나 하지 개천 나무래 무엇 하나 : 자기의 모자람을 한탄할 것이지, 남을 원망할 것이 없다는 말.

눈에는 눈으로, 이에는 이로 대하랬다 : 눈을 빼면 다 같이 눈을 빼고, 이를 빼거든 다 같이 이를 빼서 보복해야 한다는 뜻.

눈으로 우물 메우기 : 눈으로 우물을 메우면 눈이 녹아서 허사가 되듯이, 헛되이 애만 쓴다는 뜻.

눈은 있어도 망울이 없다 : 세상일의 옳고 그름을 판단할 줄 모른다는 뜻.

눈이 눈을 못 본다 : 자기 눈으로 자기 눈을 못 보듯이, 자기 결함은 자기의 주관적인 안목으로는 찾아내기 어렵다는 뜻.

눈치가 빠르면 절에 가도 젓국을 얻어먹는다 : 눈치가 있으면 어디에 가든지 궁색을 당하지 않는다는 뜻.

눈치코치 다 안다 : 온갖 눈치를 다 짐작할 만하다.

눈 허리가 시어 못 보겠다 : 차마 볼 수 없을 정도로 하는 짓거리가 거만스럽고 도도하여 보기에 매우 아니꼽다는 말.

뉘 집에 죽이 끓는지 밥이 끓는지 아나 : 여러 사람의 사정은 다 살피기 어렵다는 말.

늙은 말이 콩 마다할까 : 오히려 더 좋아한다는 뜻.

늙은이 아이 된다 : 늙으면 행동이 아이들 같아진다는 뜻.

늦게 배운 도둑질 날 새는 줄 모른다 : 늦게 배운 일에 매우 열중한다는 뜻.

다 가서 문지방을 못 넘어간다 : 힘들어서 일은 하였으나 완전히 끝맺지 못하고 헛수고만 했다는 의미.

다리가 위에 붙었다 : 몸체의 아래에 붙어야 할 다리가 위에 가 붙어서 쓸모 없듯이, 일이 반대로 되어 아무짝에도 소용이 없다는 뜻.

다리 아래서 원을 꾸짖는다 : 직접 말을 못 하고 안 들리는 곳에서 불평이나 욕을 하는 것.

다 먹은 죽에 코 빠졌다 : 처음에는 아쉬워하던 것을 배가 부르니까 불평한 다는 뜻.

다시 긷지 않겠다고 우물에 똥 눌까 : 다시 안 볼 것 같지만, 얼마 안 가서 그 사람에게 청할 것이 생긴다는 말.

다음에 보자는 놈 무서운 놈 없다 : 일을 미루기만 하는 사람은 결국 일을 마무리하지 못한다는 말.

다 팔아도 내 땅이다 : 어떻게 하더라도 나중에 가서는 내 이익으로 되므로 손해 볼 염려는 하나도 없다는 의미.

단맛 쓴맛 다 보았다 : 세상살이의 즐거움과 괴로움을 모두 겪었다는 말.

달걀로 바위 치기 : 맞서서 도저히 이기지 못한다는 뜻.

달걀에도 뼈가 있다 : 부드러운 달걀 속에도 뼈가 있을 수 있듯이, 안심했던 일에서 오히려 실수하기 쉬우니 항상 신중을 기하라는 뜻.

달리는 말에 채찍질한다 : 형편이나 힘이 좋을 때 더욱 힘을 가한다는 뜻. (힘껏 하는데도 자꾸 더하라고 할 때 쓰는 말)

달면 삼키고 쓰면 뱉는다 : 신의나 지조를 돌보지 않고, 자기에게 이로우면 잘 사귀나 필요치 않게 되면 배척한다는 말.

달밤에 삿갓 쓰고 나온다 : 미운 사람이 더 미운 짓만 한다는 뜻.

달 보고 짖는 개 : 어리석은 사람의 말이나 행동을 비유해서 하는 말.

달은 차면 기운다 : 모든 것이 한 번 번성하고 가득 차면 다시 쇠퇴한다는 말.

닭 벼슬이 될망정 쇠꼬리는 되지 마라 : 크고 훌륭한 자의 뒤꽁무니가 되는 것보다는, 차라리 잘고 보잘것없는 데서 우두머리가 되는 것이 좋다는 말.

닭 소 보듯, 소 닭 보듯 : 서로 보기만 하고 아무 말을 않는 것. 서로 의가 상해서 친한 사이라도 남처럼 대하는 것을 말한다.

닭쌈에도 텃세한다 : 어디나 텃세는 있다는 말.

닭의 새끼 봉이 되랴 : 아무리 해도 본디 타고난 성품은 고칠 수 없다는 말.

닭이 천이면 봉이 한 마리 : 여럿이 모인 데는 반드시 뛰어난 사람도 있다는 말.

닭 잡아 겪을 나그네 소 잡아 겪는다 : 처음에 소홀히 함으로써 결과가 매우 어렵게 된 경우를 말함.

닭 잡아먹고 오리발 내어 놓는다 : 어색하게 자기 행동을 숨기려 하되 그 솜씨가 드러난다는 말.

닭 쫓던 개 지붕 쳐다보듯 : 일이 실패가 되어 어찌할 수가 없음을 비유하는 말.

담벼락하고 말하는 셈이다 : 알아듣지 못하는 사람에게는 아무리 말해도 소용이 없다는 뜻.

닷새 굶어 도둑질 않는 놈 없다 : 사람이 극도로 굶주리게 되면 도둑질도 불사하게 된다는 뜻.

당기는 불에 검불 집어넣는다 : 불이 한창 타는데 검불을 넣으면 바로 타 없어지듯이, 어떤 것을 아무리 주어도 제대로 지탱하지 못하는 것을 두고 하는 말.

당나귀 귀 치레 하듯 한다 : 쓸데없는 데에 어울리지 않도록 장식하고 꾸미는 것.

당장 먹기엔 곶감이 달다 : 당장에 좋은 것은 한 순간뿐이고, 참으로 좋고 이로운 것이 못 된다.

대가리 삶으면 귀까지 익는다 : 제일 중요한 것만 처리하면 다른 것은 자연히 해결된다는 뜻.

대가리 피도 안 말랐다 : 아직 나이 어리고 철들지 못했다는 말.

대동강 팔아먹을 놈 : 욕심 사납고 엉뚱한 짓을 잘하는 사람을 보고 하는 말.

대문은 넓어야 하고, 귓문은 좁아야 한다 : 남의 말은 듣되 유익한 것과 해로운 것을 구별할 줄 알아야 한다는 뜻.

대신 댁 송아지 백정 무서운 줄 모른다 : 자기 주인의 세력을 믿고 안하무인 격인 거만한 행동을 하는 사람을 두고 하는 말.

대장장이 식칼이 논다 : 마땅히 있음직한 곳에 오히려 없는 경우를 비유하여 쓰는 말.

대천 바다도 건너 봐야 안다 : 일이고 사람이고 실제로 겪어 봐야 그 참모습을 알 수 있다는 말.

대추나무 방망이다 : 대추나무로 만든 방망이같이 단단하여, 어렵고 힘든 일이라도 능히 참고 견딜 수 있다는 뜻.

대추나무에 연 걸리듯 하다 : 여러 곳에 빚을 많이 걸머졌음을 비유하는 말.

대추 씨 같다 : 키는 작지만 성질이 야무지고 단단하여 빈틈이 없는 사람이라

더운 밥 먹고 식은 말 한다 : 하루 세 끼 더운 밥 먹고 살면서 실없는 소리만 한다는 뜻.

더위도 큰 나무 그늘에서 피하랬다 : 높은 지위에 있는 사람이나 돈이 많은 사람에게 의지해서 살아야 조그마한 덕이라도 볼 수 있다는 의미.

덕은 닦은 데로 가고, 죄는 지은 데로 간다 : 덕을 베푼 사람에게는 보답이 돌아가고, 죄를 지은 사람에게는 벌이 돌아가게 된다는 뜻.

도깨비 대동강 건너듯 하다 : 일의 진행이 눈에는 잘 띄지 않지만, 그 결과가 빨리 나타나는 것.

도깨비도 수풀이 있어야 모인다 : 의지할 곳이 있어야 무슨 일이나 이루어진다.

도깨비에게 홀린 것 같다 : 어떤 영문인지 일의 내막을 전혀 몰라 정신을 차릴 수 없다는 말.

도깨비장난 같다 : 하는 일이 분명하지 않아 갈피를 잡을 수 없다는 말.

도끼가 제 자루 못 찍는다 : 자기 허물을 자기가 알아서 고치기 어렵다는 말.

도끼자루 썩는 줄 모른다 : 시간 가는 줄 모른다는 뜻.

도덕은 변해도 양심은 변하지 않는다 : 사회가 발전됨에 따라 도덕은 편의대로 변할 수 있지만, 인간의 양심은 세월이 가도 변할 수 없다는 뜻.

도둑놈 개 꾸짖듯 한다 : 남에게 들리지 않게 입속으로 중얼거림.

도둑놈 문 열어 준 셈 : 스스로 재화를 끌어들인 격이라는 말.

도둑은 뒤로 잡으랬다 : 도둑을 섣불리 앞에서 잡으려다가는 직접적으로 해를 당할 수 있기 때문에 뒤로 잡아야 한다는 뜻.

도둑을 맞으려면 개도 안 짖는다 : 뜻밖에 손재를 당하려면 악운이 겹친다는 말.

도둑의 때는 벗어도 자식의 때는 못 벗는다 : 도둑의 누명은 범인이 잡히면 벗을 수 있으나, 자식의 잘못은 부모가 져야 한다는 뜻.

도둑의 씨가 따로 없다 : 도둑은 조상 때부터 유전되어 온 것이 아니므로 누구나 악한 마음만 가지면 도둑이 된다.

도둑이 제 발 저린다 : 잘못이 있으면 아무도 뭐라고 안 해도 마음이 조마조마한다.

도둑질을 해도 손발이 맞아야 한다 : 무슨 일을 하든지 자기에게 알맞은 도움이 있어야 이룩할 수 있다는 것.

도둑 집 개는 짖지 않는다 : 윗사람이 나쁜 짓을 하면 아랫사람도 자기 할 일을 잊어버리고 태만하게 있다는 뜻.

도랑 치고 가재 잡는다 : 한 가지 일에 두 가지의 이득이 생겼다.

도마에 오른 고기 : 어찌할 수 없는 운명을 일컫는 말.

도토리 키 대보기다 : 서로 별 차이가 없는 처지인데도 서로들 제가 잘났다고 떠든다는 의미.

독불장군(獨不將軍) 없다 : 아무리 잘난 사람이라도 자기 혼자서는 지휘관으로서의 역할을 수행할 수 없다는 말.

독 안에 든 쥐다 : 아무리 애써도 벗어나지 못하고 꼼짝할 수 없는 처지에 이르렀음을 말함.

독을 보아 쥐를 못 잡는다 : 독 사이에 숨은 쥐를 독 깰까 봐 못 잡듯이, 감정나는 일이 있어도 곁에 있는 사람 체면을 생각해서 자신이 참는다는 뜻.

돈 떨어지자 입맛 난다 : 무엇이나 뒤가 달리면 아쉬워지고 생각이 더 간절해진다는 말.

돈만 있으면 귀신도 사귈 수 있다 : 돈만 가지면 세상에 못 할 일이 없다.

돈 모아 줄 생각 말고 자식 글 가르쳐라 : 황금도 학문만은 못하므로 가장 크고 훌륭한 유산은 지식과 덕망이라는 뜻.

돈에 침 뱉는 놈 없다 : 어느 사람이나 돈은 중하게 여긴다는 뜻.

돋우고 뛰어야 복사뼈라 : 날뛰어 보아야 별것 아니라는 뜻.

돌다리도 두들겨 보고 건너라 : 모든 일에 안전한 길을 택하여 후환이 없도록 한다는 말.

돌부리를 차면 발부리만 아프다 : 쓸데없이 성을 내면 자기만 해롭다.

돌절구도 밑 빠질 날이 있다 : 아무리 단단한 것도 결단 날 때가 있다는 말.

동냥은 안 주고 쪽박만 깬다 : 요구하는 것은 주지 않고 나무라기만 한다.

동네북이냐 : 이 사람 저 사람에게 놀림을 당하는 것.

동네 색시 믿고 장가 못 간다 : 터무니없는 것을 믿다가 일을 그르치게 된다.

동네 송아지는 커도 송아지란다 : 항상 눈앞에 두고 보면 자라나고 변하는 것을 알아보기 어렵다는 말.

동녘이 훤하면 날 새는 줄 안다 : 해가 뜨면 아침인 줄 알고 해가 지면 밤인 줄 아는, 거우 그 정도의 어리석은 사람을 이름.

동무 따라 강남 간다 : 하고 싶지도 않은 일을 친구에게 끌려 같이 간다.

동헌에서 원님 칭찬하듯 하다 : 사실은 칭찬할 것도 없는데 공연히 꾸며서 칭찬하는 것.

되 글을 가지고 말 글로 써먹는다 : 글을 조금 배워 가지고 가장 효과 있게 써먹는다.

되로 주고 말로 받는다 : 남을 조금 건드렸다가 크게 앙갚음을 당함.

될성부른 나무는 떡잎부터 알아본다 : 장래성이 있는 사람은 어릴 때부터 다른 데가 있다.

두꺼비 씨름하듯 한다 : 서로 힘이 비슷하여 아무리 싸우더라도 승부가 나지 않는 것처럼 피차 매일반이라는 뜻.

두꺼비 파리 잡아먹듯 한다 : 무엇이고 닥치는 대로 사양 않고 받아 마시는 것을 이름.

두레박은 우물 안에서 깨진다 : 정든 고장은 떠나기 어렵듯이, 한 번 몸에 밴 직업은 죽을 때까지 종사하게 된다는 뜻.

두부 먹다 이 빠진다 : 방심하는 데서 뜻밖의 실수를 한다는 말.

두 손뼉이 맞아야 소리 난다 : 무엇이든지 상대가 있어야 하며, 혼자서는 하기가 어렵다는 뜻.

두 손 털고 나선다 : 어떤 일에 실패하여 가지고 있던 것을 다 잃고 아무것도 남은 것이 없게 되었다는 뜻.

둘러치나 메어치나 매일반이다 : 수단과 방법은 어쨌든 결과가 마찬가지라는 말.

둘이 먹다 하나가 죽어도 모르겠다 : 음식이 매우 맛있다는 말.

둥근 돌은 구르나 모난 돌은 박힌다 : 성격이 원만한 사람은 재물을 지키지 못하지만, 성미가 급하고 날카로운 사람은 재물을 지킨다는 뜻.

뒤웅박차고 바람 잡는다 : 맹랑하고 허황된 짓을 하는 사람을 이름.

뒷간과 사돈집은 멀어야 한다 : 뒷간은 가까우면 냄새가 나고 사돈집은 가까우면 이러쿵저러쿵 말이 많으므로 그것을 경계한 말.

뒷간에 갈 적 마음 다르고 올 적 마음 다르다 : 제 사정이 급할 때는 다급하게 굴다가, 제 할 일 다 하면 마음이 변한다.

뒷구멍으로 호박씨 깐다 : 겉으로는 얌전한 척하면서 속으로는 음흉한 것.

드는 정은 몰라도 나는 정은 안다 : 대인 관계에서 정이 드는 것은 의식하지 못해도, 싫어질 때는 바로 느낄 수 있다는 뜻.

드문드문 걸어도 황소걸음이다 : 속도는 느리지만 일은 착실히 해나간다는 말.

듣기 좋은 꽃노래도 한두 번이다 : 좋은 말이라도 되풀이하면 듣기 싫다.

들어서 죽 쑨 놈은 나가도 죽 쑨다 : 집에서 늘 일하던 사람은 다른 곳에 가도 일만 하게 된다는 뜻. (집에서 새는 바가지 들에 가도 샌다.)

들으면 병이요 안 들으면 약이다 : 걱정되는 일은 차라리 안 듣는 것이 낫다

들은풍월 얻는 문자다 : 자기가 직접 공부해서 배운 것이 아니라, 보고 들어서 알게 된 글이라는 뜻.

등잔 밑이 어둡다 : 가까운 곳에서 생긴 일을 잘 모른다.

등잔불에 콩 볶아 먹는 놈 : 어리석고 옹졸하며 하는 짓마다 보기에 답답한 일만 하는 사람을 두고 이름.

등치고 간 내먹는다 : 겉으로는 제법 위하는 척하면서 실제로는 해를 끼친다는 말.

디딜 방아질 삼 년에 엉덩이춤만 배웠다 : 디딜 방아질을 오랫동안 하다 보면 엉덩이춤도 절로 추게 된다는 뜻.

따 놓은 당상이다 : 확정된 일이니 염려 없다는 뜻.

딸이 셋이면 문 열어 놓고 잔다 : 딸이 여럿이면 재산이 다 없어진다는 말.

땅 넓은 줄은 모르고 하늘 높은 줄만 안다 : 키가 홀쭉하게 크고 마른 사람을 보고 하는 말.

땅 딛고 헤엄치기 : 쉽고 안전하여 실패할 염려가 없다.

때리는 시어머니보다 말리는 시누이가 더 밉다 : 가장 자기를 위해 주는 듯 하지만 속으로는 해하려는 사람이 가장 밉다는 비유.

떠들기는 천안(天安) 삼거리 같다 : 늘 끊이지 않고 떠들썩한 것.

떡국 값이나 해라 : 나이 값이나 제대로 하라는 뜻.

떡도 먹어 본 사람이 먹는다 : 무슨 일이나 경험이 풍부한 사람이라야 그 일을 능숙하게 한다는 의미.

떡방아 소리 듣고 김칫국 찾는다 : 준비가 너무 지나치게 빠르다는 말.

떡 본 김에 제사 지낸다 : 본 김에 처리해 버린다는 뜻.

떡 주무르듯 한다 : 먹고 싶은 떡을 자기 마음대로 주무르듯이, 무슨 일을 자기가 하고 싶은 대로 하며 산다는 뜻.

떡 줄 사람은 생각하지도 않는데 김칫국부터 마신다 : 상대편은 생각하지도 않는데 자기가 지레짐작으로 된 일로 생각하고 행동한다는 말.

똥구멍으로 호박씨 깐다 : 겉으로는 어수룩해 보이나 속이 음흉하여 딴 짓하는 것을 말함.

똥구멍이 찢어지게 가난하다 : 매우 가난하다는 뜻.

똥 누고 밑 안 씻은 것 같다 : 뒤끝을 맺지 못하여 꺼림칙하다는 말.

똥 누러 갈 적 마음 다르고 올 적 마음 다르다 : 사람의 마음은 한결같지 않아서 제가 아쉽고 급할 때는 애써 다니다가, 그 일이 끝나면 모르는 체한다는 뜻.

똥 먹던 개는 안 들키고, 재 먹던 강아지는 들킨다 : 크게 나쁜 일을 저지른 자는 오히려 버젓하게 살고 있는데, 죄 없는 사람이 죄를 뒤집어쓴다는 말.

똥 묻은 개가 겨 묻은 개 나무란다 : 제게 큰 흉이 있는 사람이 도리어 작은 흉 가진 이를 조롱한다는 말.

똥 싼 놈이 성낸다 : 잘못은 제가 저질러 놓고 오히려 남에게 화를 낸다는 말.

똥 싼 주제에 애화타령 한다 : 잘못하고도 뉘우치지 못하고 비위 좋게 행동하는 사람을 비웃는 말.

똥은 건드릴수록 구린내만 난다 : 악한 사람하고는 접촉할수록 불쾌한 일이 생긴다.

똥이 무서워 피하나 : 악하거나 더러운 사람은 상대하여 겨루는 것보다 피하는 것이 낫다.

뚝배기보다 장맛이 좋다 : 겉모양보다 내용이 훨씬 낫다.

뜨거운 국에 맛 모른다 : 사리를 알지 못하고 날뛰거나 혹은 무턱대고 행동하는 사람을 가리키는 말.

뜨고도 못 보는 당달봉사 : 무식하여 전혀 글을 못 본다는 뜻.

뜨물 먹고 주정한다 : 술도 먹지 않고 공연히 취한 체하면서 주정한다는 말. 거짓말을 몹시 한다는 뜻.

뜬쇠도 달면 어렵다 : 성질이 온화하고 착한 사람도 한 번 노하면 무섭다는 뜻.

마누라가 귀여우면 처갓집 쇠말뚝 보고도 절한다 : 아내가 사랑스럽고 소중한 마음이 생기면 처갓집의 것은 무엇이나 다 사랑스러워진다는 뜻.

마누라 자랑은 팔불출의 하나다 : 자기 아내를 자랑하는 것은 여덟 가지 못난 짓 중에 하나라는 말.

마소의 새끼는 시골로 보내고, 사람의 새끼는 서울로 보내라 : 사람은 도회지에서 배워야 견문도 넓어지고 잘될 수 있다는 말.

마음에 있어야 꿈을 꾸지 : 도무지 생각이 없으면 꿈도 안 꾸어진다는 말.

마음은 굴뚝같다 : 속으로는 하고 싶은 마음이 많다.

마파람에 게 눈 감추듯 : 음식을 어느 결에 먹었는지 모를 만큼 빨리 먹어 버림을 이름.

맏딸은 세간 밑천이다 : 맏딸은 시집가기 전까지 집안 살림을 도와주기 때문에 밑천이 된다는 뜻.

말꼬리의 파리가 천 리 간다 : 남의 세력에 기운을 편다.

말똥에 굴러도 이승이 좋다 : 아무리 고생을 하고 천하게 살더라도 죽는 것보다는 낫다는 말

말로 주고 되로 받는다 : 많이 주고 적게 받아 항상 손해만 보게 된다는 말.

말 많은 집이 장맛도 쓰다 : 말 많은 집안은 살림이 잘 안 된다.

말 안 하면 귀신도 모른다 : 무슨 일이든 말을 해야 안다는 뜻

말은 할수록 늘고, 되질은 할수록 준다 : 말은 보태고, 떡은 뗀다.

말은 해야 맛이고, 고기는 씹어야 맛이다 : 말은 하는 데 묘미가 있고, 음식은 씹는 데 참 맛이 있다는 뜻. (할 말은 해야 된다는 뜻)

말이 많으면 쓸 말이 적다 : 말이 많으면 오히려 효과가 적다.

말 타면 경마 잡히고 싶다 : 사람의 욕심이란 한이 없다.

말 한 마디로 천 냥 빚도 갚는다 : 말을 잘하면 어려운 일이나 불가능한 일도 해결할 수 있다.

맛없는 국이 뜨겁기만 하다 : 못된 사람이 오히려 까다롭게 군다는 말.

맛 좋고 값싼 갈치자반 : 한 가지 일로 두 가지 이익을 얻을 때 하는 말.

맑은 물에 고기 안 논다 : 너무 청렴하면 뇌물이 없다는 뜻. (사람이 너무 깔끔하면 재물이 따르지 않는다는 말.)

망건 쓰고 세수한다 : 일의 순서가 뒤바뀌었다는 뜻.

망건 쓰자 파장된다 : 일이 늦어져 소기의 목적을 이루지 못함.

망둥이가 뛰니까 꼴뚜기도 뛴다 : 남이 하니까 뭣도 모르고 따라서 함.

망신살이 무지갯살 뻗치듯 한다 : 많은 사람으로부터 심한 원망과 욕을 먹게 되었을 때 쓰는 말.

망신하려면 아버지 이름자도 안 나온다 : 망신을 당하려면 내내 잘되던 일도 틀어진다는 뜻.

망치로 얻어맞고 홍두깨로 친다 : 복수란 언제나 제가 받은 피해보다 더 무섭게 한다는 뜻.

맞기 싫은 매는 맞아도 먹기 싫은 음식은 못 먹는다 : 음식이란 먹기 싫으면 아무리 먹으려 해도 먹을 수가 없다는 뜻

매도 먼저 맞는 놈이 낫다 : 당해야 할 일은 먼저 치르는 것이 낫다.

매사는 간 주인이다 : 무슨 일이나 주인이 맡아서 재량껏 하는 법이라는 말.

매사는 불여튼튼 : 어떤 일이든지 튼튼히 해야 한다는 뜻.

매 앞에 장사 없다 : 아무리 힘센 사람이라도 때리는 데는 꼼짝없이 굴복하게 된다는 뜻.

맥도 모르고 침통 흔든다 : 사리나 내용도 모르고 무턱대고 덤빈다는 말.

맹물 먹고 속 차려라 : 찬물을 먹고 속을 식혀서 다시 바른 마음을 갖도록 하라는 뜻.

머리 검은 짐승은 구제를 말랬다 : 사람들 중에는 짐승보다도 남의 은혜를 모르는 뻔뻔한 사람도 있으므로, 이런 사람은 아예 구제도 해주지 말라는 뜻.

먹을 때는 개도 안 때린다 : 음식을 먹는 사람을 때리거나 꾸짖지 말라는 뜻.

먹은 소가 똥을 누지 : 공을 들여야 효과가 있다는 뜻.

먹을 가까이하면 검어진다 : 못된 사람과 같이 어울려 다니면 그와 같은 좋지 못한 행실에 물든다는 말.

먹지도 못하는 제사에 절만 죽도록 한다 : 아무 소득이 없는 일에 수고만 한다.

먹지 않는 시아에서 소리만 난다 : 일 하는 체하고 떠벌리기만 한다.

먼 사촌보다 가까운 이웃이 낫다 : 남이지만 이웃에 사는 사람은 평시나 위급한 때에 도와줄 수 있어, 먼 데 사는 친척보다 더 낫다는 말.

메기가 눈은 작아도 저 먹을 것은 안다 : 아무리 어리석고 우둔한 사람이라도 저에게 유리한 것은 잘 알아본다는 말.

메뚜기도 오뉴월이 한철이다 : 제때를 만난 듯이 날뛰는 자를 풍자하는 말.

며느리 사랑은 시아버지, 사위 사랑은 장모 : 며느리는 보통 시아버지의 귀염을 받고, 사위는 장모가 위한다는 뜻.

명태 한 마리 놓고 딴전 본다 : 곁에 벌여 놓고 있는 일보다는 다른 벌이하는 일이 있다는 뜻.

모기 다리의 피 뺀다 : 교묘한 수단으로 없는 데서도 긁어내거나 빈약한 사람을 착취한다는 말.

모기 칼 빼기 : 시시한 일에 성냄을 가리키는 말.

모난 돌이 정 맞는다 : 말과 행동에 모가 나면 미움을 받는다.

모래 위에 물 쏟는 격 : 소용없는 일을 함을 말함.

모로 가도 서울만 가면 된다 : 수단과 방법을 가리지 않고 목적만 이루면 된다.

모르는 게 약이요, 아는 게 병이다 : 아무것도 아는 것이 없으면 도리어 마음이 편하여 좋으나, 무얼 좀 알고 있으면 걱정거리가 되어 해롭다는 말.

모진 놈 옆에 있다가 벼락 맞는다 : 모진 사람하고 같이 있다가 그 사람에게 내린 화를 같이 입는다.

모처럼 태수가 되니 턱이 떨어진다 : 목적한 일이 모처럼 달성되었는데, 그것이 헛일이 되고 말았다는 뜻.

목구멍이 포도청이다 : 먹는 일 때문에 해서는 안 될 일까지 한다.

목마른 놈이 우물 판다 : 제가 급해야 서둘러 일을 시작한다.

못된 송아지 엉덩이에 뿔이 난다 : 사람답지 못한 사람이 교만한 행동을 한다.

못된 일가 항렬만 높다 : 쓸데없는 친척이 촌수만 높다는 말.

못 먹는 감 찔러나 본다 : 일이 제게 불리할 때 심술을 부려 훼방한다.

못생긴 며느리 제삿날에 병난다 : 미운 사람이 더욱 미운 짓만 한다는 뜻.

못 입어 잘난 놈 없고, 잘 입어 못난 놈 없다 : 옷차림의 중요성을 나타낸 말.

무당이 제 굿 못 하고, 소경이 저 죽을 날 모른다 : 제가 할 일을 처리하기는 힘들다는 말.

무른 땅에 말뚝 박기 : 일하기 쉽다는 뜻.

무소식이 희소식이다 : 객지에 가 있는 사람이 아무 소식도 전해 주지 않는 것은 어떤 사고나 실패가 없다는 증거이므로 오히려 희소식이라는 뜻.

무쇠도 갈면 바늘 된다 : 꾸준히 노력하면 아무리 어려운 일도 이룰 수 있다는 말.

무자식이 상팔자다 : 자식 때문에 괴로움이 많다.

문전 낙네 흔연대접 : 어떤 신분의 사람이라도 자기를 찾아온 사람은 친절히 대하라는 말.

물동이 이고 하늘 보기이다 : 동이를 머리에 이고 하늘을 보면 동이에 가려서 하늘이 보일 리 없듯이, 어리석은 행동을 한다는 뜻.

물밖에 난 고기 : 죽고 사는 운명이 이미 결정되어 있다는 뜻. (도마 위에 오른 고기)

물방아 물도 서면 언다 : 물방아가 정지하고 있으면 그 물도 얼 듯이, 사람도 운동을 하지 않고 있으면 건강이 나빠진다는 뜻.

물 본 기러기, 꽃 본 나비 : 바라던 바를 이루어 득의양양함을 이르는 말.

물불을 가리지 않는다 : 어떠한 위험이라도 헤아리지 않고 뛰어드는 저돌적인 행동을 이름. (물인지 불인지 모른다.)

물에도 체한다 : 방심하다가는 큰 실수를 할 수 있으므로, 사소한 일이라도 조심성 있게 하라는 뜻.

물에 물 탄 듯, 술에 술 탄 듯하다 : 그 효과와 변화가 조금도 없음을 뜻한 말.

물에 빠지면 지푸라기도 잡는다 : 사람이 위급한 일을 당하면 보잘것없는 이에게라도 의지하려 한다는 말.

물에 빠진 놈 건져 놓으니까 봇짐 내라 한다 : 남에게 신세를 지고 그것을 갚기는커녕 도리어 그 은인을 원망한다는 말.

물에 빠진 생쥐 : 몸이 흠뻑 젖어 있음을 말함.

물 위에 기름 : 서로 융화하지 않는 것.

물은 건너보아야 알고, 사람은 지내보아야 안다 : 사람은 겉으로만 보아서 그 속을 잘 알 수 없으므로 실제로 겪어 봐야 바로 안다는 말.

물은 트는 대로 흐른다 : 사람은 가르치는 대로 따라 교화되고, 일은 사람이 주선하는 대로 된다는 뜻.

물이 깊어야 고기가 모인다 : 자기 덕이 커야 남이 많이 따른다는 말.

물이 깊을수록 소리가 없다 : 덕망이 높고 생각이 깊은 사람일수록 잘난 체하거나 아는 체 떠벌이지 않는다는 말.

물이 아니면 건너지 말고, 인정이 아니면 사귀지 말라 : 사람을 사귈 때 인정으로 사귀지, 잇속이나 다른 목적으로 교제할 것이 아니라는 뜻.

미꾸라지 한 마리가 온 물을 흐린다 : 나쁜 사람 하나가 온 집안이나 온 세상을 더럽히고 어지럽게 한다는 말.

미꾸라지 용 되었다 : 가난하고 보잘것없던 사람이 크게 되었다는 뜻.

미운 놈 떡 하나 더 준다 : 미운 사람일수록 더 잘 대우해 주어 호감을 갖도록 한다는 뜻.

미운 털이 박혔다 : 몹시 미워하며 못살게 구는 것을 비웃는 말.

미친년이 달밤에 널뛰듯 한다 : 무슨 일이든 행동이 몹시 경솔하고 침착하지 못한 사람을 가리키는 말.

미친 체하고 떡판에 엎드린다 : 잘못인 줄 알면서도 욕심 부리는 것을 말함.

믿는 도끼에 발등 찍힌다 : 아무 염려 없다고 믿고 있던 일이 뜻밖에 실패한다는 뜻. (믿고 있던 사람한테 도리어 해를 입었을 때 쓰는 말)

밀가루 장사하면 바람 불고, 소금 장사하면 비가 온다 : 운수가 사나우면 당하는 일마다 공교롭게 안 된다는 말.

밑도 끝도 없다 : 시작도 끝맺음도 없다 함이니, 까닭도 모를 말을 불쑥 꺼낸다는 말.

밑 빠진 독에 물 붓기다 : 아무리 해도 한이 없고 한 보람도 보이지 않는 경우에 쓰는 말.

바가지를 긁는다 : 아내가 남편에게 불평 섞인 잔소리를 늘어놓는 것.

바늘 가는 데 실 간다 : 서로 밀접한 관계가 있는 것끼리 떨어지지 않고 항상 따른다는 것.

바늘구멍으로 하늘 보기 : 견문이 좁은 사람을 말한다.

바늘구멍으로 황소바람 들어온다 : 추울 때는 아무리 작은 문구멍으로 새어 들어오는 바람도 몹시 차다는 뜻.

바늘 도둑이 소 도둑 된다 : 아주 작은 도둑이 자라서 큰 도둑이 된다는 뜻.

백 번 듣는 것이 한 번 보는 것만 못하다 : 실제로 한 번 보는 것이 간접으로 백 번 듣는 것보다 확실하다는 뜻. (백문불여일견[百聞不如一見])

백일 장마에도 하루만 더 왔으면 한다 : 자기 이익 때문에 자기 본위로 이야기하는 것을 말한다.

백짓장도 맞들면 낫다 : 아무리 쉬운 일이라도 여럿이 하면 더 쉽다.

밴댕이 콧구멍 같다 : 밴댕이 콧구멍마냥 몹시 소견이 좁고 용렬하여 답답한 사람을 두고 하는 말. (밴댕이 소갈머리다.)

밴 아이 사내 아니면 계집아이 : 할 일이 둘 중의 어느 하나라고 할 때 쓰는 말.

뱁새가 황새를 따라가면 다리가 찢어진다 : 분수에 넘치는 짓을 하면 도리어 해만 입는다는 뜻.

뱁새는 작아도 알만 잘 낳는다 : 작아도 제 구실 못 하는 법이 없다.

버들가지가 바람에 꺾일까 : 부드러워서 곧 바람에 꺾일 것 같은 버들가지가 끝까지 꺾이지 않듯이, 부드러운 것이 단단한 것보다 더 강하다는 뜻.

버선이라면 뒤집어나 보이지 : 버선이 아니라서 뒤집어 보일 수도 없기 때문에 상대방의 의심을 풀어 주지 못하여 매우 답답하고 속상하다는 의미.

번개가 잦으면 천둥을 친다 : 자주 말이 나는 일은 마침내는 그대로 되고야 만다.

번갯불에 콩 볶아 먹겠다 : 행동이 매우 민첩하고 빠르다.

벌거벗고 환도 찬다 : 그것이 그 격에 어울리지 않음을 두고 이르는 말.

벌집을 건드렸다 : 섣불리 건드려서 큰 골칫거리를 만났을 때 하는 말.

범에게 물려가도 정신만 차리면 산다 : 아무리 위험한 경우에 이르러도 정신만 차리면 살 수 있다.

범 없는 골에 토끼가 선생 : 잘난 사람이 없는 곳에서 못난 사람이 잘난 체한다.

법은 멀고, 주먹은 가깝다 : 이치를 따져서 해결하는 것보다, 앞뒤를 헤아림 없이 폭력을 먼저 쓰게 된다는 뜻.

벗 따라 강남 간다 : 친구를 따라서는 먼 길이라도 간다는 뜻.

벙어리 냉가슴 앓는다 : 남에게 말하지 못하고 혼자서 걱정한다는 뜻.

벙어리 속은 그 어미도 모른다 : 설명을 듣지 않고는 그 내용을 알 수 없다는 뜻.

벙어리 재판 : 아주 곤란한 일을 두고 하는 말.

벼락 치는 하늘도 속인다 : 벼락을 치는 하늘까지도 속이는데, 삶에서 속이는 것을 예사로 하며 보통이라는 뜻.

벼룩도 낯짝이 있다 : 너무나도 뻔뻔스러운 사람을 보고 하는 말.

벼룩의 간에 육간대청을 짓겠다 : 도량이 좁고 하는 일이 이치에 어긋남.

벼룩의 간을 내어 먹지 : 극히 적은 이익을 당찮은 곳에서 얻으려 한다는 뜻.

벼 이삭은 잘 팰수록 고개를 숙인다 : 이삭이 잘 익으면 고개를 숙이듯이 훌륭한 사람일수록 교만하지 않고 겸손하다는 뜻.

변죽을 치면 복판이 울린다 : 슬며시 귀띔만 해주어도 눈치 빠른 사람은 곧 알아듣는다는 의미.

병신 달밤에 체조한다 : 못난 자가 더욱 더 미운 짓만 한다는 뜻.

병신이 육갑한다 : 되지 못한 자가 엉뚱한 짓을 할 때 하는 말.

병신자식이 효도한다 : 생각지도 않은 사람이 일을 이루거나 할 때 쓰는 말.

병 주고 약 준다 : 해를 입힌 뒤에 어루만진다는 뜻.

보기 좋은 떡이 먹기도 좋다 : 내용이 좋으면 겉모양도 반반하다는 뜻.

보리누름에 선 늙은이 얼어 죽는다 : 따뜻해야 할 계절에 도리어 춥게 느껴지는 때에 쓰는 말.

보리밥에는 고추장이 제격이다 : 무엇이나 자기의 격에 알맞도록 해야 좋다

보리 주면 오이 안 주랴 : 제 것은 아끼면서 남만 인색하다고 여기는 사람에게 하는 말.

보채는 아이 밥 한 술 더 준다 : 가만히 있지 말고 서둘러야 한다는 말.

복날 개 패듯 한다 : 복날 개를 잡기 위해 개를 패듯이, 모질게 매질을 한다는 말.

복 불 복이다 : 똑같은 경우와 환경에서 여러 사람의 운이 각각 차이가 난다

볶은 콩에서 싹이 날까 : 전혀 가망성이 없음.

볼기도 벗었다가 안 맞으면 섭섭하다 : 설혹 손해가 되는 일이라 할지라도 시작하려다가 그만두게 되면 섭섭하다는 뜻.

봄비에 얼음 녹듯 한다 : 봄비에 얼음이 잘 녹듯이, 무슨 일이 쉽게 해결된다는 의미.

봉사가 개천 나무란다 : 제 잘못은 모르고 남을 탓한다는 말.

봉사 문고리 잡기 : 소경이 문고리 잡기 어렵듯, 아주 어려운 일을 두고 하는 말.

부뚜막의 소금도 집어넣어야 짜다 : 쉽고 좋은 기회나 형편도 이용하지 않으면 소용이 없다.

부모 수치가 자식 수치다 : 자식 된 자는 부모에게 부끄러움을 끼치지 않도록 잘 모셔야 한다는 뜻.

부부 싸움은 칼로 물 베기 : 부부간의 싸움이란 하나마나 금방 의가 좋아진다는 뜻.

부자는 망해도 삼년 먹을 것이 있다 : 부자이던 사람은 망했다 해도 얼마 동안은 그럭저럭 살아 나갈 수 있다는 뜻.

부잣집 맏며느릿감 : 얼굴이 복스럽고 후하게 생긴 처녀를 보고 하는 말.

부잣집 외상보다 비렁뱅이 맞돈이 좋다 : 아무리 튼튼한 자리라도 뒤로 미루는 것보다는 현재 충실한 것이 좋다는 뜻.

부조는 않더라도 제상이나 치지 말라 : 도와주지도 말고 폐도 끼치지 말라.

부지런한 물레방아는 얼 새도 없다 : 무슨 일이고 부지런히 하면 실수가 없고 성사가 된다는 뜻.

부처님 가운데 토막 : 마음이 어질고 조용한 사람.

부처님 위하여 불공 하나 : 남을 위하는 것 같지만 실상 사람이 하는 모든 일은 결국 자기를 위하는 것이라는 뜻.

부처도 다급하면 거짓말한다 : 훌륭한 사람이라도 자기가 다급한 사정이 있을 경우에는 거짓말을 하게 된다는 뜻.

북은 칠수록 소리가 난다 : 하면 할수록 그만큼 손해만 커진다는 말.

분다 분다 하니 하루아침에 왕겨 석 섬 분다 : 잘한다고 추어주니까 무작정 자꾸 한다는 뜻.

불난 데 부채질한다 : 엎친 데 덮치는 격으로, 불운한 사람을 더 불운하게 만들거나 노한 사람을 더 노하게 한다.

불면 꺼질까, 쥐면 터질까 : 어린 자녀를 아주 소중히 기른다는 말.

불알 두 쪽만 대그럭거린다 : 집안에 재산이라고는 아무것도 없고, 다만 알몸 뚱이밖에 없다는 뜻.

불에 놀란 놈은 부지깽이만 보아도 놀란다 : 무엇에 몹시 혼이 난 사람은 그와 관련 있는 물건만 보아도 겁을 낸다.

비는 데는 무쇠도 녹는다 : 자기의 잘못을 뉘우치고 빌면 아무리 완고한 사람이라도 용서해 준다는 말.

비단옷을 입으면 어깨가 올라간다 : 가난하게 살던 사람이 갑자기 돈을 벌게 되면 제 분수도 모르고 우쭐대게 된다는 뜻.

비단옷 입고 밤길 걷기 : 애써도 보람이 없음을 비유하는 말.

비둘기는 콩밭에만 마음이 있다 : 현재 하고 있는 일과는 달리, 속마음은 엉뚱한 곳에 가 있다는 말.

비온 뒤에 땅이 굳어진다 : 풍파를 겪고 나서야 일이 더욱 단단해진다는 뜻.

빈 수레가 더 요란하다 : 지식이 없고 교양이 부족한 사람이 더 아는 체하고 떠든다는 말.

빚진 죄인이다 : 빚을 진 사람은 빚쟁이에게 기가 죽어 죄인처럼 된다는 것.

빛 좋은 개살구다 : 겉만 좋고 실속은 없음을 일컫는 말.

뺨맞을 놈이 여기 때려라 저기 때려라 한다 : 벌을 받을 놈이 도리어 큰소리한다는 뜻.

뺨을 맞아도 은가락지 낀 손에 맞는 것이 좋다 : 이왕 욕을 당하거나 복종할 바에야 지위가 높고 덕망이 있는 사람에게 당하는 것이 낫다.

사공이 많으면 배가 산으로 올라간다 : 무슨 일을 할 때 간섭하는 사람이 많으면 일이 잘 안 된다는 뜻.

사귀어야 절교하지 : 사귀기도 전에 절교할 수 없듯이, 서로 관계가 없으면 의를 상하지도 않는다는 뜻.

사나운 개 콧등 아물 때가 없다 : 남과 싸우기를 좋아하는 사람은 언제나 자기에게도 손해가 따름을 비유한 말.

사내 등골 빼먹는다 : 등골 속의 골을 뽑아 먹는다는 뜻으로, 노는계집이 외입하는 남자의 재물을 훑어먹는다는 말.

사또 떠난 뒤에 나팔 분다 : 마땅히 해야 할 때에 안 하다가, 그 시기가 지난 뒤에 하는 것을 조롱하는 말.

사돈 남 말하다 : 제 일을 놔두고 남의 일에 말참견이 많다는 뜻.

사돈의 팔촌 : 남과 다름없는 친척.

사람과 쪽박은 있는 대로 쓴다 : 살림살이를 하는 데 있어 쪽박이 있는 대로 다 쓰이듯이, 사람도 제각기 쓸모가 있다는 말.

사람 위에 사람 없고, 사람 밑에 사람 없다 : 사람은 모두 평등하고, 그 권리나 의무도 똑같다는 뜻.

사람은 잡기를 해보아야 마음을 안다 : 사람의 본성은 투기성이 있는 노름을 같이 해보아야 잘 나타나서 그 사람의 참 모습을 안다는 말.

사람 살 곳은 골골이 있다 : 이 세상은 어디에 가나 서로 도와주는 풍습이 있어 살아갈 수 있다는 말.

사람은 태어나면 서울로 보내고 망아지는 제주로 보내라 : 사람의 아들은 서울로 보내 공부시켜 출세하도록 해야 하고, 망아지는 제주 목장으로 보내 길들여 일을 시켜야 한다는 뜻.

사람이 다 사람인가? 사람이 사람다워야 사람이지 : 사람은 사람의 탈을 쓰는 것뿐만 아니라, 사람다운 일을 해야 참다운 사람이라는 뜻.

사람은 죽으면 이름을 남기고, 범은 죽으면 가죽을 남긴다 : 사람이 사는 동안 훌륭한 일을 하면 그 이름이 후세까지 빛나므로 선행을 해야 한다는 말.

사람은 헌 사람이 좋고, 옷은 새 옷이 좋다 : 사람은 사귄 지 오래일수록 좋고, 옷은 새것일수록 좋다는 말.

사람의 마음은 조석변이라 : 사람의 마음은 시시각각으로 변하기 쉽다는 말. (사람의 마음은 하루에도 열두 번 변한다.)

사람 죽여 놓고 초상 치른다 : 제가 잘못을 저질러 놓고 나서 도와준다는 말.

사랑은 내리 사랑 : 윗사람이 아랫사람을 사랑하기는 예사지만, 아랫사람이 윗사람 사랑하기는 어렵다는 뜻.

사위는 백 년 손이요, 며느리는 종신 식구라 : 사위나 며느리는 모두 남의 자식이지만, 며느리는 제 집 사람이 되어 스스럼없으나, 사위는 정분이 두터우면서도 끝내 손님처럼 어렵다는 말.

사위 선을 보려면 그 아버지를 먼저 보랬다 : 그 아버지를 먼저 보면 사위 될 사람의 인품을 짐작할 수 있다는 뜻.

사자어금니 같다 : 사자의 어금니는 가장 요긴한 것이니, 반드시 있어야만 하는 것을 말함.

사족을 못 쓴다 : 무슨 일에 반하거나 혹하여 어쩔 줄을 모른다.

사주팔자에 없는 관을 쓰면 이마가 벗겨진다 : 제 분수에 넘치는 일을 하게 되면 도리어 괴롭다는 뜻.

사촌이 땅을 사면 배가 아프다 : 남이 잘됨을 매우 시기함을 일컫는 말.

사흘 굶어 도둑질 아니 할 놈 없다 : 착한 사람이라도 몹시 궁핍하게 되면 옳지 못한 짓도 저지르게 된다는 말.

산 개가 죽은 정승보다 낫다 : 아무리 구차하고 천한 신세라도 죽는 것보다는 사는 것이 낫다는 말.

산 밑 집에 방앗공이가 논다 : 그 고장 산물이 오히려 그곳에서 희귀하다는 말.

산 사람의 목구멍에 거미줄 치랴 : 사람은 아무리 가난해도 입에 풀칠해 나갈 수 있다는 말.

산에 들어가 호랑이를 피하랴 : 이미 앞에 닥친 위험은 도저히 못 피한다.

산에 가야 꿩을 잡고, 바다에 가야 고기를 잡는다 : 일을 하려면 먼저 그 일의 목적지에 가야 된다는 말.

산은 오를수록 높고, 물은 건널수록 깊다 : 어려운 고비를 당하여, 갈수록 점점 더 어렵고 곤란한 일만 생긴다는 말.

산이 높아야 골이 깊다 : 원인이나 조건이 갖추어져야 일이 이루어진다는 뜻.

산전수전 다 겪었다 : 세상의 온갖 고생과 어려움을 다 겪어 본 것의 비유.

산 호랑이 눈썹 : 도저히 얻을 수 없는 것을 얻으려 하는 것.

살강 밑에서 숟가락 줍는다 : 횡재한 것 같으나 사실은 물건 임자가 분명하여 헛좋았다는 말.

살림에는 눈이 보배다 : 살림을 알뜰히 잘하려면 눈으로 잘 보살펴 처리해야 한다는 말.

살아서 불효도 죽고 나면 슬퍼한다 : 부모가 살았을 때 불효를 한 사람도 부모가 돌아가신 후에는 뉘우치고 슬퍼한다는 뜻.

삼 년 먹여 기른 개가 주인 발등 문다 : 오랫동안 은혜를 입은 사람이 도리어 그 은인을 해치며 비웃는다는 뜻.

삼수갑산을 가도 님 따라 가랬다 : 부부간에는 아무리 큰 고생이 닥치더라도 함께 극복해야 한다는 뜻.

삼십육계에 줄행랑이 제일이다 : 어려울 때는 그저 뺑소니치는 것이 제일이라는 뜻.

삼촌 못난 것이 조카 짐만 지고 다닌다 : 체구는 크면서 못난 짓만 하는 사람을 비웃는 말.

상시에 먹은 맘이 취중에 난다 : 누구나 술에 취하면 평소에 가졌던 생각이 언행에 나타난다는 말. (취중에 진담)

상전 배부르면 종 배고픈 줄 모른다 : 남의 사정은 조금도 알아주지 않고 저만 위할 줄 아는, 제 욕심만 채우려는 사람을 일컫는 말.

새도 가지를 가려서 앉는다 : 친구를 사귀거나 사업을 할 때 잘 가리고 골라야만 한다는 뜻.

새도 날려면 움츠린다 : 어떤 일이든지 사전에 만반의 준비가 있어야 한다는 뜻에서 나온 말.

새 발의 피 : 분량이 아주 적음을 비유한 말.

새벽달 보자고 초저녁부터 기다린다 : 일을 너무 서두른다는 뜻.

새 옷도 두드리면 먼지 난다 : 아무리 청백한 사람이라도 속속들이 파헤쳐 보면 부정이 드러난다는 뜻.

새우 싸움에 고래 등 터진다 : 아무 관련도 없는 사람이 해를 입는다는 뜻.

새침때기 골로 빠진다 : 얌전한 사람일수록 한 번 길을 잘못 들면 걷잡을 수 없다는 뜻.

생나무에 좀이 날까 : 생나무에는 좀이 나지 않듯이, 건실하고 튼튼하면 내부가 부패되지 않는다는 뜻.

생초목에 불이 붙는다 : 뜻하지 않은 변을 당한다는 뜻.

생감도 떨어지고 익은 감도 떨어진다 : 늙은 사람만 죽는 것이 아니라 젊은 사람도 죽는다는 뜻.

서당 개 삼년에 풍월한다 : 무식한 사람도 글 잘하는 사람과 오래 있게 되면 자연 견문이 생긴다.

서리 맞은 구렁이 : 행동이 몹시 느리고 하는 일에 힘이 없는 사람.

서울 가서 김 서방 집 찾기 : 잘 알지도 못하고 막연히 찾아다닌다는 뜻.

서울이 무섭다니까 과천서부터 긴다 : 어떤 일을 당하기도 전에 말로만 듣고 미리부터 겁낸다는 말.

서투른 무당 장구만 나무란다 : 능력이 부족한 것도 모르고 도구만 나쁘다고 탓함. (서투른 숙수가 괴나무 안반만 나무란다.)

섣달 그믐날 개밥 퍼주듯 한다 : 섣달 그믐날은 먹을 것이 많아서 개밥도 후하게 주듯이, 남에게 음식을 후하게 준다는 뜻.

설마가 사람 죽인다 : 설마 그럴 수가 있나 하고 마음을 놓는 데서 탈이 생긴다.

성인도 시속을 따른다 : 사람은 누구나 세상일에 임기응변을 해야 산다는 뜻.

섶을 지고 불로 들어가려 한다 : 짐짓 그릇된 짓을 하여 화를 더 당하려 한다.

세 살 버릇 여든까지 간다 : 어린 시절에 몸에 밴 나쁜 버릇은 좀처럼 고치기가 어렵다는 뜻.

소가 크다고 왕 노릇 할까 : 지혜가 없이 힘만 가지고서는 지도자 위치에 나설 수 없다는 뜻.

소경보고 눈멀었다 하면 노여워한다 : 누구든지 제 결점을 지적하면 싫어한다.

소경이 개천 탓한다 : 자기 잘못은 조금도 생각지 못하고 남의 잘못을 원망한다는 뜻

소경 잠자나 마나다 : 전연 성과가 없음을 뜻함.

소금도 맛보고 사랬다 : 물건을 살 때에는 잘 살펴보아야 한다는 말.

소나기 맞은 중상이다 : 몹시 불쾌한 얼굴을 하고 있는 사람을 가리켜서 하는 말.

소도 언덕이 있어야 비빈다 : 사람도 의지할 데가 있어야 발판으로 삼아 성공할 수 있다는 말.

소매 긴 김에 춤춘다 : 별로 생각이 없던 일이라도 그 일을 할 조건이 갖추어졌기 때문에 하게 될 때 쓰는 말.

소문난 잔치에 먹을 것 없다 : 세상의 평판과 실제는 일치하지 않는다는 말.

소 잃고 외양간 고친다 : 이미 일을 그르친 뒤에 뉘우쳐도 소용없다.

속곳 벗고 은가락지 낀다 : 격에 맞지 않는 겉치레를 하여 도리어 보기 흉하다는 뜻.

속 빈 강정이다 : 속이 텅 비어 아무 실속이 없다는 말, 수중에 돈이 한 푼도 없다는 뜻.

손도 안 대고 코풀려고 한다 : 수고는 조금도 하지 않고 큰 소득만 얻으려고 한다는 뜻.

손에 쥐어 줘도 모른다 : 아주 무식하고 재주가 없어서 손에 쥐어 주고 가르쳐도 모른다는 말

손으로 하늘 찌르기 : 될 것 같지 않은, 가망 없는 일이라는 뜻.

손자를 귀여워하면 할아비 뺨을 친다 : 철없는 사람들과 친하게 지내다가는 큰 망신만 당한다는 뜻.

손자 턱에 흰 수염 나겠다 : 오랜 시간을 기다리기가 지루하다는 말.

손톱 밑에 가시 드는 줄은 알아도, 염통 밑에 쉬 세는 줄은 모른다 : 눈앞에 보이는 작은 일에는 영리한 듯하나, 당장 나타나 보이지 않는 큰일이나 큰 손해는 깨닫지 못함을 이르는 말.

솜뭉치로 가슴을 칠 일이다 : 몹시 원통함을 이르는 말.

송충이가 갈잎을 먹으면 떨어진다 : 제 직분에 맞지 않는 딴 생각을 하다가는 실패한다.

쇠가 쇠를 먹고, 살이 살을 먹는다 : 동족끼리 서로 싸우는 것을 말함.

쇠가죽을 무릅쓰다 : 체면을 생각하지 않는다.

쇠귀에 경 읽기다 : 가르치고 일러 주어도 알아듣지 못한다.

소똥에 미끄러져 개똥에 코방아 찧는다 : 연거푸 실수하여 어이가 없다는 말.

쇠뿔도 단김에 빼랬다 : 무슨 일이든지 기회가 있을 때 바로 해치워야 한다는 말.

쇠털같이 허구한 날 : 많은 나날이라는 뜻.

쇠털 뽑아 제 구멍에 박는다 : 고지식하여 조금도 융통성이 없다는 말.

수박 먹다 이 빠진다 : 운이 나쁘면 대단치 않은 일을 하다가도 큰 해를 당한다는 뜻.

수염이 열 자라도 먹어야 양반이다 : 먹은 후에라야 체면도 차릴 수 있다는 말.

숙수가 많으면 국수가 수제비 된다 : 일을 하는 데 참견하는 사람이 많으면 오히려 일을 그르치게 된다는 뜻.

술에 술 탄 듯 물에 물 탄 듯하다 : 아무리 노력해서 일을 했어도 흔적이 없어 하나마나라는 뜻.

숭어가 뛰니까 망둥이도 뛴다 : 제 처지는 생각하지 않고 저보다 나은 사람을 모방하려고 애쓴다는 말.

숯이 검정 나무란다 : 자기 흠이 더 큰 사람이 도리어 흠이 적은 사람을 흉본다.

스승의 그림자는 밟지 않는다 : 선생님을 모시고 갈 때는 비록 그림자라도 밟아서는 안 될 만큼 존경해야 한다는 뜻.

시거든 떫지나 말고, 떫거든 검지나 말지 : 이모로도 저모로도 쓸모가 없는 사람을 이름.

시골 놈이 서울 놈을 못 속이면 보름씩 배를 앓는다 : 시골 사람이 서울 사람을 더 잘 속인다는 뜻.

시루에 물 퍼붓기 : 아무리 비용을 들이고 애를 써도 효과가 나타나지 않음.

시어미 미워서 개 옆구리 찬다 : 윗사람에게 꾸중을 듣고 엉뚱한 데다 화풀이하는 것.

시원찮은 귀신이 사람 잡는다 : 얼른 보아서 미련하고 못난 것 같아 보이는 자가 도리어 큰 사건을 일으킨다는 말.

시작이 반이다 : 무슨 일이나 셈을 잡아서 하면 그 뒷일은 어려울 것이 없음.

시장이 반찬이다 : 배가 고프면 반찬이 없어도 밥맛이 있다.

시집 갈 때 등창난다 : 공교롭게도 가장 중요한 때에 탈이 난다는 뜻.

시집을 가야 효도도 된다 : 시집을 가서 아이를 낳아 길러 봐야 부모의 은공을 알게 되어 효녀가 된다는 의미.

시집도 가기 전에 기저귀 마련한다 : 일을 너무 서두른다는 뜻.

식은 죽 먹기 : 매우 쉽다는 뜻. (누워서 엿 먹기)

신선놀음에 도끼 자루 썩는 줄 모른다 : 바둑, 장기 따위에 정신이 팔려 시간 가는 줄 모른다는 말의 비유.

신 신고 발바닥 긁기다 : 일하기는 해도 시원치 않다는 말.

실뱀 한 마리가 온 바닷물을 흐린다 : 한 사람의 소인이 전체에 나쁜 영향을 끼친다는 뜻.

실속 없는 잔치가 소문만 멀리 간다 : 대개 소문난 것이 실속은 없다는 뜻.

실없는 말이 송사 건다 : 무심히 한 말 때문에 큰 변이 생긴다는 말.

실이 와야 바늘이 가지 : 오는 정이 있어야 가는 정이 있다는 뜻.

심사가 놀부라 : 본성이 좋지 못하여 탐욕을 일삼으며 일마다 심술을 부리는 것을 이르는 말.

십년 과부도 시집갈 마음은 못 버린다 : 뼈에 사무치게 아픈 마음은 잊어버리기 어렵다는 뜻.

십 년 공부 나무아미타불 : 오랫동안 공을 들여 쌓아온 일이 모두 허사가 되었다는 말.

십년 세도 없고, 열흘 붉은 꽃 없다 : 부귀영화는 오래 계속되지 못한다는 뜻.

십 년이면 강산도 변한다 : 십 년이란 세월이 흐르면 세상에 변하지 않는 것이 없다는 말.

십 리도 못 가서 발병난다 : 무슨 일이 얼마 가지 않아서 탈이 생긴다는 뜻.

십시일반이다 : 조그마한 것이라도 모으면 많아진다는 뜻.

싸움은 말리고 흥정은 붙이랬다 : 좋지 않은 일은 중지시키고, 좋은 일은 권장하라는 뜻.

싹이 노랗다 : 희망이 처음부터 보이지 않는다는 말.

싼 것이 비지떡 : 값싼 물건이 항상 품질이 좋지 않다는 말.

쌀독에 앉은 쥐 : 부족함이 없고 만족한 처지를 말함.

쌈짓돈이 주머닛돈 : 한 가족끼리의 재산은 누구의 것이라고 특별히 구별 짓지 않고 다 같이 그 집 재산이라는 말.

썩어도 준치 : 값있는 물건은 아무리 낡거나 헐어도 제대로의 가치를 지닌다

썩은 새끼도 잡아 당겨야 끊어진다 : 아무리 쉬운 일이라도 하지 않고 기다리고만 있으면 이루어지지 않는다는 의미.

쓰다 달다 말이 없다 : 아무런 반응이나 의사 표시가 없다는 것.

씻어 놓은 흰 죽사발 같다 : 생김새가 허여멀건 사람을 가리키는 말.

아가리가 광주리만 해도 말을 못 한다 : 염치가 없어 도저히 말할 엄두가 안 난다는 의미.

아갈잡이를 시켰다 : 하기 싫어하는 것을 강제로 억눌러 시켰기 때문에 행동이 자연스럽지 못하고 경직된 자세로 한다는 의미.

아끼다가 개 좋은 일만 한다 : 좋은 음식을 너무 인색할 정도로 아끼다가 썩어서 결국 개에게 주듯이, 너무 인색하게 굴다가는 오히려 손해를 본다는 말.

아내가 여럿이면 늙어서 생홀아비 된다 : 젊어서 아내를 많이 거느리던 사람이 결국 늙어서는 자기에게 잘해 주는 아내가 하나도 없게 된다는 뜻.

아내 없는 처갓집 가기다 : 목적 없는 일은 더 이상 할 필요가 없다는 의미.

아는 것이 병이다 : 모든 것을 알기 때문에 도리어 걱정이 많다는 말.

아는 길도 물어 가자 : 쉬운 일도 물어서 해야 틀림이 없다는 말.

아는 도끼에 발등 찍힌다 : 친하여 믿는 사람에게 오히려 해를 입는다는 말.

아니 땐 굴뚝에 연기 날까 : 사실과 원인이 없으면 그런 일이 있을 수 없다.

아닌 밤중에 홍두깨 : 갑자기 불쑥 내놓는 것을 비유한 말.

아랫돌 빼어 웃돌 괴기 : 임시변통으로 한 곳에서 빼어 다른 곳을 막는다는 말.

아무리 바빠도 바늘허리 매어 못 쓴다 : 아무리 바쁜 일이라도 일정한 순서를 밟아서 해야 한다.

아비만 한 자식이 없다 : 자식이 아무리 훌륭히 되더라도 그 아비만큼은 못하다는 뜻.

아이 귀여워하는 사람이 자식 없다 : 자기 자식이 없는 사람은 어린아이가 부럽기 때문에 남의 아이를 유난히 더 귀여워하게 된다는 뜻.

아이 말 듣고 배딴다 : 철없는 아이 말을 곧잘 듣는다는 뜻.

아이 싸움이 어른 싸움 된다 : 어린애들 싸움이 나중에는 그 부모들의 시비로 변한다는 말.

아이 보는 데서는 찬물도 못 먹는다 : 아이들은 어른들이 하는 대로 본뜨므로, 아이들 보는 데는 언행을 삼가야 한다는 뜻.

아직 이도 나기 전에 갈비 뜯는다 : 자신의 실력도 제대로 모르면서 턱도 없이 힘에 겨운 짓을 하려고 덤벼든다는 의미.

안 되려면 뒤로 넘어져도 코가 깨진다 : 운수가 사나운 사람은 온갖 일에 마가 끼어 엉뚱한 손해를 본다는 말.

안 되면 조상 탓이다 : 잘못은 제가 해놓고 남을 원망한다는 말.

안방에 가면 시어머니 말이 옳고, 부엌에 가면 며느리 말이 옳다 : 각각 일리가 있어 그 시비를 가리기 어렵다는 말.

안성맞춤이다 : 꼭 들어맞을 때 하는 말.

앉아서 주고, 서서 받는다 : 돈을 꾸어 주고 그것을 다시 받기가 매우 어렵다

앉은 자리에 풀도 안 나겠다 : 사람이 너무 깔끔하고 매서우리만큼 냉정하다.

알아도 아는 척 말랬다 : 아는 것이 있더라도 뽐내지 말고 마치 모르는 것처럼 겸손한 자세로 있어야 한다는 뜻.

알아야 면장을 한다 : 남의 윗자리에 서려면 알아야 한다는 말.

앓느니 죽지 : 앓느라 고생하고 괴로움을 당하는 것보다, 차라리 죽어서 모든 것을 잊어버리는 게 낫겠다는 의미.

앓던 이 빠진 것 같다 : 걱정을 끼치던 것이 없어져 시원하다.

암탉이 울면 집안이 망한다 : 여자가 지나치게 까불어 대면 일이 잘 안 된다

앞길이 구만 리 같다 : 나이가 젊어서 앞길이 창창함을 이르는 말.

애호박에 말뚝 박기 : 심술궂은 짓을 한다는 뜻.

약도 지나치면 해롭다 : 아무리 좋은 것이라도 정도가 지나치면 도리어 해롭게 된다는 뜻.

약방에 감초 : 어떤 모임에나 참석 잘하는 사람을 두고 비유한 말.

얌전한 고양이가 부뚜막에 먼저 올라간다 : 겉으로는 얌전한 척하는 사람이 뒤로는 오히려 더 나쁜 짓만 일삼는다는 뜻.

양반은 물에 빠져도 개헤엄은 안 한다 : 아무리 위급한 때라도 점잖은 사람

은 체면 깎이는 일을 하지 않는다는 말.

양반은 얼어 죽어도 짚불은 안 쬔다 : 아무리 궁해도 체면에 어울리지 않는 일은 안 한다는 뜻.

양지가 음지 되고, 음지가 양지 된다 : 세상 일이 번복이 많음을 일컫는 말.

얕은 내도 깊게 건너라 : 모든 일을 언제나 조심성 있게 해야 함을 일컫는 말.(돌다리도 두드려 보고 건너라.)

어느 구름에서 비가 올지 : 일은 되어 보아야 알지, 미리 짐작하기 어렵다는 말. (언제 무슨 일이 생길지 모른다는 말.)

어느 장단에 춤을 추랴 : 하도 참견하는 사람이 많아 어느 말을 따라야 할지 모를 때 하는 말.

어느 집 개가 짖느냐 한다 : 남이 하는 말을 들은 척도 하지 않는 것.

어둔 밤에 주먹질하기다 : 상대방이 보지 않는 데서 화를 내는 것은 아무 소용이 없다는 뜻.

어르고 빰치기 : 그럴듯한 말로 남을 해롭게 한다는 뜻.

어물전 망신은 꼴뚜기가 시킨다 : 변변치 않은 것이 격에 맞지 않게 망신스러운 행동을 함으로써 전체적인 품위를 떨어뜨림을 비유한 말.

어질병이 지랄병 된다 : 작은 병통이 나중에는 큰 병통이 된다는 뜻.

억지 춘향이 : 사리에 맞지 않아 안 될 일을 억지로 한다는 뜻.

언 발에 오줌 누기 : 눈앞에 급한 일을 피하기 위해서 한 임시변통이 결과적으로 더 나쁘게 되었을 때 하는 말.

얻은 떡이 두레 반이다 : 여기저기서 조금씩 얻은 것이 남이 애써 만든 것보

다 많다는 말

업은 아이 삼 년 찾는다 : 가까운 데 있는 것을 모르고 먼 데 가서 여기저기
찾아다닌다는 말.

엉덩이에 뿔이 났다 : 아직 자립할 처지에 이르지 못한 사람이 옳은 가르침을
받지 못하고 빗나갈 때 쓰는 말.

엎드리면 코 닿을 데 : 매우 가까운 거리.

엎지른 물이요 깨진 독이다 : 다시 돌이킬 수 없는 일.

엎친 데 덮친다 : 불행이 거듭 생김을 뜻하는 말.

열 길 물속은 알아도 한 길 사람의 속은 모른다 : 사람의 마음은 헤아릴 수 없다.

열 번 찍어 안 넘어가는 나무 없다 : 아무리 강철 같은 심지를 가진 사람이라
도 여러 차례 꾀고 달래면 그 유혹에 넘어가고 만다.

열 사람이 지켜도 한 도둑을 못 막는다 : 여러 사람이 애써도 한 사람의 나쁜
짓을 막지 못한다는 말.

열 손가락을 깨물어 안 아픈 손가락 없다 : 자식이 아무리 많아도 부모에게
는 다 같이 중하다는 뜻.

열흘 굶어 군자 없다 : 아무리 착한 사람일지라도 빈곤하게 되면 마음이 변하
여 옳지 못한 짓을 하게 된다.

염라대왕이 제 할아비라도 어쩔 수 없다 : 큰 죄를 짓거나 무거운 병에 걸려
살아날 도리가 없다는 뜻.

염불 못 하는 중이 아궁이에 불 땐다 : 무능한 사람은 같은 계열이라도 가장
천한 일을 하게 된다는 뜻.

염불에는 마음이 없고, 젯밥에만 마음이 있다 : 마땅히 할 일에는 정성을 들이지 않고 딴 곳에 마음을 둔다.

영리한 고양이가 밤눈 못 본다 : 똑똑한 체하는 사람이 흔히 못난 짓을 함을 이르는 말.

옆 찔러 절 받기 : 상대방은 할 생각도 없는데 스스로가 요구하거나 알려 줌으로써 대접을 받는다는 말.

오금아 날 살려라 : 도망할 때 마음이 급하여 다리가 빨리 움직여지기를 갈망하는 뜻.

오뉴월 감기는 개도 안 앓는다 : 여름에 감기 앓는 사람을 조롱하는 말.

오뉴월 똥파리 꾀듯 한다 : 어디든지 먹을 것이라면 용케도 잘 찾아다니는 사람을 두고 하는 말.

오뉴월에 얼어 죽는다 : 과히 춥지도 않은데 추워하며 지나치게 추위를 못 이기는 사람을 보고 놀리는 말.

오뉴월 하루 볕이 무섭다 : 오뉴월은 해가 길기 때문에 잠깐 동안이라도 자라는 정도의 차이가 크다는 뜻.

오던 복도 달아나겠다 : 그 사람이 하는 짓이 하도 얄미워서 오던 복도 도로 나간다는 뜻.

오라는 데는 없어도 갈 데는 많다 : 하는 일이 없는 것 같아도 매우 바쁘다

오랜 가뭄 끝에 단비 온다 : 오랜 가뭄 끝에 비가 와서 농민들이 매우 좋아하듯이, 오래도록 기다렸던 일이 성사되어 기쁘다는 뜻.

오르지 못할 나무는 쳐다보지도 말아라 : 되지도 않을 일은 처음부터 뜻하지도 말아라.

오 리 보고 십 리 간다 : 작은 일이라도 유익한 것이면 수고를 아끼지 않아야 한다는 뜻.

오소리 감투가 둘이다 : 한 가지 일에 책임질 사람은 두 명이 있어서 서로 다툰다는 뜻.

오장이 뒤집힌다 : 마음이 몹시 상하여 걷잡을 수 없다는 뜻.

옥도 닦아야 제 빛을 낸다 : 사람도 정상적으로 교육을 받지 않으면 자기의 뜻을 이루지 못한다는 뜻.

옥에도 티가 있다 : 아무리 훌륭한 물건이나 사람에게도 조그만 흠은 있다.

옥쟁반에 진주 구르듯 하다 : 목소리가 맑고 깨끗하며 또렷한 것.

옷이 날개다 : 옷이 좋으면 인물이 한층 더 훌륭하게 보인다는 뜻.

왕후장상이 씨가 있나 : 훌륭한 인물이란 가계나 혈통이 따로 있는 것이 아니라, 노력 여부에 달렸다는 말.

욕심 많은 놈이 참외 버리고 호박 고른다 : 무슨 일에든 욕심을 너무 부리면 도리어 자신이 손해를 보게 된다는 뜻.

용꼬리 되는 것보다 닭대가리 되는 것이 낫다 : 큰 단체에서 맨 꼴찌로 있는 것보다는, 오히려 작은 단체에서 우두머리로 있는 것이 낫다.

우물가에 어린애 보낸 것 같다 : 익숙하지 못한 사람에게 무슨 일을 시켜 놓고 마음이 불안하다는 뜻.

우물 안 개구리 : 견문이 좁아 넓은 세상의 사정을 모름을 비유.

우물에서 숭늉 찾는다 : 성미가 아주 급하다는 뜻.

우박 맞은 호박잎이다 : 우박 맞아 잎이 다 찢어져 보기가 흉한 호박잎처럼 모양이 매우 흉측하다는 뜻.

우물을 파도 한 우물을 파라 : 무슨 일이든지 한 가지 일을 꾸준히 계속해야 성공할 수 있다는 말.

우선 먹기는 곶감이 달다 : 나중에는 어떻게 되든지 우선은 좋은 편을 취한다.

우수 경칩에 대동강이 풀린다 : 추운 겨울 날씨도 우수와 경칩이 지나면 따뜻해지기 시작한다는 말.

울며 겨자 먹기 : 싫은 일을 억지로 함의 비유.

울지 않는 아이 젖 주랴 : 요구가 없으면 주지도 않는다는 뜻.

웃는 낯에 침 뱉으랴 : 좋은 낯으로 대하는 사람에게는 모질게 굴지 못한다.

웃음 속에 칼이 있다 : 겉으로는 친한 체하면서 속으로는 도리어 해롭게 한다는 말.

윗물이 맑아야 아랫물이 맑다 : 무슨 일이든지 윗사람의 행동이 깨끗해야 아랫사람도 따라서 행실이 바르다.

원님 덕에 나팔 분다 : 훌륭하고 덕이 높은 사람을 따르다가, 그 덕으로 분에 넘치는 대접을 받음의 비유.

원수는 외나무다리에서 만난다 : 남의 원한을 사면 반드시 보복을 받는다는 뜻.

원숭이도 나무에서 떨어질 때가 있다 : 아무리 익숙하고 잘하는 사람이라도 실수할 때가 있다는 말.

윷짝 가르듯 한다 : 윷짝의 앞뒤가 분명하듯이, 무슨 일에 대한 판단을 분명히 한다는 말.

은행나무도 마주봐야 연다 : 은행나무도 마주 보아야 열매를 맺듯이, 남녀도 서로 결합해야 집안이 번영한다는 뜻.

은혜를 원수로 갚는다 : 남에게서 은혜를 받고 보답하지는 못할망정 도리어 해친다는 뜻.

음식은 들수록 줄고, 말은 할수록 는다 : 음식은 전할수록 줄고, 말은 전할수록 늘어난다는 뜻.

음지도 양지 된다 : 현재의 불행이나 역경도 때를 만나면 행운을 맞이하게 된다.

의뭉하기는 구렁이다 : 속으로는 다 알고 있으면서 겉으로는 모르는 척하기를 잘하는 사람을 이르는 말.

이로운 말은 귀에 거슬린다 : 일반적으로 귀에 거슬리는 말은 자신에게 유익한 말이기 때문에 잘 판단해서 받아들여야 한다는 뜻.

이마에 내 천(川) 자를 그린다 : 얼굴을 찌푸린다는 말.

이불 안에서 활개 친다 : 남이 안 보는 곳에서 큰소리치는 사람을 두고 이르는 말.

이사 가는 놈이 계집 버리고 간다 : 자신이 하는 일 중에서 가장 중요한 것을 잊어버렸거나 잃었다는 말.

이 없으면 잇몸으로 산다 : 없으면 없는 그대로 살아갈 수 있다는 말.

이웃사촌이다 : 이웃 사람은 사촌이나 다름없이 정답게 지낸다는 뜻.

이웃집 개도 부르면 온다 : 불러도 대답조차 없는 사람을 핀잔하는 말.

익은 밥 먹고 선소리 한다 : 실없는 말을 한다는 뜻.

임도 보고 뽕도 딴다 : 어떤 일을 함께 겸하여 계획한다는 뜻.

입술에 침이나 바르고 말해라 : 거짓말을 공공연히 할 때 욕하는 말.

입에 맞는 떡 : 마음에 꼭 드는 물건이나 일을 가리키는 말.

입에 쓴 약이 병에는 좋다 : 당장은 괴로우나 결과는 이롭다는 뜻.

입은 삐뚤어져도 말은 바로 해라 : 말은 언제나 바르게 하라는 말.

입이 여럿이면 무쇠도 녹인다 : 여러 사람이 의견의 일치를 보면 무슨 일이라도 할 수 있다는 뜻.

입이 열이라도 할 말이 없다 : 변명할 여지가 없다는 말.

입추의 여지가 없다 : 빈틈이 없다, 발 들여 놓을 틈도 없다.

자는 범 침주기 : 그대로 가만두었으면 아무 일도 없었을 것을, 공연히 건드려서 일을 저질러 위태롭게 한다.

자다가 벼락 맞는다 : 급작스레 뜻하지 않던 변을 당하여 어쩔 줄 모를 때를 일컫는 말.

자다가 봉창 두드린다 : 얼토당토않은 딴 소리를 불쑥 내민다는 뜻.

자라 보고 놀란 가슴 솥뚜껑 보고 놀란다 : 한번 혼이 난 뒤로는 매사에 필요 이상으로 조심을 한다는 뜻.

자라 알 지켜보듯 한다 : 어떻게 일을 처리하려고 노력하지는 않고 그저 묵묵히 들여다보고만 있다는 의미.

자랄 나무는 떡잎부터 알아본다 : 앞으로 크게 될 사람은 어려서부터 장래성이 엿보인다는 말.

자루 속 송곳은 빠져나오게 마련이다 : 남들이 알지 못하도록 아무리 은폐하려 해도 탄로 날 것은 저절로 탄로가 난다는 뜻.

자식 겉 낳지 속은 못 낳는다 : 자식이 좋지 못한 생각을 품어도 그것을 부모가 알지 못한다는 뜻.

자식도 품안에 들 때 자식이다 : 자식은 어렸을 때나 부모 뜻대로 다루지, 크면 마음대로 할 수 없다는 뜻.

자식을 길러 봐야 부모 은공을 안다 : 부모의 입장이 되어 봐야 비로소 부모님의 길러 준 은공을 헤아릴 수 있다는 말.

작은 고추가 더 맵다 : 몸집이 작은 사람이 큰 사람보다 도리어 단단하고 재주가 뛰어남을 비유하는 말.

잔고기가 가시는 세다 : 몸집이 자그마한 사람이 속은 꽉 차고 야무지며 단단할 때 이르는 말.

잔소리 많은 집안은 가난하다 : 잔소리가 많으면 가정이 늘 화목하지 못하고, 화목하지 못하면 가난을 벗어날 수 없다는 뜻.

잔솔밭에서 바늘 찾기다 : 매우 찾아내기 어려움을 나타내는 말.

잔칫날 잘 먹으려고 사흘 굶을까? : 훗날에 있을 일만 믿고 막연히 기다리겠느냐는 뜻.

잘되면 술이 석 잔이요, 못되면 뺨이 세 대다 : 예로부터 결혼 중매는 잘하면 술을 얻어먹게 되고, 잘못하면 매를 맞게 되므로 조심해서 주선하라는 말.

잘되면 제 탓이요, 못 되면 조상 탓이다 : 일이 잘되면 제가 잘해서 된 것으로 여기고, 안 되면 남을 원망한다는 뜻.

잘되면 충신이요 못 되면 역적이다 : 일이 성공하면 칭송을 받고, 실패하면 멸시당하는 것이 세상일이라는 뜻.

잘살아도 내 팔자 못 살아도 내 팔자 : 잘살고 못 사는 것이 모두 자기의 타고난 운명이라는 뜻.

잘 집 많은 나그네가 저녁 굶는다 : 일을 너무 어지럽게 여러 가지로 벌여 놓기만 하면, 결국에는 일의 결실을 보지 못하고 실패하게 된다는 뜻.

잠결에 남의 다리 긁는다 : 자기를 위하며 한 일이 뜻밖에 남을 위한 일이 되어 버렸다. (얼떨결에 남의 일을 제 일로 알고 한다는 말.)

잠을 자야 꿈도 꾼다 : 원인을 짓지 않고는 결과를 바랄 수 없다는 말.

잠자리 날개 같다 : 옷감이 매우 얇고 고운 것을 이름.

장가들러 가는 모이 불알 떼어 놓고 간다 : 가장 긴요한 것을 잊어버린다는 말.

장구를 쳐야 춤을 추지 : 거들어 주는 사람이 있어야 일을 할 수 있다는 말.

장구 치는 놈 따로 있고, 고개 까딱이는 놈 따로 있나? : 저 혼자서 할 수 있는 일을 가지고 남에게 나누어 하자고 할 때 핀잔주는 말.

장난 끝에 살인난다 : 장난삼아 우습게 알고 한 일이 큰 사고를 일으키기도 한다.

장님 제 닭 잡아먹기 : 남을 해하려다 해가 제게로 돌아옴.

장님 코끼리 말하듯 한다 : 어느 부분만 가지고 전체인 것처럼 여기고 말한다는 뜻.

장대로 하늘 재기 : 가능성이 없는 짓.

장마에 논둑 터지듯 한다 : 장마 때 세차게 내리는 비에 의해서 논둑이 무너지듯이 일거리가 계속 생긴다는 뜻.

장부가 칼을 빼었다가 다시 꽂나? : 큰일을 결심하고 하면, 사소한 방해가 있다고 해서 그만둘 수 없다는 말.

장부일언이 중천금 : 남자의 말 한 마디는 천금같이 무겁다는 뜻으로서, 한 번 한 말은 꼭 지킨다는 말.

장인 장모는 반 부모다 : 부부는 한 몸과 같으므로 마땅히 아내의 부모도 자신의 부모와 똑같다는 의미.

재주는 곰이 넘고, 돈은 왕 서방이 받는다 : 정작 수고한 사람은 응당 보수를 받지 못하고, 엉뚱한 사람이 그 이익을 차지한다는 말.

저녁 굶은 시어미 꼴 같다 : 시무룩하게 성낸 사람을 가리키는 말.

저 먹자니 싫고, 개 주자니 아깝다 : 몹시 인색하다는 말.

저 살 구멍만 찾는다 : 남이야 어떻게 되든지 전혀 상관하지 않고 제 욕심대로만 자기 이익을 취해 버린다는 의미.

저 잘난 맛에 산다 : 사람은 누구나 자기가 남보다 잘났다고 여기는 자존심을 가지고 살아간다는 뜻.

적게 먹고 가는 똥 눈다 : 욕심 부리지 말고 분수대로 살라는 뜻.

적게 먹으면 명주요, 많이 먹으면 망주라 : 모든 일은 정도에 맞게 해야 한다.

전 정이 구만 리 같다 : 나이가 젊어서 장래가 아주 유망하다.

절룩말이 천 리 간다 : 약한 사람이라도 꾸준하게 열심히 노력해 나가면 무슨 일도 할 수 있다는 말.

절에 가면 중노릇하고 싶다 : 일정한 주견이 없이 덮어 놓고 남을 따르려 한다.

절에 가서 젓국 달라 한다 : 있을 수 없는 데 가서 없는 것을 구한다는 말이니, 당치 않은 곳에 가서 어떤 물건을 찾을 때 쓰는 말.

젊어 고생은 사서도 한다 : 젊었을 때의 고생은 후일에 잘살기 위한 밑거름이 된다는 의미.

접시 물에 빠져 죽는다 : 처지가 매우 궁박하여 어쩔 줄을 모르고 답답해함을 이름.

접시 밥도 담을 탓이다 : 수단이나 성의를 다하면 어려운 일이라도 좋은 성과를 이룰 수 있다는 말.

정성이 있으면 한식에도 세배 간다 : 마음에만 있으면 언제라도 제 성의는 표시할 수 있다는 말.

젖 먹던 힘이 다 든다 : 일이 몹시 힘이 든다.

제 것 주고 뺨 맞는다 : 남에게 잘해 주고 도리어 욕을 먹는다.

제 꾀에 제가 넘어간다 : 꾀를 너무 부리다가 제가 도리어 그 꾀에 넘어간다.

제 논에 물 대기 : 자기의 이익만 생각한다는 뜻.

제 눈의 안경이다 : 보잘것없는 것도 마음에 들면 좋아 보인다는 말.

제 도끼에 제 발등 찍힌다 : 자기가 한 일이 자기에게 해가 된다.

제 돈 서 푼만 알고 남의 돈 칠 푼은 모른다 : 자기가 가지고 있는 것만 소중히 여기고, 남의 것은 대수롭지 않게 여긴다는 말.

제 똥 구린 줄은 모른다 : 자기의 허물은 반성할 줄 모른다.

제 방귀에 제가 놀란다 : 자기가 무의식중에 한 일을 도리어 뜻밖으로 안다.

제 배가 부르면 종 배고픈 줄 모른다 : 남의 사정은 조금도 알아 줄 줄 모른 채, 자기만 알고 자기 욕심만 채우는 사람.

제 버릇 개 줄까 : 나쁜 버릇은 쉽게 고치기가 어렵다.

제비는 작아도 강남을 간다 : 사람이나 짐승이 모양은 작아도 제 할 일은 다 한다.

제 얼굴 못 나서 거울 깬다 : 제 잘못은 모르고 남만 나무란다는 뜻.

제 칼도 남의 칼집에 들면 찾기 어렵다 : 비록 자기 물건이라도 남의 손에 들어가게 되면 제 마음대로 할 수 없다는 말.

제 코가 석 자나 빠졌다 : 남을 나서서 도와주기는커녕 자기도 궁지에 빠져서 어쩔 도리가 없다는 뜻.

제 털 뽑아 제 구멍에 막기 : 성미가 너무 고지식하여 융통성이 없다는 말.

제 흉 열 가진 놈이 남의 흉 한 가지 본다 : 제 결점 많은 것은 모르면서 남의 작은 결점을 도리어 흉본다.

제 팔자 개 못 준다 : 타고난 운명은 버릴 수 없다는 말.

조상 덕에 이밥을 먹는다 : 조상 덕에 부유하게 산다는 말.

조잘거리는 아침까치 같다 : 커다란 소리로 지껄이는 사람을 가리키는 말.

족제비도 낯짝이 있다 : 염치나 체면을 모르는 사람을 탓하는 말.

좁쌀 싸라기만 먹었나 : 아무에게나 반말을 하는 버릇없는 사람을 두고 하는 말

좁쌀영감이다 : 꼬장꼬장하게 잔소리를 심히 하고 간섭을 많이 하는 사람을 이르는 말.

종로에서 뺨 맞고 한강에 가서 눈 흘긴다 : 욕을 당한 그 자리에서는 아무 말도 못 하고, 화풀이를 딴 곳에 가서 한다는 뜻.

종이 한 장 차이다 : 종이 한 장 정도밖에 안 되는 근소한 차이라는 뜻.

좋은 말도 세 번만 하면 듣기 싫다 : 아무리 좋은 것도 늘 보고 접하게 되면 지루해지고 싫증이 난다는 말.

죄는 지은 데로 가고, 덕은 닦은 데로 간다 : 죄지은 사람은 마땅히 벌을 받고, 덕을 베푼 사람은 결국 복을 받는다는 뜻.

주린 개 뒷간 넘겨다보듯 한다 : 누구나 배가 몹시 고플 때는 무엇이고 먹을 것을 찾기 위해 여기저기 기웃거린다는 말.

주머닛돈이 쌈짓돈이다 : 결국은 마찬가지라는 뜻.

주먹구구에 박 터진다 : 무슨 일을 어림짐작으로 그저 대충 하다가는 크게 낭패를 당하게 된다는 뜻.

주인 많은 나그네 밥 굶는다 : 해준다는 사람이 너무 많으면 서로 미루다가 결국 안 된다는 뜻

주인 모르는 공사 없다 : 무슨 일이든지 주된 사람이 모르면 안 된다는 말.

죽도 밥도 안 된다 : 되다가 말아서 아무짝에도 쓸모없다는 뜻.

죽 쑤어서 개 좋은 일 했다 : 애써서 이루어 놓은 일이 남에게 유리할 뿐이다.

죽어 봐야 저승을 알지 : 무슨 일이나 겪어 보아야 실상을 알 수 있다는 말.

죽은 나무에 꽃이 핀다 : 보잘것없던 집안에서 영화로운 일이 있을 때 하는 말.

죽은 뒤에 약 방문 : 이미 때가 지나 아무 소용이 없게 되었다는 말.

죽은 자식 나이 세기 : 이왕 그릇된 일을 생각해 봤자 쓸데없다는 말.

죽이 끓는지 밥이 끓는지 모른다 : 무엇이 어떻게 되는지 도무지 모른다.

죽 푸다 흘려도 솥 안에 떨어진다 : 일이 제대로 안 되어 막상 손해를 본 것 같지만, 따지고 보면 결코 손해는 없다는 뜻.

중병에 장사 없다 : 아무리 용감하고 튼튼한 사람도 중한 병에 걸리게 되면 꼼짝도 하지 못한다는 뜻.

중은 중이라도 절 모르는 중이라 : 반드시 알아야 할 처지에 있으면서 모르고 있다는 말.

중의 양식이 절 양식 : 그게 그것이라는 뜻.

중이 미우면 가사도 밉다 : 그 사람이 밉다 보니 그에게 딸린 것까지 다 밉게만 보인다는 말.

중이 제 머리 못 깎는다 : 아무리 중요한 일이라도 자기 문제를 스스로 해결할 수 없다.

쥐구멍에도 볕들 날이 있다 : 몹시 고생을 하는 사람도 좋은 운수를 만날 적이 있다.

쥐구멍에 홍살문 세우겠다 : 마땅치 않은 일을 주책없이 하려 한다는 뜻.

쥐구멍을 찾는다 : 매우 부끄럽고 난처하여 급히 몸을 숨기려고 애를 쓴다는 말.

쥐도 도망갈 구멍이 있어야 산다 : 무슨 일이나 만일을 대비해서 생각하고 일을 해야 나중에 안전하다는 뜻.

쥐뿔도 모른다 : 아무것도 알지 못하면서 아는 체한다는 말.

지렁이도 밟으면 꿈틀 한다 : 아무리 보잘것없고 약한 사람이라도 너무 무시하면 반항한다.

지붕 호박도 못 따는 주제에 하늘의 천도 따겠단다 : 아주 쉬운 일도 못 하면서, 당치도 않은 어려운 일을 하겠다고 덤빈다는 뜻.

지성이면 감천이다 : 사람이 무슨 일을 하든지 정성이 지극하면 다 이룰 수 있다는 말.

지척이 천리다 : 서로 가까이 있으면서도 오랫동안 모르고 왕래가 없어서 멀리 떨어져 사는 것이나 마찬가지라는 의미.

지키는 사람 열이 도둑 하나를 못 당한다 : 계획적인 도둑을 막기는 힘들다

집과 계집은 가꾸기 탓 : 허술한 집도, 변변찮은 여자도 평소에 잘 가꾸면 훌륭하게 된다는 말.

집도 절도 없다 : 가진 집이나 재산이 없고 여기저기 떠돌아다닌다는 말.

집에 금송아지를 매었으면 무슨 소용이냐 : 어떤 귀중한 물건을 가지고 있더라도, 일을 당한 현장에서 그것을 쓰지 못한다면 아무 소용이 없다는 말.

집에서 새는 바가지는 들에 가도 샌다 : 타고난 천성이 나쁜 사람은 어디를 가나 그 성품을 고치기 어렵다는 말.

짚신도 제 짝이 있다 : 보잘것없는 사람도 배필은 있다.

짝 잃은 기러기 같다 : 몹시 외로운 사람을 뜻하는 말.

쪽박 빌려 주니 쌀 꿔달란다 : 편의를 봐주면 봐줄수록 더 요구한다는 뜻.

쪽박 쓰고 벼락 피한다 : 아무리 애를 써도 피할 수 없음을 두고 비유한 말.

찔러도 피 한 방울 나오지 않는다 : 아주 구두쇠나 인정이 없는 사람을 말함.

차려놓은 밥상 받듯 한다 : 이미 준비된 일을 하듯이 힘 하나 안 들이고 손쉽게 한다는 뜻.

차면 넘친다 : 너무 정도에 지나치면 안 된다는 뜻, 흥성하면 언젠가는 쇠망한다는 뜻.

차일피일 한다 : 자꾸 기한을 물려 간다는 뜻.

차(車)치고, 포(包)친다 : 장기를 둘 때 차도 먹고 포도 먹듯이, 무슨 일을 아주 시원스럽게 해치운다는 뜻.

찬 물도 위아래가 있다 : 무슨 일에나 순서가 있다는 말.

찬 물에 기름 돌듯 한다 : 서로 화합하지 않고 따로 도는 사람을 보고 하는 말.

찬밥 더운밥 다 먹어 봤다 : 산전수전 다 겪어 보았기 때문에 세상 물정을 다 훤히 안다는 뜻.

찬 이슬을 맞은 놈이다 : 밤에만 돌아다니며 도둑질하느라고 이슬을 맞은 사람이라는 뜻.

찰거머리 정이다 : 한번 정이 들면 여간해서는 떨어질 줄 모르는 깊은 정이라.

참깨 들깨 노는데 아주까리가 못 놀까 : 남들이 다하는 일을 나라고 못 하겠느냐는 뜻, 나도 한 몫 끼어 하자고 나설 때 쓰는 말.

참고 사는 것이 인생이다 : 세상 사람들은 누구나 자기 마음대로 세상을 살아갈 수 없기 때문에 참고 살아야 한다.

참는 것이 이기는 것이다 : 자기에게 당면한 고난을 참고 살아야 한다는 뜻.

참새가 방앗간을 그냥 지나랴 : 욕심 있는 사람은 솔깃한 것을 보고 그냥 지나쳐 버리지 못한다.

참새가 죽어도 짹 한다 : 아무리 약한 사람이라도 너무 괴롭히면 대항한다.

참새가 허수아비 무서워 나락 못 먹을까 : 반드시 큰일을 하려면 다소의 위험 정도는 감수해야 한다는 뜻.

참외 장수는 사촌이 지나가도 못 본 척한다 : 장사하는 사람은 인색하다는 뜻.

참을 인(忍)자 셋이면 살인도 면한다 : 아무리 분한 일이 있어도 꾹 참으면 위기를 모면할 수 있다는 말.

책망은 몰래하고 칭찬은 알게 하랬다 : 남을 책망할 때는 다른 사람이 없는 데서 하고, 칭찬할 때는 다른 사람 보는 앞에서 하여 자신감을 심어 주라는 뜻.

처갓집에 송곳 차고 간다 : 처갓집 밥은 꼭꼭 눌러 담았기 때문에 송곳으로 파야 먹을 수 있다는 말. 즉 처갓집에서는 사위 대접을 극진히 한다는 뜻.

처녀가 아이를 낳아도 할 말이 있다 : 아무리 못된 짓을 했어도 구실과 변명의 여지는 있다.

처마 끝에서 까치가 울면 편지가 온다 : 까치는 길조이므로 아침에 까치가 울면 반가운 소식이 있다는 말.

처삼촌 묘 벌초하듯 하다 : 일에 정성을 들이지 않고 건성건성 해치워 버리는 것.

처음에는 사람이 술을 먹고, 나중에는 술이 사람을 먹는다 : 술을 적당히 마시는 것은 상관없지만, 지나치게 많이 마시면 몸을 해치게 된다는 뜻.

척 하면 삼천리다 : 무슨 일이나 눈치로 분위기를 파악해서 신속하고 능수능란하게 처리해야 한다는 뜻.

천 길 물속은 알아도 한 길 사람 속은 모른다 : 사람의 마음속은 물속처럼 들여다보이는 것이 아니기 때문에 알아내기가 매우 어렵다는 뜻.

천 냥 빚도 말로 갚는다 : 말만 잘하면 천 냥이나 되는 엄청난 빚도 갚을 수 있듯이, 처세하는 데는 자고로 말재간이 좋아야 한다는 뜻.

천둥에 개 놀라듯 한다 : 몹시도 놀라서 허둥대며 정신을 못 차리고 날뛴다

천리마는 늙었어도 천리 가던 생각만 한다 : 몸은 비록 늙었어도 마음은 언제나 젊은 시절과 다름없다는 말.

천리 길도 한 걸음부터 : 아무리 큰일이라도 그 첫 시작은 작은 일부터 비롯된다는 말.

천만 재산이 서투른 기술만 못하다 : 자기가 지닌 돈은 있다가도 없어질 수

있지만, 한번 배운 기술은 죽을 때까지 지니고 있기 때문에 생활의 안정을 기할 수 있다는 뜻.

천석꾼은 천 가지 걱정이요, 만석꾼은 만 가지 걱정이다 : 사람은 누구에게나 한 가지씩 걱정은 있게 마련이므로 이를 참고 극복해야 한다는 뜻.

철나자 노망든다 : 인생이란 어물어물하다 보면 무엇 하나 이루어 놓은 일도 없이 무상하게 늙는다는 뜻.

첫날밤에 지게 지고 들어가도 제 멋이다 : 제가 좋아서 하는 일은 남이 어떻게 보든지 전혀 상관이 없다는 뜻.

첫 딸은 살림밑천 : 처음에 딸을 낳은 서운함을 위로하는 말.

첫 술에 배부르랴 : 어떤 일이든지 단번에 만족할 수는 없다.

청대콩이 여물어야 여물었나 한다 : 청대콩은 다 여물어도 여문 것인지 안 여문 것인지 눈으로 보아서는 잘 모르듯이, 모든 일을 겉으로만 봐서는 잘 파악할 수 없다는 말.

청실홍실 매야만 연분인가 : 혼례식을 치르지 않고 동거생활을 해도 부부는 역시 부부라는 뜻.

초가삼간 다 타도 빈대 죽는 것만 시원하다 : 비록 큰 손해를 보더라도 마음에 들지 않는 것이 없어진 것만 흐뭇하게 여긴다.

초년고생은 사서라도 한다 : 초년에 고생을 겪은 사람이라야 세상살이에 밝고 경험이 많아서 복을 누리는 까닭에, 그 고생을 달게 받아야 한다.

초록은 동색이다 : 끼리끼리 모인다는 뜻의 말.

초사흘 달은 부지런한 며느리만 본다 : 부지런한 사람이 아니고서는 사소한 일까지 모두 헤아려서 살필 수 없다는 뜻.

초상술에 권주가 부른다 : 때와 장소를 분별하지 못하고 행동한다.

초상집 개 같다 : 의지할 데가 없이 이리저리 헤매어 초라하다.

초학(初學) 훈장(訓長)의 똥은 개도 안 먹는다 : 훈장, 즉 선생의 일이 매우 어렵고 힘들다는 말.

촌놈은 밥그릇 큰 것만 찾는다 : 무식한 사람은 어떠한 물건의 질은 무시하고 그저 양이 많은 것만 요구한다는 뜻.

촌닭 관청에 잡혀온 격이다 : 경험 없는 일을 당하여 어리둥절하다.

친 사람은 다리를 오그리고 자도, 맞은 사람은 다리 펴고 잔다 : 남을 괴롭힌 가해자는 뒷일이 걱정 되어 불안하나, 피해자는 그보다 마음이 편하다는 뜻.

칠 년 가뭄에 하루 쓸 날 없다 : 오랫동안 날씨가 개고 좋다가도, 모처럼 무슨 일을 하려고 하면 비가 온다는 말.

침 뱉은 우물을 다시 먹는다 : 다시는 안 볼 듯이 야박하게 행동하더니, 어쩌다가 자신의 처지가 아쉬우니까 다시 찾아온다는 뜻.

칼 날 위에 섰다 : 매우 위태로운 처지에 놓였다는 말.

칼도 날이 서야 쓴다 : 자기에게 주어진 역할을 제대로 하려면 그만한 실력이 있어야 한다는 뜻.

코가 납작해지다 : 심한 무안을 당하거나 기가 죽음을 이르는 말.

코가 댓 자나 빠졌다 : 근심 걱정이 많아 맥이 확 빠졌다는 뜻.

코딱지 둔다고 살이 될까 : 이미 잘못된 것을 그대로 둔다고 하더라도 다시 원 상태로 바로잡을 수 없다는 뜻.

코 방귀만 뀐다 : 남의 말은 들은 체 만 체하면서 대꾸가 없다는 뜻.

코에서 단내가 난다 : 일에 시달리고 고뇌하여 몸과 마음이 몹시 피로하다는 뜻.

콩 볶아 먹다가 가마솥 터뜨린다 : 작은 이익을 탐내다가 도리어 큰 해를 입는다.

콩 볶아 먹을 집안 : 가족끼리 서로 다투고 싸워 형편이 없다는 뜻.

콩 심은 데 콩 나고 팥 심은 데 팥 난다 : 원인이 있으면 으레 그에 따르는 결과가 있다.

콩으로 메주를 쑨다 해도 곧이듣지 않는다 : 거짓말을 잘하여 신용할 수 없다.

콩이야 팥이야 한다 : 별 차이 없는 것을 가지고 다르다고 따지거나 시비한다.

크고 작은 것은 대봐야 안다 : 어떤 것이 크고 어떤 것이 작은가는 직접적으로 비교해 보아야 안다는 의미.

큰 방축도 개미구멍으로 무너진다 : 작은 사물이라도 업신여기다가는 그것 때문에 큰 화를 입는다.

큰 북에서 큰 소리 난다 : 도량이 커야 훌륭한 일을 한다는 말.

키 크고 싱겁지 않은 사람 없다 : 키 큰 사람의 행동은 멋없어 보인다.

탕약에 감초가 빠질까 : 여기저기 끼어들지 않는 데가 없는 사람을 비웃는 말.

태산 명동에 서일필(泰山鳴動 鼠一匹) : 무엇을 크게 떠벌였는데 실제의 결과는 작다는 뜻.

태산을 넘으면 평지를 본다 : 고생을 하게 되면 그 다음에는 즐거움이 온다.

터를 잡아야 집도 짓는다 : 모든 일에는 기반과 순서가 있어야 된다는 뜻.

터진 꽈리 보듯 한다 : 터져서 쓸데없는 꽈리를 보듯이, 어느 누구도 탐탁지 않게 여기고 중요시하지 않는다는 말.

털도 아니 난 것이 날기부터 하려 한다 : 못난 사람이 제 격에 맞지 않는 엄청난 짓을 한다는 말.

털도 아니 뜯고 먹으려 한다 : 사리에 맞지 않게 노력도 없이 남의 물건을 거저 차지하려고 한다는 뜻.

털어서 먼지 안 나는 사람 없다 : 누구든지 그의 결점을 찾아내려면 조금도 결점 없는 사람이 없다는 말.

토끼를 다 잡으면 사냥개를 삶는다 : 필요할 때는 소중히 여기다가도 필요 없게 되면 천대하고 없애 버리는 것을 비유하는 말.

티끌 모아 태산 : 적은 것도 거듭 쌓이면 많아짐을 일컬음.

파김치가 되었다 : 기운이 지쳐서 아주 나른하게 된 모양을 비유한 말.

파리 날리다 : 영업, 사무 따위가 번성하지 않고 한산하다.

파리 떼 덤비듯 한다 : 이권을 보고 모리배가 파리 꾀듯 여기저기서 자꾸 모여든다는 뜻.

파리똥도 똥이다 : 양적으로는 비록 적을지라도 본질적으로는 전혀 다를 바가 없다는 뜻.

판에 박은 것 같다 : 언제나 똑같다는 뜻, 다른 것이 조금도 없다는 말.

팔십 노인도 세 살 먹은 아이한테 배울 것이 있다 : 어린아이의 말이라도 기발하고 사리에 맞아 귀담아 들을 만한 말이 있으니, 덮어 놓고 무시하지 말라.

팔이 들이굽지 내굽나 : 친밀한 사이에 있는 사람에게 먼저 동정하게 되며, 어느 일에나 자기에게 유리하도록 꾀하는 것이 인간의 본성이라는 뜻.

팔자 고치다 : 재가하다. 갑작스레 부자가 되거나 지체를 얻어 딴 사람처럼 됨을 비유.

평생 신수가 편하려면 두 집을 거느리지 말랬다 : 두 집 살림을 차리게 되면 대부분 집안이 항상 편하지 못하다는 뜻.

평양감사도 저 싫으면 그만이다 : 아무리 좋은 일이라도 저 하기 싫다면 억지로 시킬 수 없다는 뜻.

평택이 무너지나 아산이 깨어지나 : 끝까지 경쟁을 해보자는 뜻. (평택과 아산은 청일전쟁 때 싸움을 한 곳이다.)

포도청 문고리도 빼겠다 : 겁이 없고 대담한 사람을 두고 하는 말.

풀 방구리에 쥐 드나들듯 한다 : 풀을 담아 놓은 그릇의 풀을 먹으려고 드나드는 쥐처럼 자주 드나드는 모양을 두고 이르는 말.

피는 물보다 진하다 : 뭐니 뭐니 해도 한 형제자매가 낫다는 말.

피장파장이다 : 누가 낫고 누가 못한 것이 없어 양자가 똑같다는 뜻.

핑계 없는 무덤 없다 : 어떤 일이라도 반드시 핑계 거리가 있다는 말.

하늘 높은 줄은 모르고 땅 넓은 줄만 안다 : 키가 작고 옆으로만 퍼져 뚱뚱하게 생긴 사람을 보고 하는 말.

하나를 보고 열을 안다 : 일부만 보고 전체를 미루어 안다.

하늘 보고 주먹질한다 : 아무 소용없는 일을 한다는 뜻.

하늘 보고 침 뱉기다 : 하늘에다 대고 침을 뱉으면 자기 얼굴에 떨어지듯이, 남을 해치려다가 자기가 당한다는 뜻.

하늘을 보아야 별도 딴다 : 노력과 준비가 있어야 보람을 얻는다는 말.

하늘이 무너져도 솟아날 구멍이 있다 : 아무리 큰 재난에 부닥치더라도, 그것에서 벗어나 도움 받을 방법과 꾀가 서게 된다.

하늘을 쓰고 도리질한다 : 세상이 무서운 줄을 모르고 마구 권력을 휘두른다는 뜻.

하룻강아지 범 무서운 줄 모른다 : 철모르고 아무에게나 함부로 힘을 쓰면서 덤비는 사람을 두고 하는 말.

하룻밤을 자도 만리장성을 쌓는다 : 잠깐 사귀어도 정을 깊이 둔다.

학도 아니고 봉도 아니고 : 아무것도 아니라는 말. 행동이 뚜렷하지 않거나 사람이 분명치 않다는 말.

한강에 돌 던지기 : 지나치게 작아 전혀 효과가 없다는 말.

한 귀로 듣고 한 귀로 흘린다 : 어떤 말을 해도 곧 잊어버리고 듣지 않은 것과 같다는 뜻.

한 날 한 시에 난 손가락도 길고 짧다 : 한 형제간에도 슬기로운 사람과 어리석은 사람이 생기며, 같은 등속이라도 고르지 못하다.

한 다리가 천 리(千里)다 : 촌수가 가까울수록 정에 더 이끌린다는 말.

한 달이 크면 한 달이 작다 : 세상일이란 한 번 좋은 일이 있으면 한 번은 나쁜 일이 있게 마련이라는 뜻.

한 번 실수는 병가지상사 : 한 번 정도의 실수는 흔히 있을 수 있는 일이니, 크게 탓하거나 나무랄 것이 없다.

한 번 엎지른 물은 주워 담지 못한다 : 한 번 한 일은 다시 원 상태로 되돌리지 못한다는 뜻.

한 부모는 열 자식을 거느려도, 열 자식은 한 부모를 못 거느린다 : 한 사람이 잘되면 여러 사람을 도와 살릴 수 있으나, 여러 사람이 합하여 한 사람을 잘살게 하기는 힘들다는 말.

한솥밥 먹고 송사한다 : 가까운 사람끼리 다툰다는 말.

한 술 밥에 배부르랴 : 무슨 일이나 처음에는 자기가 기대한 만큼의 성과를 얻을 수 없다는 뜻.

한 어미 자식도 아롱이다롱이가 있다 : 세상일이 다 같을 수는 없다는 말.

한 잔 술에 눈물 난다 : 대단찮은 일에 원한이 생기므로 차별대우를 하지 말라는 말.

한 편 말만 듣고 송사 못 한다 : 한 편 말만 듣고서는 시비를 판단하기 어렵다는 뜻.

함박 시키면 바가지 시키고, 바가지 시키면 쪽박 시킨다 : 어떤 일을 윗사람이 아랫사람에게 시키면, 그는 또 제 아랫사람에게 다시 시킨다는 말.

항우도 댕댕이 덩굴에 넘어진다 : 항우와 같은 장사라도 보잘것없는 덩굴에 걸려 낙상할 때가 있다는 말. 아무리 작은 일도 무시하면 실패하기 쉽다는 뜻.

행랑 빌면 안방까지 든다 : 처음에는 소심하게 발을 들여 놓다가, 재미를 붙여 대담해져 정도가 심한 일까지 한다는 뜻.

허파에 바람 들었다 : 실없이 행동하거나 웃어 대는 사람을 비유하여 하는 말.

허허해도 빚이 열닷 냥이다 : 겉으로는 호기 있게 보이나, 속으로는 근심이 가득하다는 뜻.

헌 신짝 버리듯 한다 : 긴하게 쓰고 난 뒤에 아무 거리낌 없이 내버린다는 뜻.

형만 한 아우 없다 : 아우가 형보다 못하다는 말.

호떡집에 불이 났다 : 질서 없이 떠들썩하게 지껄임을 빈정거려 일컫는 말.

호랑이 담배 필 적 : 까마득해서 종잡을 수 없는 옛날.

호랑이도 제 말 하면 온다 : 제 3자를 가리켜 이야기하고 있을 때, 그 사람이 공교롭게 찾아온다.

호랑이에게 개 꾸어 주기 : 빌려주면 다시 받을 가망이 없다는 말.

호랑이에게 물려가도 정신만 차리면 산다 : 아무리 위급한 일을 당해도 정신만 똑똑히 차리면 위기를 면할 수 있다는 말.

호미로 막을 것을 가래로 막는다 : 적은 힘으로 될 일을 기회를 놓쳐 큰 힘을 들이게 된다.

호박꽃도 꽃이라고 : 얼굴은 못 생겨도 여자라고 여자티를 낸다는 뜻.

호박씨 까서 한 입에 넣는다 : 조금씩 저축했다가 그것을 한꺼번에 소비해 버림을 말함.

호박꽃도 꽃이라니까 오는 나비 괄세한다 : 못생긴 여자에게 구애를 했다가 오히려 거절을 당했다는 뜻.

호박에 침주기 : 아무 반응이 없다는 뜻.

호박이 덩굴째로 굴렀다 : 의외의 횡재를 했다.

혹 떼러 갔다가 혹을 붙여 온다 : 이득을 얻으려고 갔다가 도리어 손해만 보고 왔다는 뜻.

홀아비 사정은 과부가 알아준다 : 남이 어려운 사정은 서로 비슷한 환경에 있는 사람이라야 헤아릴 수 있다는 의미.

화약을 지고 불에 들어간다 : 자기 스스로 위험한 곳에 들어간다.

홧김에 화냥질한다 : 격분을 이기지 못해 될 대로 되라고 탈선까지 하여 결

국 제 신세를 망치게 된다는 뜻.

황금 천 냥이 자식 교육만 못하다 : 막대한 유산을 남겨 주는 것보다는 자녀 교육이 더 중요하다는 뜻.

황소 뒷걸음치다가 쥐 잡는다 : 어리석은 사람이 미련한 행동을 하다가 뜻밖에 좋은 성과를 얻었을 때 하는 말.

흘러가는 물도 떠주면 공이 된다 : 쉬운 일이라도 도와주면 은혜가 된다는 뜻.

흥정은 붙이고 싸움은 말리랬다 : 좋은 일은 될 수 있는 대로 권장하고, 나쁜 일은 뜯어 말려야 한다는 뜻.

흰 죽에 코 빠트린다 : 좋은 것인지 나쁜 것인지 전혀 구별할 수 없게 되었다는 의미.